BRIAN LUMLEY · TOTENHORCHER

In dieser Reihe außerdem lieferbar:

2801 *Das Erwachen*
2802 *Vampirblut*
2803 *Kreaturen der Nacht*
2804 *Untot*
2805 *Totenwache*
2806 *Das Dämonentor*
2807 *Blutlust*
2808 *Höllenbrut*
2809 *Wechselbalg*
2810 *Duell der Vampire*
2811 *Totenhorcher*

In Vorbereitung:

2812 *Blutkuss*

Brian Lumley

Totenhorcher

Necroscope 11

Aus dem Englischen von Hans Gerwien

FESTA

1. Auflage August 2003
Originaltitel: *Necroscope 5: Deadspawn*

Umschlaggestaltung: www.babbarammdass.de
Dieses Werk wurde vermittelt durch die Literarische Agentur
Thomas Schlück GmbH, 30827 Garbsen
Druck und Bindung: Fuldaer Verlagsagentur, Fulda

ISBN 3-93822-65-0

Für Melissa, Heather, Anna und Eleanor: Sie haben mir bei vielen Gelegenheiten solch exotische Speisen und Getränke kredenzt, und ihre süßen Münder haben fremdartige und obszöne Themen heraufbeschworen, die meinen Geist entsetzten (oder auch kitzelten, wie man es nimmt). Bis ich mich schließlich – viel zu spät – fragte: Was tun vier so absolut monströse Geschöpfe in einem netten China-Restaurant wie diesem?

TEIL 1

ERSTES KAPITEL

»Harry.« Darcy Clarkes Stimme am Telefon klang ausgesprochen nervös, obwohl er sich offensichtlich bemühte, seine Unruhe unter Kontrolle zu halten. »Wir haben ein Problem, zu dessen Lösung wir Hilfe benötigen. Die Art von Hilfe, die du uns gewähren könntest.«

Harry Keogh, der Necroscope, wusste möglicherweise, was den Chef des britischen E-Dezernats beunruhigte, und es mochte vielleicht sogar mit seiner Person zusammenhängen. »Was ist los, Darcy?«, fragte er mit sanfter Stimme.

»Mord ist los!«, antwortete der andere mit bebender Stimme. »Ein schrecklicher, blutrünstiger Mord, Harry! Mein Gott, ich habe so etwas noch nie erlebt!«

Darcy Clarke hatte wirklich schon einiges erlebt, wie Harry genau wusste. Deshalb mochte er kaum glauben, was er da gehört hatte. Außer natürlich, Clarke sprach von ...

»Meine Art von Hilfe, hast du gesagt?« Harrys ganze Aufmerksamkeit galt nun dem Telefon. »Darcy, willst du mir damit sagen, dass ...?«

»Was?« Clarke verstand im ersten Moment nicht, wovon Harry redete, doch dann wurde es ihm klar. »Nein, nein – das war kein Vampir, Harry! Aber ganz gewiss eine Art von Ungeheuer. Oh ja, menschlich genug, aber eben auch ein Ungeheuer.«

Harry entspannte sich ein wenig, allerdings nur ein kleines Bisschen. Früher oder später hatte er einen Anruf vom E-Dezernat erwartet. Und dieser mochte es jetzt sein, worauf er gewartet hatte: eine clevere Falle. Andererseits ... Darcy war auch sein Freund, und Harry glaubte nicht, dass er bei einem Komplott mitmachen würde, ohne vorher in jeder Einzelheit nachzuprüfen, ob es so und nicht anders sein musste. Er konnte sich einfach nicht vorstellen, dass Darcy mit der Armbrust, der Machete und einem Kanister Benzin auf ihn losgehen würde. Nein, zuerst würde er mit ihm sprechen und Harrys Standpunkt erfahren wollen. Aber ...

... Der Dezernatsleiter wusste mittlerweile beinahe genauso viel über Vampire wie Harry. Und ihm war auch klar, dass es keine Hoffnung gab. Sie waren Freunde gewesen und hatten auf der gleichen Seite gekämpft, also glaubte Harry, dass es nicht Darcys Finger am Abzug sein werde. Aber dafür würde mit Sicherheit jemand anders abdrücken.

»Harry?« Clarke war wirklich nervös. »Bist du noch dran?«

»Wo steckst du, Darcy?«, wollte Harry wissen.

»Im Dienstraum der Militärpolizei in der Burg«, sagte der andere ohne zu zögern. »Sie haben ihre Leiche unterhalb der Mauern gefunden. Beinahe noch ein Kind, Harry. Achtzehn oder neunzehn. Sie wissen bisher noch nicht einmal, wer sie ist. Das würde ja schon bei den Ermittlungen helfen. Aber vor allem wollen wir wissen, wer so etwas getan hat!«

Wenn es einen Mann gab, dem Harry Keogh vertrauen konnte, dann war es Darcy Clarke. »In einer Viertelstunde bin ich da«, sagte er.

Clarke seufzte. »Danke, Harry! Wir wären dir dankbar.«

»Wir?«, fuhr Harry ihn an. Er konnte das Misstrauen in seinem Tonfall nicht verbergen.

»Was?« Clarke hörte sich überrascht an. »Na – selbstverständlich die Polizei. Und ich!«

Mord. Die Polizei. Überhaupt kein Thema für das Dezernat. Was hatte Clarke damit zu tun – *falls* das Ganze keine Finte war? »Wie haben die dich denn rangekriegt?«

Mit einem Mal schien sich sein Gesprächspartner ... ertappt zu fühlen, nervös. »Ich ... ich war hier, um einer alten schottischen Tante einen Pflichtbesuch abzustatten. Ich sehe sie sonst nur selten. Sie liegt seit zehn Jahren im Sterben, aber sie ist zäh und will sich nicht hinlegen. Heute sollte ich ins Hauptquartier zurückkehren, aber dann hat sich diese Sache ergeben. Das Dezernat hatte sich bereits bemüht, die Polizei zu unterstützen – und nun das. Es geht um eine Serie von *grauenhaften* Morden, Harry!«

Eine alte schottische Tante? Von der hatte Harry noch nie etwas gehört. Andererseits mochte dies eine gute Gelegenheit sein, herauszufinden, ob sie etwas von seinem ... Problem ahnten.

Harry wusste, dass er äußerst vorsichtig vorgehen musste; er kannte das E-Dezernat zu gut, um nicht ins offene Messer zu rennen. Ja, und sie wussten ohnehin zu viel über ihn. Aber vielleicht doch nicht alles. Noch nicht!

»Harry?«, erklang Clarkes Stimme wieder, ein wenig blechern und dünn. Die Leitungen waren wohl nicht sehr gut. »Wo können wir uns treffen?«

»Auf dem Platz oberhalb der Royal Mile«, grollte der Necroscope. »Und, Darcy ...«

»Ja?«

»... ach, nichts. Wir unterhalten uns später.« Er legte auf und ging zurück in die Küche, um sein Frühstück zu beenden: ein dickes Steak, roh und blutig.

Wenn man ihn so ansah, war Darcy Clarke möglicherweise der unauffälligste Mann der Welt. Zum Ausgleich dafür, dass er kaum bemerkt wurde, hatte die Natur ihm jedoch ein beinahe einmaliges Talent verliehen. Clarke war ein Deflektor, also das Gegenteil eines Unglücksraben. Kam er irgendeiner Gefahr zu nahe, dann meldete sich sein parapsychologischer Schutzengel und griff ein, um ihn davor zu bewahren. Mit anderen Worten: Wären alle Mitglieder des E-Dezernats Fotos, würde sich Clarke als das einzige Negativ von den anderen unterscheiden. Er konnte diese Eigenschaft nicht kontrollieren, und es wurde ihm auch nur in den seltensten Fällen bewusst, nämlich dann, wenn er einer Gefahr absichtlich ins Auge blickte.

Die Fähigkeiten der anderen – Telepathie, Hellseherei und so weiter – konnte man beherrschen, gezielt einsetzen, aber nicht die Clarkes. Sie funktionierte einfach und beschützte ihn. Einen anderen Zweck vermochte sie nicht zu erfüllen. Doch gerade deshalb war er der ideale Mann für seinen Job. Das Verrückte daran war lediglich, dass er selbst nicht daran glaubte, bis er wieder einmal die Auswirkungen seines besonderen Talents spürte. Nach wie vor schaltete er die Sicherung ab, wenn er eine Glühbirne auswechselte! Andererseits mochte selbst das eine Auswirkung dieser Fähigkeit sein ...

Niemand hätte es Clarke je angesehen, dass er der Chef irgendeiner Organisation war, geschweige denn des geheimsten Zweigs des britischen Geheimdienstes. Mittelgroß, von undefinierbarer Haarfarbe, ein wenig vornüber gebeugt, mit leichtem Bauchansatz, mittleres Alter – er war in jeder Hinsicht durchschnittlich. Haselnussbraune Augen und ein strenger Zug um den Mund (das Einzige, woran man sich möglicherweise erinnerte) beherrschten sein ernstes Gesicht, das die meisten jedoch vergaßen, sobald sie sich nicht mehr in seiner Gegenwart befanden. Auch seine Kleidung war ... was sonst? ... unauffällig.

An all dies dachte Harry Keogh in den Sekunden, bevor er aus dem metaphysischen Möbius-Kontinuum auf den Platz vor der Burg von Edinburgh trat und Darcy Clarke dort stehen sah. Er hatte ihm den Rücken zugewandt, die Hände tief in den Manteltaschen vergraben, und las den Text auf einer Messingtafel, die über einem Brunnentrog aus dem siebzehnten Jahrhundert angebracht war.

Der schmiedeeiserne Brunnen selbst zeigte zwei Köpfe, von denen einer hässlich war und böse dreinblickte, während der andere gütig wirkte. Auf der Tafel stand:

> ... in der Nähe des Platzes, auf dem
> viele Hexen verbrannt wurden. Der böse
> Kopf und der Gütige sollen darstellen, dass
> einige von ihnen ihre außergewöhnlichen Fähigkeiten
> gebrauchten, um Böses zu tun, während andere missverstanden
> wurden, da sie eigentlich nur Gutes im Sinn hatten.

Wäre der Wind nicht gewesen, hätte es ein schöner, lauer Maitag sein können. Doch der Platz war beinahe menschenleer. Höchstens zwei Dutzend Touristen standen in kleinen Gruppen am oberen Ende des Vorhofs und blickten über die Mauern auf die Stadt hinab oder fotografierten die große graue Festung hinter ihrer Fassade aus Bollwerken und Innenhöfen. Harry war nur einen Augenblick später als Clarke eingetroffen, der sich nach einem kurzen Rundblick über den Platz der Tafel zugewandt hatte.

Noch vor einem Moment war Clarke mit seinen Gedanken allein gewesen; im Umkreis von etwa zwanzig Metern hatte sich keine Menschenseele befunden. Und nun sagte eine leise Stimme direkt hinter ihm: »Feuer macht keine Unterschiede, wen es vernichtet. Gut oder böse, alles brennt, wenn es heiß genug ist.«

Clarke blieb fast das Herz stehen. Er zuckte zusammen und wirbelte mit plötzlich bleichem Gesicht herum. »Ha-Ha-Harry!«, stammelte er. »Mein Gott, ich habe dich nicht kommen sehen! Wie kommst du ...?« Doch hier unterbrach er sich, denn natürlich wusste er, woher Harry aufgetaucht war ... Der Necroscope hatte ihn einmal dorthin mitgenommen, in jenen *Möbius-Kontinuum* genannten Überall-und-Nirgends-Raum.

Erschüttert und mit pochendem Herzen lehnte Clarke sich an die Wand. Allerdings hatte er keine Angst, nur einen leichten Schrecken; seine Gabe hatte an Keoghs Gegenwart nichts Bedrohliches gefunden.

Harry lächelte ihn an und nickte, berührte ihn sogar kurz am Arm, dann blickte er wieder auf die Tafel. Dabei erstarb sein Lächeln. »Sie haben vor allem ihre eigenen Ängste exorziert«, sagte er. »Denn natürlich waren die meisten, wenn nicht sogar alle, dieser unglücklichen Frauen unschuldig.«

»Was?« Clarke hatte sein Gleichgewicht noch nicht wieder gefunden, und deshalb war er unaufmerksam gewesen. »Unschuldig?« Er sah ebenfalls die Tafel an.

»Vollkommen!« Harry nickte erneut. »Ja, sie mögen auf ihre Art über besondere Gaben verfügt haben, aber diese waren wohl kaum als schlecht oder böse zu bezeichnen. Hexen? Heutzutage würde man sie für das E-Dezernat rekrutieren!«

Mit einem Mal kam Clarke die Realität zu Bewusstsein. Er träumte keineswegs, musste sich nicht erst kneifen, um zu erwachen: Harry wirkte immer so auf ihn. Drei Wochen zuvor, in der Ägäis, war es dasselbe gewesen. War das wirklich erst drei Wochen her? Allerdings war Harry zu jener Zeit fast handlungsunfähig gewesen, da er der Totensprache nicht mehr mächtig gewesen war. Als er sie zurückerhielt, hatte er seine doppelte Mission in Angriff genommen: den Vampir Janos Ferenczy zu vernichten und seine

Fähigkeit wiederzugewinnen ... Clarke stockte der Atem. »Du kannst es wieder!« Er packte Harry am Arm. »Du kannst wieder das Möbius-Kontinuum betreten!«

»Du hast dich nicht mit mir in Verbindung gesetzt«, beklagte sich Harry, »sonst hättest du Bescheid gewusst.«

»Ich habe deinen Brief erhalten«, warf Clarke hastig ein, um sich zu rechtfertigen, »und habe ein Dutzend Mal versucht, dich ans Telefon zu bekommen. Aber falls du zu Hause warst, bist du nicht rangegangen. Unsere Lokatoren konnten dich nicht finden ...« Er hob resignierend die Hände. »Gib mir eine Chance, Harry! Ich bin erst seit ein paar Tagen aus dem Krankenhaus, und auf mich hat ein Riesenstapel Arbeit gewartet. Doch den Job in der Ägäis haben wir abgeschlossen, und wir hatten angenommen, dass auch du mit deiner Arbeit fertig geworden bist. Unsere ESPer haben natürlich alles verfolgt, und es kamen Berichte herein, dass Janos' Wohnsitz auf dem Berg über Halmagiu gesprengt worden sei. Das konnte nur dein Werk gewesen sein! Wir wussten, dass du – gleich auf welche Weise – erfolgreich warst. Und nun auch noch der Zugang zum Möbius-Kontinuum? Das ist einfach toll! Ich freue mich so für dich!«

Tatsächlich?, fragte sich Harry im Stillen. Laut sagte er: »He, danke!«

»Wie zum Teufel hast du das fertig gebracht?« Clarke war noch immer aufgeregt. Falls es lediglich ein Ablenkungsmanöver sein sollte, dann ein sehr wirkungsvolles. »Ich meine, die ganze Burg zu sprengen? Unseren Berichten zufolge war es absolut vernichtend! Ist Janos auf diese Weise gestorben, durch die Explosion?«

»Langsam!«, mahnte Harry ihn und nahm ihn am Arm. »Wir können uns unterhalten, während du mich zu dem Mädchen bringst!«

Clarkes Erregung klang mit einem Mal ab. »Ja«, sagte er mit gedämpfter Stimme. »Das ist etwas ganz Anderes. Es wird dir nicht gefallen, Harry.«

»Was gibt es denn Besonderes daran?« Der Necroscope schien genauso ruhig wie immer. Allerdings vermutete Clarke, dass er sehr wachsam war. »Hast du mir jemals einen Fall geschildert, der mir gefallen hätte?«

Doch darauf hatte Clarke eine Antwort parat: »Wenn alles so wäre, wie es uns gefällt, Harry, wären *wir* arbeitslos! Was mich betrifft, würde ich mich am liebsten schon morgen pensionieren lassen. Sobald ich dann aber so etwas erlebe wie ... das, was ich dir zeigen will, weiß ich, dass jemand diese Arbeit einfach tun *muss!*«

Als sie vom Platz hinauf zur Burg stiegen, sagte Harry bewundernd: »Also, das ist wirklich eine Burg!« Seine Stimme klang nun lebhafter. »Was die Burg Ferenczy betrifft, war sie schon ein Trümmerhaufen, bevor ich mich mit ihr befasste. Du willst wissen, wie ich es angestellt habe?«

Er seufzte und fuhr dann fort: »Vor langer Zeit, gegen Ende der Sache mit Bodescu, erfuhr ich von einem Munitionslager in Kolomyya, und ich benutzte Sprengstoff daraus, um das Schloss Bronnitsy in die Luft zu jagen. Da der einfachste Weg oftmals der beste ist, habe ich es diesmal genauso gemacht. Ich ging zwei- oder dreimal durch den Möbius-Raum und steckte genügend Plastiksprengstoff in die Fundamente von Janos‘ Burg, um sie direkt in die Hölle zu jagen. Ich versuche, mir nicht einmal vorzustellen, was sich in den Eingeweiden der Burg befunden haben mag, doch ich bin sicher, dass dort ... etwas war, das ich noch nie gesehen habe und auch bestimmt niemals sehen will! Darcy, weißt du, dass selbst eine Semtex-Ladung von der Größe einer Fingerkuppe jede Mauer sprengen kann? Also kannst du dir vielleicht vorstellen, was mehr als hundert Kilo davon ausrichten! Falls dort etwas war, was wir als ›lebendig‹ bezeichnen können«, er zuckte die Achseln dabei, »dürfte es hinterher nicht mehr am Leben gewesen sein.«

Während Harry berichtete, musterte ihn der Chef des E-Dezernats. Allerdings nicht so auffällig, dass er es bemerkte. Er schien noch genau der Gleiche zu sein wie vor einem Monat, als Clarke nach Edinburgh gekommen war. Dieser Besuch war für Clarke auf Rhodos zu Ende gewesen und für Harry in den transsilvanischen Karpaten. Er *schien* der Gleiche zu sein, aber möglicherweise täuschte das? Denn Darcy Clarke kannte jemanden, der behauptete, dem sei nicht so!

Harry Keogh war eigentlich zwei Männer. In ihm vereinigten sich der Verstand des einen und der Körper eines anderen Mannes.

Sein Verstand war sein eigener, und sein Körper hatte einst Alec Kyle gehört. Clarke hatte auch Kyle zu dessen Lebzeiten gut gekannt. Doch am eigenartigsten war Folgendes: Je länger Keogh den Körper Kyles ›bewohnte‹, desto mehr nahm sein Gesicht die Züge Keoghs an. Er wurde dem alten Harry immer ähnlicher, dessen eigener Körper tot war. Diese Dinge ließen Clarkes Kopf stets schwimmen, wenn er länger darüber nachdachte. Deshalb verdrängte er sie gern, ließ die metaphysische Seite außer Acht und beschäftigte sich lieber mit der rein physischen.

Der Necroscope war etwa dreiundvierzig oder vierundvierzig Jahre alt, wirkte aber fünf Jahre jünger. Das betraf jedoch nur den Körper; der Geist darin war nochmals fünf Jahre jünger.

Harry hatte honigbraune Augen, die mitunter zornig blitzten. Häufig blickte er treuherzig wie ein Welpe drein. Meist trug er allerdings eine Sonnenbrille, dazu einen breitkrempigen Hut im Stil der dreißiger Jahre. Clarke hasste diese Aufmachung, jedenfalls an Harry.

In Harrys rostbraunem, naturgelocktem Haar wirkten die gleichmäßig verteilten grauen Strähnen wie gewollt. In wenigen Jahren würde das Grau vorherrschen, doch bereits jetzt verlieh es ihm etwas Distinguiertes. Er wirkte wie ein Gelehrter. Das war natürlich nicht der alte Harry. Wie der ausgesehen hatte? Wie ein Zauberer vielleicht? Nein ... einfach wie ein Necroscope, ein Mann, der mit den Toten zu sprechen vermochte.

Keogh war einst ein wenig übergewichtig gewesen, was bei seiner Größe nicht weiter aufgefallen wäre. Doch Harry hasste so etwas und er hatte nach den Ereignissen im Schloss Bronnitsy seinen neuen Körper trainiert und abgenommen, bis dieser seinen Ansprüchen genügte. So wirkte er, als sei er erst siebenunddreißig oder achtunddreißig.

Tief in seinem Innern war Harry unschuldig wie ein Kind. Zumindest war er es einmal gewesen. Er hatte nicht darum gebeten, zu werden, was er war, er hatte nicht die mächtigste Waffe des britischen E-Dezernats sein und all das tun wollen, was er getan hatte. Und nun? Konnte man ihn immer noch als unschuldig bezeichnen? Besaß er noch seine kindliche Seele? Hatte er überhaupt noch eine Seele? Oder war er besessen?

Sie durchschritten den Bogengang unter dem Wachraum, in dem mehrere Polizeioffiziere eine Gruppe uniformierter Soldaten verhörte, und befanden sich in dem engen, gepflasterten Durchgang zur eigentlichen Burg. Allen diesen Polizisten schien klar zu sein, dass Clarke ein hohes Tier war, deshalb hielt niemand sie an.

»Also gibt es für mich nichts mehr aufzuräumen?«, begann Darcy. »Du hast alles erledigt?«

»Alles«, bestätigte Harry. »Was ist mit Janos' Organisation in der Ägäis?«

»Aufgelöst«, sagte Darcy mit Nachdruck. »Vollständig! Aber ich habe trotzdem noch ein paar Männer drüben, nur für den Fall der Fälle.«

Harry Gesicht war blass und ernst, doch er zwang sich zu einem eigenartig traurigen Lächeln. »Stimmt schon, Darcy«, sagte er. »Du musst immer für den Fall der Fälle vorbereitet sein. Keine unnötigen Risiken. Nicht bei so etwas.«

In seinem Tonfall lag etwas Seltsames. Clarke sah ihn aus dem Augenwinkel an und musterte ihn unauffällig, als sie in den Schatten eines breiten Innenhofes traten, den von drei Seiten hoch aufragende Burggebäude umsäumten. »Willst du mir nicht erzählen, wie alles ablief?«

»Nein.« Harry schüttelte den Kopf. »Vielleicht später mal. Vielleicht auch nicht.« Er wandte sich Clarke zu und sah ihm in die Augen. »Ein Vampir ist wie der andere. Was könnte ich dir schon berichten, was du nicht ohnehin schon weißt? Vor allem weißt du, wie man sie töten kann, und das ist das Wichtigste.«

Clarke blickte direkt auf die spiegelnden schwarzen Flächen von Harrys Sonnenbrille. »Du bist derjenige, der uns das beigebracht hat, Harry«, sagte er.

Harry lächelte wieder auf seine traurige Art, dann fasste er ganz langsam und betont nach seiner Brille und nahm sie ab. Anschließend steckte er sie in die Tasche. »Und?«, bemerkte er herausfordernd.

Clarke blieb der Mund offen stehen, unsicher trat er einen Schritt zurück. Er konnte ein Seufzen der Erleichterung kaum unterdrücken, als er in die völlig normalen braunen Augen seines

Gegenübers blickte. »Äh ... was: und?«, brachte er mühsam hervor.

»Na ja, wohin gehen wir nun?«, fragte Harry achselzuckend. »Oder sind wir schon da?«

Clarke riss sich zusammen. »Wir sind beinahe da«, antwortete er. Er führte Harry eine Reihe ausgetretener Steinstufen hinab, durch eine schwere Tür in einen gefliesten Korridor. Als sie diesen betraten, ging ein Militärpolizist in Habtachtstellung und salutierte. Clarke nickte ihm zu und führte Harry weiter. Als sie den Korridor etwa zur Hälfte durchquert hatten, erreichten sie eine eisenbeschlagende Eichentür, die von einem Mann mittleren Alters – zweifellos einem Polizisten, obwohl er Zivil trug – bewacht wurde.

Wieder nickte Clarke. Daraufhin trat der Mann zur Seite und öffnete die Tür für sie.

»Jetzt sind wir da«, kam Harry Clarke zuvor, der den Mund sogleich wieder schloss, da er ohnehin dasselbe hatte sagen wollen. Harry Keogh brauchte niemanden, der ihm erklärte, dass er sich in der Nähe einer toten Person befand.

Der Wächter schloss leise die Tür hinter ihnen.

In dem Raum war es kühl. Zwei der Wände bestanden aus gewachsenem Stein, und ein Vorsprung aus vulkanischem Gneis zog sich vom Steinfußboden hoch in eine Seitenwand hinein. Offensichtlich war dies als Lagerraum aus dem Felsen gehauen worden, denn auf der einen Seite lag ein ganzer Stapel auseinandergenommener Metallregale. Gegenüber stand an der einen Felswand ein Rollbett, wie es in Krankenhäusern Verwendung findet. Darauf lag ein mit einem weißen Gummituch bedeckter Körper.

Der Necroscope verschwendete keine Zeit. Der Tod enthielt für Harry Keogh keinen Schrecken. Hätte er unter den Lebenden genauso viele Freunde wie unter den Toten gehabt, wäre er der meistgeliebte Mensch aller Zeiten gewesen. Das war er im Grunde auch, doch die Menschen, die ihn liebten, konnten niemandem mehr davon erzählen. Nur eben Harry selbst.

Er ging zu dem Rollbett und schlug das Gummituch von dem

Gesicht zurück. Dann schloss er die Augen und schluckte schwer. Sie war blutjung und unschuldig gewesen, und man hatte sie gefoltert. Sie litt noch immer entsetzliche Qualen. Ihre Augen waren geschlossen, doch Harry war klar, welche Pein in ihrem Blick gelegen hätte, wären sie geöffnet gewesen. Er hatte das Gefühl, dieser Blick brenne durch die Lider hindurch und schreie ihr ganzes Entsetzen hinaus.

Sie würde Trost benötigen. Die Toten, jedenfalls die große Mehrheit, würden versuchen, sie zu beruhigen, aber manchmal stellten sie sich dabei recht ungeschickt an. Ihre Stimmen klangen klagend, geisterhaft und häufig Angst einflößend, zumindest für jemanden, der sie nicht kannte. In der Dunkelheit des Todes wirkten sie wie Albtraumgestalten, wie heulende Banshees, die kamen, um eine Seele zu stehlen. Vielleicht glaubte sie zu träumen, vermutete sogar, dass sie sterben müsse, aber bestimmt nicht, dass sie schon tot war. Es brauchte Zeit, bis diese Erkenntnis einsickerte. Die frisch Verstorbenen waren meist die Letzten, die ihren Zustand realisierten. Sie waren einfach noch nicht bereit, ihn zu akzeptieren. Das traf besonders auf die ganz Jungen zu, die sich noch nie mit dem Gedanken an den Tod beschäftigt hatten.

Doch andererseits, falls sie den Tod kommen gesehen, falls sie ihn an den Augen ihres Mörders abgelesen, den betäubenden Schlag gespürt hatte, die Hände um ihren Hals, die ihr die Luft abdrosselten, das scharfe Instrument des Todes, das in ihren Körper hineinschnitt ... dann hatte sie es gewusst. Und sie würde sich nun fürchterlich kalt, einsam und verängstigt fühlen.

Harry wusste sehr wohl, wie schrecklich Tote weinen können.

Er zögerte, weil er sich nicht entschließen konnte, wie er sie ansprechen sollte. Er wusste noch nicht einmal, ob sie ansprechbar war. Denn Harry war klar: Im Gegensatz zu ihr war er unrein. Sie war rein und unschuldig.

Zornig schob er jedoch den Gedanken beiseite, dass er sie beschmutze. Nein, so weit war er noch nicht. Er war ein Freund. Ihr einziger Freund. Er war der Necroscope.

Wie auch immer – als er eine Hand auf ihre klamme Stirn legte, zuckte sie vor ihm zurück wie vor einer Giftschlange! Nicht physisch natürlich, denn sie war ja tot, aber ihr Geist, ihr Verstand wand sich, schrumpfte und zog sich in sich selbst zurück wie eine exotische Seeanemone, die von einem Schwimmer gestreift wird. Harry gefror das Blut in den Adern, und einen Augenblick lang erschrak er vor sich selbst. Das Letzte, was er beabsichtigt hatte, war, sie noch mehr zu ängstigen.

Er hüllte sie in beruhigende Gedanken und all die Wärme, die er im Gespräch mit den Toten aufzubringen vermochte: *Schon gut! Hab keine Angst! Ich will dir nichts tun! Niemand wird dir je wieder etwas antun!* So leicht war das. Ohne sich weiter darum zu bemühen, hatte er ihr mitgeteilt, dass sie tot war.

Doch im nächsten Moment wurde ihm klar gemacht, dass sie das bereits wusste. BLEIB WEG VON MIR! Ihre Totenstimme klang wie ein gequälter Aufschrei in seinem Gehirn nach. WEG ... DU SCHMUTZIGES ... DING!

Als habe ihn jemand mit blank liegenden elektrischen Kontakten berührt, zuckte Harry zurück. Schauer überliefen ihn, als er gemeinsam mit der Toten die letzten Augenblicke ihres Lebens erlebte. Ihre letzten Atemzüge, aber nicht das Letzte, was sie erlebt hatte – denn es gibt zum Glück nur wenige Fälle, in denen auf Geheiß gewisser Menschen, die man eher als Ungeheuer bezeichnen sollte, selbst totes Fleisch zu neuen Gefühlen erweckt werden kann.

In einem halb bewussten Albtraum flackerten kaleidoskopartig geisterhafte Bilder vor dem inneren Auge des Necroscopen auf und verblassten wieder. Doch Nachbilder blieben bestehen, und Harry wusste, dass sie ihn so schnell nicht verlassen würden, dass er sie lange Zeit nicht vergessen würde. Das war ihm ebenso klar wie die Natur dessen, womit er es hier zu tun hatte, denn damit war er aus einem früheren Fall durchaus vertraut.

Damals hatte es den Namen ... Dragosani geführt!

Der Mörder dieses armen Mädchens war wie Dragosani ein Nekromant gewesen, nur in einer Hinsicht noch schlimmer. Denn nicht einmal Dragosani hatte die Leichen seiner Opfer vergewaltigt!

»Jetzt ist das alles vorüber«, sagte er zu ihr. »Er kann nicht zurückkommen. Du bist jetzt in Sicherheit.«

Er spürte, wie ihre Gedanken langsam zur Ruhe kamen und ihre Neugier durchbrach. Sie wollte mehr erfahren, aber im Augenblick war sie noch völlig verängstigt. Sie wollte über ihren Zustand Bescheid wissen, doch das war wohl das Beängstigendste überhaupt. Auf ihre Art war sie sehr tapfer, und sie wollte es genau wissen.

Bin ich ... (ihre tote Stimme klang jetzt nicht mehr ganz so entsetzt und bebte nur noch ein wenig) ... *bin ich wirklich ...?*

»Ja, das bist du!«, bestätigte Harry. Er wusste, dass sie sogar diese Bewegung spüren würde, wie die Toten immer seine Handlungen, seine Stimmungen spürten. »Aber ... ich meine ... es könnte schlimmer sein!«

Er hatte das schon so oft erlebt, und es fiel ihm trotzdem nicht leicht. Wie kann man einen jüngst Verstorbenen davon überzeugen, dass es noch schlimmer sein könnte? Dein Körper wird verwesen und von den Würmern gefressen werden, aber dein Geist lebt weiter. Oh, du wirst nichts mehr sehen können ... es bleibt für immer dunkel um dich, und du kannst auch nichts mehr riechen oder schmecken oder berühren, aber dennoch hätte es schlimmer kommen können. Deine Eltern und die anderen, die dich liebten, werden an deinem Grab weinen und dort Blumen pflanzen und sich vorstellen, wie du einmal ausgesehen hast, aber du wirst nicht wissen, dass sie da sind, du kannst nicht mit ihnen sprechen und sie beruhigen. Du kannst ihnen nicht sagen, dass es noch schlimmer sein könnte.

Das waren Harrys Eindrücke, und obwohl sie sich in seinem Innersten abspielten, drangen seine Gedanken zu ihr durch. Sie hörte und fühlte sie und spürte nun, dass er ein Freund war.

Du bist der Necroscope, stellte sie fest. *Sie wollten mir von dir erzählen, aber ich hatte Angst und hörte nicht richtig hin. Ich wandte mich ab, als sie mit mir sprachen. Ich wollte nicht ... mit toten Leuten sprechen.*

Harry weinte. Große Tränen ließen die Szene vor seinen Augen verschwimmen, rannen ihm über die blassen, hohlen Wangen und fielen heiß auf seine Hand, die noch immer auf ihrer kalten Stirn lag. Er hatte nicht weinen wollen, hatte nicht einmal geahnt, dass er dazu noch fähig war, aber etwas in ihm verstärkte seine Gefühle in einem Maße, dass sie weit über die eines gewöhnlichen Menschen hinausgingen. Und – solange es um solch menschliche Gefühle ging, gab es keine Gefahr.

Darcy Clarke war vorgetreten und berührte den Arm des Necroscopen. »Harry?«

Harry schüttelte ihn ab. Seine Stimme klang hart und ein wenig erstickt, als er heiser hervorstieß: »Lass uns in Ruhe! Ich will unter vier Augen mit ihr sprechen.«

Clarke trat mit hüpfendem Adamsapfel einen Schritt zurück. Doch nach einem gründlichen Blick auf Harrys Miene standen auch ihm Tränen in den Augen. »Selbstverständlich«, sagte er, wandte sich ab, verließ den Raum und schloss die Tür hinter sich.

Harry zog sich einen der Stühle mit Metallgestell heran, die vor den Regalen standen, und setzte sich neben das tote Mädchen. Dann nahm er vorsichtig ihren Kopf in seine Arme.

Ich ... das kann ich fühlen, sagte sie erstaunt.

»Dann kannst du auch fühlen, dass ich nicht so bin wie er«, antwortete Harry laut. Er zog es vor, auf diese Art mit den Toten zu sprechen, weil es ihm natürlicher vorkam.

Der größte Teil ihrer Angst war nun verflogen. Der Necroscope hatte sie beruhigt, kam ihr wie ein sicherer Hafen vor. Er hätte auch ihr Vater sein können, wie er ihr Gesicht streichelte. Doch den hätte sie nicht mehr gespürt. Nur Harry Keogh vermochte die Toten auf diese Weise zu berühren. Nur Harry, und ...

Wieder stieg das Entsetzen in ihr hoch. Doch er erkannte das rasch und beruhigte sie erneut: »Es ist vorbei – du bist in Sicherheit. Wir werden – *ich* werde nicht zulassen, dass du noch einmal verletzt wirst.« Das war mehr als ein Versprechen; es war ein Schwur.

Nach einer Weile beruhigten sich ihre Gedanken. Trotzdem klang sie verbittert, als sie sagte: *Ich bin tot, aber er – dieses DING – lebt weiter!*

»Das ist einer der Gründe, weshalb ich hier bin«, sagte Harry. »Denn du warst nicht die Einzige! Es gab andere vorher, und wenn wir ihn nicht aufhalten, wird es nach dir weitere geben. Es ist ausgesprochen wichtig, dass wir ihn erwischen, denn er ist nicht nur ein Mörder, sondern auch ein Nekromant. Daher ist er viel gefährlicher als beide zusammen genommen. Ein Mörder raubt Leben, und ein Nekromant quält die Toten. Aber dieser hier weidet sich an der Angst seiner Opfer sowohl vor als auch nach ihrem Tod!«

Ich kann nicht über das sprechen, was er mit mir gemacht hat, sagte sie schaudernd.

»Das musst du auch nicht!« Harry schüttelte den Kopf. »Im Augenblick bin ich nur an dir interessiert. Ich bin sicher, es gibt Menschen, die sich deinetwegen Sorgen machen! Wir müssen zuerst einmal wissen, wer du bist, um sie benachrichtigen zu können.«

Glaubst du, sie werden jemals darüber hinwegkommen, Harry?

Das war eine gute Frage. »Wir müssen ihnen nicht alles sagen«, antwortete er. »Ich kann es so hindrehen, dass sie nur erfahren, dass dich jemand ermordet hat. Sie werden nicht erfahren, auf welche Weise.«

Bringst du das fertig?

»Ja, wenn du das wünschst?«

Auf jeden Fall! Sie seufzte innerlich auf – für ihn deutlich hörbar. *Das war das Schlimmste, Harry: an meine Angehörigen denken zu müssen und wie sie es aufnehmen würden! Wenn du es ihnen erleichtern kannst ... Ich glaube, ich fange an zu verstehen, warum die Toten doch so lieben. Ich heiße Penny. Penny Sanderson. Und ich wohne – wohnte ...*

... Und so ging es voran. Sie erzählte dem Necroscopen von sich, und er prägte sich alles genau ein. Das hatte Darcy Clarke erreichen wollen, aber Harry war damit noch nicht zufrieden. Als Penny Sanderson ihren Bericht beendet hatte, wusste Harry, dass er noch einen Schritt weiter gehen musste.

»Hör zu, Penny«, sagte er. »Ich möchte, dass du jetzt nichts tust oder sagst. Versuch nicht, mit mir zu sprechen. Es ist sehr wichtig!«

Geht es um IHN?

»Penny, als ich dich zum ersten Mal berührte und du glaubtest, er sei zurückgekehrt, da hast du dich unbewusst an das erinnert, was geschehen ist. Jedenfalls an Teile davon. Es war wie ein kurzes Aufflackern von Erinnerungen. Das geschah in der Totensprache, und ich habe es vernommen. Aber nur sehr chaotisch, wie ein Kaleidoskop von Erinnerungsfetzen.«

Aber das war alles, sagte sie. *So hat es sich abgespielt.*

»Okay, das ist gut, aber ich muss es noch einmal sehen. Je besser ich es mir einprägen kann, desto größer ist meine Chance, ihn aufzuspüren. Du musst mir nichts sagen, jedenfalls nicht bewusst. Ich will dir nur ein paar Worte vorgeben, die bei dir entsprechende Reaktionen auslösen. Verstehst du?«

Ein Wort-Assoziationstest?

»So in etwa. Allerdings werden diese Assoziationen die Hölle für dich bedeuten. Doch es wird leichter, als darüber zu sprechen.«

Sie begriff und Harry spürte, dass sie gewillt war, mitzuziehen. Bevor sie es sich anders überlegen konnte, sagte er: »Messer!«

Ein Bild prallte gegen seinen Verstand wie eine Mischung aus Blut und Säure. Das Blut erregte ihn, und die Säure brannte das Bild in ihn ein, und diesmal gewiss endgültig. Um Harry drehte sich alles, solches Entsetzen schwang darin mit – beinahe unerträglich – und hätte er nicht gesessen, wäre er gestürzt. Derart körperlich wirkte sich ihr Schock auf ihn aus, wenn auch nur einen Sekundenbruchteil lang.

Als sie micht aufhörte zu schluchzen, fragte er: »Kannst du weitermachen?«

Nein ... ja.

»Gesicht!«, schoss ihr Harrys nächstes Wort entgegen.

Gesicht?

»Sein Gesicht?«, versuchte er es noch einmal.

Und dann huschte ein Gesicht durch den Verstand des Necroscopen: rot, höhnisch verzerrt, ein offener, geifernder Mund, Augen, so gefühllos wie gefrorene Diamanten ... Aber es ging nicht zu schnell, um es bewusst wahrzunehmen. Diesmal schluchzte sie nicht. Sie wollte, dass diese Vorgehensweise funktionierte. Sie wollte, dass *er* zur Rechenschaft gezogen wurde!

»Wo?«

Das Bild eines ... Parkplatzes? Einer Autobahn-Raststätte? Von einzelnen Lichtpunkten durchsetzte Dunkelheit. Eine Kette von Pkws und Lastwagen, die über drei Spuren heranrasten, mit blendenden Scheinwerfern ... und Scheibenwischer, die unablässig ihr Werk taten ... links ... rechts ... links ...

Doch darin lag kein Schmerz, und deshalb glaubte Harry nicht, dass es an diesem Ort geschehen war. Vielleicht hatte es hier begonnen, hatte sie ihn hier getroffen.

»Hat er dich in seinem Auto mitgenommen?«

Das vom Regen verwaschene Bild eines eisigblauen Schilds mit weißer Aufschrift: FRID oder FRIG? Das Schild hatte viele Räder und stieß Auspuffgase aus. So hatte sie es jedenfalls in Erinnerung. Ein Lastzug?

»Penny«, sagte Harry. »Ich muss dich leider weiter quälen. Aber diesmal will ich *nicht* wissen, wo du ihn *getroffen* hast: *Wo?*«

Eis! Bittere Kälte! Dunkelheit! Es wummerte leise und der Boden vibrierte. Und überall tote Dinge, die von Haken herabhingen. Harry war bemüht, sich alles einzuprägen, aber nichts war klar und deutlich, außer natürlich ihre panische Angst und Ungläubigkeit.

Wieder schluchzte sie verängstigt, und Harry war klar, dass er bald aufhören musste. Er konnte sich nicht dazu zwingen, sie weiterhin so zu quälen. Und dennoch wusste er, dass er gerade jetzt nicht nachgeben durfte.

»Tod!«, fuhr er sie an und hasste sich selbst dabei.

Wieder erschien die Szene mit dem Messer, und Harry wurde bewusst, dass er ihre Mitarbeit verlieren würde, spürte, wie sie begann, sich zurückzuziehen. Doch bevor das geschah: »Und ... hinterher?« (Mein Gott, ich will es gar nicht wissen! Ich will es nicht sehen!)

Penny Sanderson schrie und schrie und schrie. Aber der Necroscope erhielt das Bild, das er heraufbeschworen hatte.

Er wünschte, er hätte es nicht getan.

ZWEITES KAPITEL

Harry blieb noch eine halbe Stunde bei ihr, beruhigte sie, tat, was er nur konnte, wobei er ihr einige weitere Einzelheiten entlockte, genug jedenfalls, um der Polizei Anhaltspunkte zu liefern. Als er schließlich gehen musste, rang sie ihm das Versprechen ab, dass er zurückkommen werde. Sie war zwar noch nicht lange tot, hatte aber bereits zu spüren bekommen, wie einsam man nach dem Tod ist.

Der Necroscope fühlte sich ausgelaugt. Er benötigte eine neue Motivation. Als er sie gebeten hatte, ihren Körper betrachten zu dürfen, hatte sie ihm gesagt, bei jemand anderem sei es ihr völlig egal, aber in seinem Fall, da er ja der Necroscope war, falle es ihr schwer. Sie war eben immer noch ein schüchternes Mädchen.

»Hey!«, protestierte er. »Ich bin doch kein Voyeur!«

Ich wollte doch nicht ... ich meinte nur ... wenn mein Körper unversehrt wäre, hätte ich bestimmt nichts dagegen, stammelte sie.

»Penny, du bist ausgesprochen hübsch gewesen«, sagte er ihr daraufhin. »Und ich? Na ja, ich bin letzten Endes auch nur ein Mensch. Aber glaube mir, ich habe wirklich nichts im Sinn, was irgendwie einen sexuellen Bezug hätte. Ich will dich ansehen, gerade *weil* dein Körper so geschunden wurde! Ich will zornig werden! Und zu sehen, was er dir angetan hat, wird mich mehr als nur zornig machen!«

Dann werde ich mir einfach vorstellen, du seist mein Arzt, sagte sie.

Harry nahm ganz sanft die Gummiplane von ihrem jungen Körper, betrachtete sie und zog dann bebend die Plane wieder hoch.

Ist es sehr schlimm? Sie unterdrückte ein Schluchzen. *Es ist eine solche Schande. Mutter meinte immer, ich könnte Model werden.*

»Da hatte sie Recht«, sagte er. »Du warst ein sehr schönes Mädchen.«

Und jetzt nicht mehr?

Er fühlte, wie ihre Verzweiflung wieder wuchs.

Doch nach ein paar Sekunden sagte sie: *Harry? Hat es dich wütend gemacht?*

Er fühlte erneut die blanke Wut in sich hochsteigen, und so bestätigte er ihr, bevor er ging: »Oh ja! Allerdings!«

Darcy Clarke hielt sich – zusammen mit dem Polizisten in Zivil – immer noch vor der Tür auf. Harry schloss sich ihnen an. Er wirkte ausgebrannt. »Ich habe das Leichentuch so hochgezogen, dass ihr Gesicht frei bleibt.« Zu dem Polizeibeamten gewandt fügte er hinzu: »Sorgen Sie dafür, dass ihr Gesicht *nicht bedeckt* wird!«

Der Polizist zog die Augenbrauen hoch und zuckte mit den Schultern. »Wer, ich?«, fragte er in seinem breiten schottischen Dialekt. »Hab nichts damit zu tun gehabt, Chef. Es is halt bloß – wenn da'n Toter liegt, decken die'n halt meistens zu.«

Harry wandte sich ihm mit wütend verzerrter Miene zu. Darcy Clarkes Instinkt setzte sofort ein. Er spürte, dass der Necroscope mit einem Mal äußerst gefährlich war. Ein schrecklicher Zorn erfüllte ihn, und den musste er an irgendetwas – oder irgendjemand – auslassen. Also trat Clarke rasch zwischen die beiden und packte den Necroscopen am Arm. »Ist schon in Ordnung, Harry!«, sagte er eindringlich. »Die Leute hier sehen so was ständig. Es berührt sie nicht mehr so arg. Sie stumpfen ab.«

Harry beherrschte sich, aber es kostete ihn einige Mühe. Er sah Clarke an und grollte: »So was sieht er eben nicht ständig! Niemand kann einer solchen Tat gegenüber abstumpfen!« Und als er Clarkes Verwirrung bemerkte, fügte er hinzu: »Ich erkläre es dir später.«

Er blickte den Offizier erneut an und fragte diesmal höflicher: »Haben Sie ein Notizbuch?«

Der ziemlich verwirrte Mann nickte. »Ja!« Er kramte in seiner Tasche, holte es heraus und kritzelte hastig mit, als Harry ihm Pennys Namen, Adresse und familiäre Einzelheiten nannte. Danach wirkte er nur noch verwirrter. »Sin' Sie sich dieser Daten sicher, Sir?«, fragte er.

»Ja. Geben Sie alles so weiter, wie ich es Ihnen gesagt habe, ja? Und ich will auf keinen Fall, dass ihr Gesicht zugedeckt wird. Penny hat das immer schon gehasst!«

»Ha'm Se se gekannt?«

»Nein«, antwortete Harry ernst. »Aber jetzt kenne ich sie.«

Sie ließen den Beamten kopfschüttelnd zurück. Immerhin sprach er dann in sein Walkie-Talkie, wobei er sich am Kopf kratzte. Als sie sich an der frischen Luft befanden und in den Sonnenschein des Hofs traten, stülpte Harry seinen Mantelkragen hoch und setzte die Sonnenbrille auf.

Clarke sagte: »Du hast doch noch etwas auf dem Herzen. Stimmt's?«

Harry nickte, schränkte jedoch im nächsten Moment ein: »Vergessen wir mal, was ich habe – aber was weißt du noch? Hast du eine Ahnung, womit wir es zu tun haben?«

Clarke hob hilflos die Hände. »Nur dass er ein womöglich verrückter Serienmörder ist.«

»Du weißt, was er tut?«

»Ja, es hat etwas mit Sex zu tun. Einer sehr kranken Art von Sex.«

»Schlimmer als du glaubst.« Harry schauderte. »Ähnlich wie bei Dragosani.«

Clarke zuckte zusammen. *»Was?«*

»Er ist ein Nekromant«, berichtete Harry. »Ein Mörder und Nekromant. Und schlimmer noch als Dragosani, denn er ist auch nekrophil veranlagt!«

Clarke brachte es fertig, gleichzeitig das Gesicht schmerzvoll zu verziehen und dennoch fragend dreinzublicken. Dann sagte er: »Damit kann ich im Moment nichts anfangen. Hilfst du mir auf die Sprünge?«

Harry überlegte einen Augenblick angestrengt, doch es blieb ihm schließlich nichts anderes übrig, als Clarke eine präzise Erklärung zu liefern. »Dragosani hat die Leichen von Verstorbenen oder Ermordeten aufgerissen, um ihnen ihre Informationen zu entreißen. Das war seine besondere ›Gabe‹, wie du deine hast und ich meine. Er war ein Nekromant. Während er für Gregor Borowitz und das sowjetische E-Dezernat arbeitete, war es seine Aufgabe, die Leichen von Feinden der Sowjetunion zu untersuchen. Er war in der Lage, ihre Leidenschaften aus den Tränensäcken ihrer Augen abzulesen, die Wahrheit über ihr Leben aus ihren triefenden Innereien, er hörte das entsetzte Flüstern ihrer erkaltenden Gehirne und roch ihre kleinsten Geheimnisse in den Gasen ihrer angeschwollenen Eingeweide!«

Clarke hob protestierend die Hand. »Herrgott, Harry, das weiß ich doch alles!«

»Aber du weißt nicht, wie man sich fühlt, wenn man tot ist, du kannst dir nicht vorstellen, was all das bedeutet! Ich kann es dir auch nicht verdenken! Aber hör zu: Ich habe immer gesagt, ich unterscheide mich von Dragosani. Wir hatten jedoch auch Gemeinsamkeiten. Es fällt mir schwer, das zuzugeben, aber es war so. Du weißt ja, was dieser Bastard Keenan Gormley angetan hat, wie er seinen Körper zurichtete. Doch nur ich allein weiß, was Gormley dabei empfunden hat!«

Nun verstand Clarke. Er schnappte nach Luft, spürte, wie ihm die Haare zu Berge standen und hauchte: »Himmel, du hast Recht! Ich glaube, ich *will* es einfach nicht wahrhaben. Aber Keenan hat alles *gespürt,* was Dragosani ihm angetan hat!«

»Richtig.« Harry ließ sich nicht mehr bremsen. »Das eigentliche Werkzeug eines Nekromanten ist die Folter. Die Toten spüren, was er ihnen antut, genauso wie sie hören, was ich ihnen sage. Doch im Gegensatz zu den Lebenden können sie sich nicht dagegen wehren, nicht einmal schreien! Jedenfalls nicht auf eine Weise, dass man sie hören würde. Und was Penny Sanderson betrifft ...«

Clarke erblasste noch mehr. »Sie spürte, wie ...?«

»Alles!«, grollte Harry. »Und dieser Bastard, wer er auch sein mag, *wusste* das! Vergewaltigung an sich ist schon schlimm genug, wenn man es den Lebenden antut, und Nekrophilie wäre ebenfalls schlimm genug, wenn man das Toten antut, die nichts mehr davon wahrnehmen, aber was *dieser* Kerl tut, ist schlimmer als alles andere! Er foltert seine Opfer zu Tode und sogar hinterher noch, denn er *weiß*, dass sie es spüren! Er benutzt ein Messer mit gekrümmter Klinge, wie man es im Garten zum Beschneiden von Bäumen und Blumen nimmt, aber es ist scharf wie ein Rasiermesser und ... wird nicht bei Pflanzen verwendet.«

Eigentlich hatte Clarke sich mit den Polizisten im Wachraum sprechen wollen, doch nun war ihm schlecht und er musste sich an die niedrige Burgmauer lehnen. Während er sich daran festhielt, sog er gierig die frische Luft ein und kämpfte gleichzeitig gegen seine aufsteigende Magensäure an. Nun war ihm alles klar, und er wurde die Bilder nicht mehr los, die vor seinem inneren Auge erschienen. Krankhafter Sex? Gott, was für eine Untertreibung!

Der Chef des E-Dezernats blickte Harry von der Seite her an. »Er ... er schneidet die Körper der armen Kinder auf und hat dann auf diese Weise Sex mit Ihnen?«

»Darcy, hat man dir bei der Polizei nicht gesagt, *wo* er sein Sperma zurücklässt?«

Clarke fühlte sich fiebrig, doch statt sich übergeben zu müssen, stieg eine ungeheure kalte Wut in ihm hoch. Nein, die Polizei hatte ihm nichts davon berichtet, aber nun war es ihm klar. Er blickte über die vor seinen Augen verschwimmende Stadt hinweg und fragte: »Wieso bist du so sicher, dass er weiß, dass sie es spüren?«

»Während er seine Untaten vollbringt, spricht er mit seinen Opfern«, erklärte Harry ihm gnadenlos. »Und wenn sie in ihrer Not schreien und betteln, dass er aufhört, kann er sie ebenfalls hören, und er lacht sie aus!«

Clarke dachte: *Himmel, ich hätte ihn nicht fragen sollen! Und du, du Bastard, Harry Keogh – du hättest es mir nicht sagen sollen!* Mit schwimmenden Augen wollte er den Necroscopen ansehen, doch es gab niemanden mehr, den er ansehen konnte. Da waren nur noch der Wind, der über den Platz rauschte, und die Touristen, die gegen die Brise ankämpften. Über ihm kreischten Möwen, die auf der Thermik nach oben stiegen. Harry war verschwunden ...

Später setzte Harry mit Clarkes Hilfe durch, dass Penny Sandersons Leiche verbrannt wurde. Es war der Wunsch ihrer Eltern, und sie würden nie erfahren, dass alles nur eine Show war. Penny würde bereits Asche sein, wenn ihre Tränen auf ihren Sarg tropften, bevor er hinter dem Vorhang im Feuer verschwand.

Clarke hatte das nicht gewollt, aber er war es Harry schuldig. Und er wollte diesen Wahnsinnigen unbedingt fangen, der Penny und anderen Unschuldigen so etwas angetan hatte. Harry hatte ihm gesagt: ›Wenn ich ihre Asche habe, und zwar die reine Asche, ohne Verunreinigungen wie Holzkohle oder verbrannten Stoff und Ähnliches, werde ich in der Lage sein, jederzeit mit ihr zu sprechen! Und vielleicht fällt ihr dann auch noch etwas Wichtiges ein.«

Das leuchtete Clarke ein, und so hatte er ein paar Verbindungen spielen lassen. Als Chef des E-Dezernats verfügte er durchaus über einige Macht. Doch hätte er gewusst, was in Transsilvanien auf der Burg Janos Ferenczys tatsächlich geschehen war, hätte er Harry vermutlich keinen Gefallen mehr getan.

Hätte Zek Föener ihre ursprüngliche ... Anschuldigung, oder vielleicht ... Vorahnung nicht zurückgenommen ...?

Zek war Telepathin und dem Necroscopen so loyal gegenüber, wie es nur möglich war. Als sie sich wegen der Ferenczy-Angelegenheit auf den griechischen Inseln aufgehalten hatte, hatte es sich ergeben, dass sie sich telepathisch mit Harry zu verständigen musste. Dabei war sie zu Tode erschrocken. Es hatte eine Weile gedauert, bis sie in der Lage gewesen war, Clarke Bericht darüber zu erstatten. Das war weniger als einen Monat her, und sie hatten sich auf Rhodos befunden. Clarke erinnerte sich noch deutlich an ihre Unterhaltung.

»Was ist mit dir los, Zek?«, hatte er sie gefragt, als sie sich unter vier Augen unterhalten konnten. »Ich habe dein Gesicht beobachtet, als du Kontakt mit Harry aufgenommen hast. Ist er in Gefahr?«

»Nein ... ja ... ich weiß nicht«, hatte sie geantwortet, jedes Wort von Furcht und Frust durchdrungen. Als sie ihn anblickte, entdeckte er auf ihrer Miene den gleichen entsetzten, ungläubigen Ausdruck wie bei ihrem Kontakt mit Harry – als sehe sie absolut fremdartige Dinge, als weile sie in einer fernen Welt jenseits unseres Raumes und unserer Zeit. In solch einer Welt hatte sie sich ja auch befunden – gemeinsam mit Harry! In einer Welt der Vampire!

»Zek«, sagte er, »falls es etwas gibt, was ich über Harry erfahren sollte, ist es nur fair, wenn du ...«

»Fair?«, unterbrach sie ihn. »Für wen? Ist es fair Harry gegenüber?«

Da hatte Clarke ein eisiger Schauder erfasst. »Ich glaube, du solltest es erklären.«

»Ich *kann* es nicht erklären!«, hatte sie ihn angefaucht. »Oder vielleicht doch?« Dann war sie ruhiger geworden, ihr Blick hatte sich geklärt, und ihr Tonfall war beinahe bittend geworden. »Es liegt wohl daran, dass fast jeder Verstand, den ich in den letzten Tagen berührt habe, einem von *ihnen* gehört hat. Deshalb wittere ich sie schon, wo es sie gar nicht gibt. Oder unmöglich geben kann.«

Nun war er sich ganz sicher, was sie ihm zu sagen versuchte. »Du meinst, als du mit Harry Kontakt aufgenommen hast, spürtest du ...?«

»Ja ... *ja, verdammt!*«, fuhr sie ihn an. »Aber ich kann mich auch irren! Schließlich bekämpft er die Dinger ja gerade jetzt! Sogar in diesem Moment befindet er sich in der Nähe von Vampiren. Ich kann genauso gut einen von ihnen berührt haben. Mein Gott, es *muss* einer von ihnen gewesen sein!«

Damit hatten sie das Thema fallen lassen, doch seitdem gingen ihre Worte Clarke nicht mehr aus dem Kopf. Als sie wieder nach Hause flogen, hatte er Zek gebeten, als Gast des E-Dezernats mit nach England zu kommen.

Ihre Antwort war in etwa so ausgefallen, wie er sich das gedacht hatte. »Damit kannst du mich doch nicht hinters Licht führen, Darcy! Nach allem, was geschehen ist, passt es mir überhaupt nicht, wenn du das auch nur versuchst! Also sage ich es dir geradeheraus: Ich *verabscheue* die E-Dezernate, ob es die Russen sind, die Engländer oder wer auch immer! Nicht die ESPer selbst, sondern die Art und Weise, wie man sie *benutzt*. Und was Harry betrifft: Ich werde mich niemals gegen den Necroscope stellen.« Dabei hatte sie energisch den Kopf geschüttelt. »Harry und ich haben früher einmal auf verschiedenen Seiten gestanden, und er hat mir so einiges beigebracht. ›Stelle dich nie gegen mich oder die Meinen‹, hat er gesagt, und das werde ich beherzigen. Ich habe in seinen Verstand geblickt, Darcy, und deshalb weiß ich: Wenn dir jemand wie Harry so etwas sagt, hörst du besser auf ihn! Sollte er also ... Probleme haben, sind es seine und nicht meine!«

Diese Antwort hatte ihn noch mehr ins Grübeln gebracht ...

Nach London zurückgekehrt, hatte er im Hauptquartier einen Stapel Arbeit vorgefunden. Das meiste hatte er während der ersten Tage erledigt und nebenher auch die schlimmsten Schrecken der Ferenczy-Affäre aus seinem Gedächtnis verdrängt, doch nachts hatte er regelmäßig Albträume. Einer davon war besonders schlimm und hartnäckig.

Im Großen und Ganzen lief es so ab: Clarke selbst, Zek, Jazz Simmons, Ben Trask, Manolis Papastamos, also die meisten aus dem Team in Griechenland – mit Ausnahme von Harry Keogh! – saßen in einem Boot, das sanft auf einer spiegelglatten See schaukelte. Das Meer war so blau, dass es sich nur um die Ägäis handeln konnte. Eine kleine kahle Felseninsel hob sich als goldgerahmte Silhouette vor der untergehenden Sonne ab, deren Strahlen sich im blauen Wasser brachen. Die erhabene Schönheit der Szenerie war unglaublich detailliert, echt und lebhaft. Nichts daran deutete auf einen Albtraum hin. Doch da dieser beinahe jede Nacht wiederkehrte, wusste Clarke sehr wohl, wie es weiterging.

Er betrachtete Zek, die in einem winzigen Bikini, der nicht viel der Fantasie überließ, auf einer kleinen Plattform am Heck lag und sich sonnte. Sie lag auf dem Bauch, das Gesicht zur Seite gewandt, und ließ eine Hand ins Wasser baumeln. Ihre Finger hinterließen kleine Wellen im glatten Meerwasser. Doch dann ...

Mit einem Mal blickte sie ihre Hand an, riss sie aus dem Wasser, schrie voller Abscheu auf und wälzte sich von der Sonnenplattform herunter an Deck. Ihre Hand war rot verfärbt und blutete! Nein, das stimmte nicht ganz: Sie war lediglich blutbeschmiert. Als alle darauf aufmerksam geworden waren, breitete sich auf dem Meer bereits eine große, blutrote Lache aus – wie ausgeflossenes Öl –, die rasch das ganze Boot umgab.

Aber woher rührte sie?

Sie blickten aufs Meer hinaus, um die Quelle der Lache zu finden. Bisher unbemerkt, hob sich nur fünfzig Meter von ihnen entfernt der muschelverkrustete Bug eines Wracks aus dem Wasser. Als Gallionsfigur trug es ein abscheuliches, doch *erkennbares* Gesicht mit einem aufgerissenen, laut schreienden Maul, mächtigen Fangzähnen, zwischen denen unaufhörlich das Blut ins Meer hinausströmte!

Und was war das für ein Schiff, das im eigenen Blut langsam außer Sicht gurgelte? Clarke brauchte die schwarzen Lettern auf dem krustigen Rumpf, die in umgekehrter Reihenfolge eine nach der anderen im Wasser versanken, nicht zu lesen, um zu wissen, was da stand: O...R...C...E...N.

Nein, er wusste bereits, dass es sich um das Pestschiff *Necroscope* aus Edinburgh handelte, das auf ewig einen Ozean aus Blut befuhr oder, wie jetzt gerade, darin versank.

Furchterfüllt beobachtete er, wie das Schiff unterging. Dann sprang er auf, während Papastamos fluchte und eine Harpune an sich riss. Die Blutlache, auf der ihr Boot schwamm, blubberte, kochte fast, als ein namenloses Ding langsam aus der Tiefe heraufstieg. Es war ein Körper, nackt, mit dem Gesicht nach unten, der nun an der Oberfläche trieb und wie eine Qualle schwankte, die ihre Tentakel von sich streckt. Und dann versuchte der Körper tatsächlich, recht schwach allerdings, zu schwimmen!

Papastamos stand bereits an der Reling und zielte mit der Harpune, doch Clarke wollte ihn aufhalten und schrie: »Nein!«

Aber es war zu spät. Der stählerne Speer zischte durch die Luft und schlug dumpf in den Körper des einsamen Überlebenden ein. Dieser zuckte und wälzte sich herum; sein Gesicht war das der Gallionsfigur. Seine roten Augen starrten sie wütend an, und aus seinem roten Rachen quoll Blut, während er endgültig versank.

An dieser Stelle wachte Clarke für gewöhnlich auf.

Er fuhr hoch, als das Telefon klingelte, dann seufzte er erleichtert, da sein morbider Gedankengang unterbrochen worden war. Er ließ das Telefon noch ein paar Sekunden weiterklingeln und beschäftigte sich mit seinem Traum im Licht kalter Logik.

Natürlich war Clarke kein Traumdeuter, doch diesen zu interpretieren war leicht genug. Zu ihrer eigenen Bestürzung hatte Zek als Erste einen Verdacht über Harry geäußert. Was den Hintergrund betraf: Nun, das war wohl verständlich, nachdem sie sich in der Ägäis aufgehalten und dort in jüngster Vergangenheit so viel Schreckliches erlebt hatten!

Und das Ende des Traums? Papastamos hatte dem Schrecken wohl ein Ende bereitet, doch das war nicht das Wesentliche daran. Jeder hätte das erreichen können – außer Clarke! *Das* war der springende Punkt: Darcy Clarke hatte es nicht getan, hatte es nicht gewollt und hätte es beinahe verhindert! Noch jetzt fühlte er sich nicht in der Lage, etwas zu unternehmen ...

Beim fünften Läuten griff er nach dem Hörer, doch seine

Erleichterung war auf der Stelle wie weggeblasen: Am anderen Ende begann der Albtraum erneut.

»Darcy?« Die Stimme des Necroscopen klang ruhig, gesammelt, so unpersönlich wie Clarke sie kaum je empfunden hatte.

»Harry?« Clarke drückte einen Knopf an seiner Anlage, damit das Gespräch auf jeden Fall aufgezeichnet wurde. »Ich hatte schon früher damit gerechnet, von dir zu hören.«

»Ja? Warum denn?«

Das verschlug Clarke denn doch den Atem. Allerdings – Harry war ja nicht das Eigentum des E-Dezernats. »Nun ja«, er überlegte rasend schnell, »wegen deines Interesses an dem Fall mit dem Serienmörder! Ich meine, es ist nun schon zehn Tage her, dass wir uns in Edinburgh getroffen haben, und wir haben in dieser Zeit nur einmal telefoniert. Ich hatte gehofft ..., dass du ziemlich schnell zu einem Ergebnis kommen würdest.«

»Und was ist mit deinen Leuten?«, schoss Harry zurück. »Haben deine ESPer irgendetwas herausbekommen? Deine Telepathen und Spürer, deine Hellseher und Lokatoren? Hat die Polizei etwas erreicht? Garantiert nicht, denn sonst hättest du mich nicht gefragt. He, Darcy, ich bin nur ein einzelner Mann, und dir steht der ganze Apparat zur Verfügung!«

Clarke beschloss, mitzuspielen. »Also, dann sag mir, welchem Umstand ich das Vergnügen verdanke, deine Stimme zu vernehmen! Ich kann mir nicht vorstellen, dass du nur aus lauter Höflichkeit anrufst, Harry!«

Das leise Lachen des Necroscopen klang recht normal und trocken und entspannte die Situation ein bisschen. »Du wärst ein guter Sparringspartner, Darcy! Aber abgesehen davon rufe ich an, weil ich ein paar Informationen benötige.«

Mit wem rede ich eigentlich?, fragte sich Clarke. *Womit rede ich? Mein Gott, wenn ich nur sicher sein könnte, dass du es bist, Harry! Nur du allein! Aber es gibt keine Sicherheit, und wenn da noch etwas in dir steckt ... dann muss ich früher oder später etwas dagegen unternehmen.*

Genau um dieses Problem drehte sich auch sein Albtraum. Doch laut sagte er lediglich: »Informationen? Wie kann ich dir behilflich sein?«

»Zwei Dinge«, sagte Harry. »Der erste Wunsch ist recht umfangreich: Ich will mehr über die Einzelheiten bei den anderen ermordeten jungen Frauen wissen. Sicher, ich habe selbst Freunde an den richtigen Stellen, aber ich möchte die Toten diesmal nicht belästigen!«

»Tatsächlich?« Clarke wurde langsam neugierig. Harry tat so geheimnisvoll. Die Toten machten doch sonst alles für ihren Freund. Auf seinen Wunsch erhoben sie sich sogar aus ihren Gräbern!

»Ich habe schon zu viel von den Toten verlangt«, bemühte Harry sich zu erklären, beinahe, als habe er Clarkes Gedanken erraten. »Es ist an der Zeit, zur Abwechslung mal *ihnen* einen Gefallen zu tun.«

Diese Bemerkung gab Clarke ein Rätsel auf. Er erwiderte jedoch: »Gib mir eine halbe Stunde, bis dahin habe ich alle Unterlagen für dich kopiert. Ich kann sie mit der Post schicken, aber ... nein, das wäre lächerlich. Du kannst sie gleich hier bei mir abholen.«

Wieder lachte Harry leise auf. »Durch das Möbius-Kontinuum? Und damit wieder alle aufscheuchen?« Ernst fügte er hinzu: »Nein, schicke mir alles per Post. Du weißt ja, dass ich euer Hauptquartier nicht mag. Deine ESPer sind mir unheimlich!«

Nun lachte Clarke schallend. Es klang wohl etwas gezwungen, aber er hoffte, Harry werde es nicht bemerken. »Und was kann ich sonst noch für dich tun?«

»Das kann ich dir in einem Satz sagen«, stellte der Necroscope fest. »Erzähle mir etwas über Paxton.«

Das kam wie ein Blitz aus dem Dunkel, und mit voller Absicht natürlich. »Pax...?« Das Lächeln auf Clarkes Miene wurde von einem Stirnrunzeln abgelöst. Paxton? Was war mit Paxton? Er wusste kaum etwas über den Mann. Er war ein paar Monate lang als Proband in der Zentrale gewesen – ein ESPer, wahrscheinlich Telepath – bis der zuständige Minister ihn für das E-Dezernat abgelehnt hatte. In seiner Vergangenheit hatte es wohl ein paar dunkle Punkte gegeben.

»Ja, Paxton«, wiederholte Harry. »Geoffrey Paxton. Er ist doch einer von euch, oder?« In seiner Sprechweise lag nun eine beinahe mechanische Präzision: kalt und beherrscht. Wie ein Computer, der auf die Eingabe wichtiger Informationen wartet, bevor er seine Auswertung beginnen kann.

»War«, verbesserte Clarke ihn schließlich. »Er *wollte* einer von uns werden. Doch offensichtlich gibt es da ein paar dunkle Punkte in seiner Vergangenheit, und so hat er die Abfahrt verpasst. Wie kommst du denn gerade auf ihn? Oder genauer: Was weißt *du* über ihn?«

»Darcy!« Harrys Stimme klang nun definitiv schärfer. In dieser Schärfe lag zwar keine Drohung, aber sehr wohl eine Warnung. »Wir sind nun schon ziemlich lange beinahe so etwas wie Freunde. Jeder hat den Kopf für den anderen hingehalten. Es würde mich ankotzen, wenn du mich jetzt auf den Arm nimmst!«

»Dich auf den Arm nehmen?« Clarkes Antwort kam augenblicklich, instinktiv, geradeheraus, sogar ein wenig beleidigt, und er hatte Recht damit, denn er hielt nichts zurück und nahm wirklich niemanden auf den Arm. »Ich weiß noch nicht einmal, wovon du sprichst! Es ist so, wie ich dir sagte: Geoffrey Paxton ist Telepath, nicht besonders stark, aber er scheint sich ständig weiterzuentwickeln. Zumindest schien es so, aber wir haben ihn verloren. Unser Minister fand etwas heraus, was ihm nicht passte, und Paxton wurde rausgeworfen. Ohne uns wird er niemals sein volles Potenzial entwickeln können. Wir werden ihn von Zeit zu Zeit überprüfen, damit er seine Fähigkeiten nicht zu sehr zu seinem Vorteil ausnutzt, aber davon abgesehen ...«

»Er nutzt seine Fähigkeiten bereits aus!«, warf der Necroscope ein, der nun wirklich zornig zu werden schien, »oder versucht es zumindest – und er bemüht sich, *mich* zu benutzen! Er klebt an mir wie eine Klette! Er versuchte bereits, in meinen Verstand einzudringen, aber bisher konnte ich ihn abblocken. Doch das kostet mich Mühe, und ich habe es satt, meine Kraft darauf zu verschwenden! Auf einen schmierigen kleinen Bastard, der von irgendjemandem vorgeschickt wird!«

Einen Augenblick lang war Clarke verwirrt, aber falls er jetzt zögerte, würde es verdächtig wirken. »Was soll ich für dich tun?«, fragte er.

»Du sollst herausfinden, wer ihn an der Leine hält!«, fauchte Harry. »Und wieso!«

»Ich werde mein Möglichstes tun.«

»Das reicht mir nicht!«, herrschte Harry ihn an. »Sonst kann ich es gleich selbst erledigen.«

Warum hast du das nicht schon längst getan?, fragte sich Clarke. *Hast du aus irgendeinem Grund Angst vor Paxton, Harry?* »Ich habe dir doch gesagt, dass er nicht zu uns gehört, also kannst du mich damit nicht unter Druck setzen. Aber wie schon gesagt, ich werde mein Bestes tun.«

Das Gespräch stockte einen Augenblick. Dann sagte Harry: »Und vergiss nicht, mir die Details über die ermordeten Mädchen zu schicken!«

»Versprochen.«

»Okay.« Die Stimme des Necroscopen verlor etwas von ihrer Anspannung. »Ich ... ich wollte dich nicht angreifen, Darcy.«

Doch Clarke hatte ihm schon verziehen. »Harry, ich glaube, der Druck auf dich wird etwas zu stark. Vielleicht können wir uns demnächst einmal persönlich unterhalten. Und du brauchst keine Angst davor zu haben, dich an mich zu wenden!«

»Angst?«

Er hatte sich falsch ausgedrückt. »Ich meine, mach dir keine Sorgen ... Falls du glaubst, du könntest mir etwas nicht anvertrauen – es gibt nichts, was du mir nicht sagen könntest!«

Wieder entstand eine lange, bedeutungsschwangere Pause. Schließlich erwiderte Harry: »Im Moment habe ich dir nichts zu sagen, Darcy. Ich werde auf dein Angebot zurückkommen, wenn sich etwas ergibt.«

»Ist das ein Versprechen?«

»Ja, genau das. Und, Darcy – dankeschön!«

Clarke saß noch minutenlang da und grübelte. Und während er so an seinem Schreibtisch saß und in gleichmäßigem Rhythmus mit den Fingern auf die Tischplatte trommelte, läutete eine Alarmglocke in seinem Hinterkopf immer durchdringender. Harry Keogh wollte, dass er herausfand, wer hinter Paxton steckte. Aber wer konnte das sein, wenn nicht das E-Dezernat? Und zu welchem Zweck?

Sein Vorgänger in diesem Büro war Harold Wellesley gewesen, der sich als Verräter entpuppt hatte. Er war jetzt nicht mehr da – er war gestorben – aber allein die Tatsache, dass er sich einschleichen und eine solche Position übernehmen konnte, musste weiter oben doch einige Reaktionen hervorgerufen haben. Ein Doppelagent? Ein Spion unter den Gedankenspionen? So etwas durfte nie wieder geschehen, ganz klar, aber wie sollte man es künftig verhindern? Es mochte sein, dass man jemanden beauftragt hatte, die Beobachter zu beobachten!

Wurde er selbst ebenfalls von ESPern überwacht? Und falls ja, was hatten sie dann aus *seinem* Verstand erfahren?

Er drückte eine Taste auf der Telefonanlage und verlangte: »Geben Sie mir den zuständigen Minister. Sollte er nicht zu erreichen sein, hinterlassen Sie ihm eine Nachricht, dass er mich so bald wie möglich zurückrufen soll. Und dann soll jemand die kompletten Polizeiakten im Fall der von diesem Serienkiller ermordeten Mädchen für mich kopieren.«

Eine halbe Stunde später lagen die Kopien vor ihm, und noch während er sie in einen Umschlag steckte, kam auch der Anruf des Ministers. »Was ist los, Clarke?«

»Sir, ich hatte gerade Harry Keogh am Telefon.«

»Und?«

»Er wollte Kopien im Fall der von dem Serienkiller ermordeten Mädchen. Sie werden sich daran erinnern, dass wir ihn in diesem Fall um Hilfe gebeten haben.«

»Ich erinnere mich daran, dass *Sie* um seine Hilfe gebeten haben, Clarke. Ich bin mir da nicht so sicher, ob das gut ist. Ich glaube sogar, wir sollten unsere Haltung Keogh gegenüber überdenken!«

»Tatsächlich?«

»Ja. Ich weiß, er hat dem Dezernat gelegentlich geholfen, und ...«

»Gelegentlich?«, unterbrach ihn Clarke entrüstet. »Und ›geholfen‹? Wenn er nicht wäre, gäbe es uns alle längst nicht mehr! Wir können ihm nicht dankbar genug sein. Wir alle wären ohne ihn nicht mehr am Leben – und ich meine wirklich ALLE!«

»Die Dinge ändern sich, Clarke«, sagte sein unsichtbarer, unbekannter Gesprächspartner. »Ihr seid ein eigenartiger Haufen – das soll keine Beleidigung sein – und Keogh ist der Eigenartigste von allen. Dabei gehört er nicht einmal zu euch. Deshalb wünsche ich, dass Sie von nun an keinen Kontakt mehr zu ihm haben. Aber ich bin mir sicher, dass wir später noch von ihm sprechen werden.«

Jetzt schrillte die Alarmglocke noch lauter. Wenn er sich mit dem zuständigen Minister unterhielt, erschien dieser ihm jedes Mal wie ein aalglatter Roboter, und diesmal war dieser Eindruck noch stärker. »Und was ist mit den Polizeiberichten? Bekommt er die?«

»Ich glaube – nein! Halten wir ihn auf Abstand, klar?«

»Gibt es etwas an ihm, worüber wir uns Gedanken machen müssten?«, ging Clarke direkt auf sein Ziel zu. »Sollten wir ihn vielleicht überwachen?«

»Nun überraschen Sie mich aber!«, sagte sein Gesprächspartner so verbindlich wie immer. »Ich hatte den Eindruck gewonnen, dass Sie mit Keogh befreundet sind.«

»Das war einmal.«

»Zweifellos war das damals auch von Vorteil. Aber wie ich schon sagte, ändern sich manche Dinge. Wir werden auf die eine oder andere Weise noch mit ihm zu tun bekommen. Inzwischen – gibt es noch etwas anderes?«

»Eine Kleinigkeit nur ...« Clarke verzog zwar das Gesicht, blieb aber bei seinem neutralen Tonfall. »Es hat mit Paxton zu tun.« Es klang wie zuvor bei Harry völlig nebensächlich.

»Paxton?« Er hörte fast, wie der andere nach Luft schnappte. Dann fing er sich wieder und fragte zurück: »Paxton? Aber an dem haben wir doch keinerlei Interesse mehr, oder?«

»Ich habe bloß noch einmal seine Akte durchgeblättert«, log Clarke. »Mir scheint, wir haben da einen guten Mann gehen lassen. Waren wir mit seiner Entlassung nicht ein wenig übereifrig? Eigentlich können wir es uns nicht leisten, solche Talente ziehen zu lassen.«

»Clarke«, seufzte der Minister, »Sie tun Ihren Job und ich meinen. Ich stelle Ihre Entscheidungen doch auch nicht in Frage, oder?«

Wirklich nicht?

»Und ich würde es begrüßen, wenn Sie meine auch nicht in Frage stellten. Vergessen Sie Paxton – der ist draußen!«

»Wie Sie wünschen. Ich werde ihn trotzdem ein wenig im Auge behalten. Zumindest aus der Entfernung. Wir sind ja schließlich nicht die Einzigen, die mit Gedankenspionen arbeiten. Es wäre unangenehm, wenn die Gegenseite ihn rekrutieren würde ...«

Nun regte sich der Minister allmählich auf. »Im Augenblick haben Sie genug anderes zu tun!«, fauchte er. »Lassen Sie Paxton in Ruhe. Sie können ihn ja von Zeit zu Zeit überprüfen – sobald *ich* es anordne!«

Clarke war nur dann höflich, wenn andere es zu ihm waren. Er war selbst eine viel zu wichtige Persönlichkeit, um sich so mir nichts, dir nichts abfertigen zu lassen. »Beherrschen Sie sich, Sir!«, grollte er. »Alles, was ich sage oder mache, ist zum Besten des Dezernats, glauben Sie mir – sogar dann, wenn ich jemandem auf die Füße trete.«

»Sicher, sicher.« Nun klang es wieder verbindlicher. »Aber wir sitzen im gleichen Boot, Clarke, und niemand kann alles wissen. Also versuchen wir, uns gegenseitig zu vertrauen, ja?«

Aber sicher doch, SIR! Toll! »Ganz in meinem Sinn«, sagte Clarke laut. »Tut mir Leid, wenn ich Ihre Zeit so lange in Anspruch genommen habe.«

»Schon gut. Wir unterhalten uns bestimmt bald wieder.«

Clarke legte auf und starrte das Telefon noch eine Weile finster an. Dann klebte er den Umschlag mit den Polizeiunterlagen zu und schrieb Harry Keoghs Adresse darauf. Er löschte das Gespräch mit Keogh von dem stets mitlaufenden Tonband, fragte aber an, ob seine Leute den Anruf zurückverfolgt hatten. Sie hatten. Er war von der Edinburgher Nummer Harrys gekommen. Er versuchte, dort zurückzurufen, es ging jedoch niemand ans Telefon. Schließlich rief er einen Kurier herein und gab ihm den Umschlag.

»Geben Sie das bitte auf«, sagte er, doch dann überlegte er es sich, holte den Kurier noch einmal zurück und befahl ihm: »Nein, stecken Sie es in einen größeren Umschlag und schicken Sie es per Eilboten. Und dann vergessen Sie, dass Sie den Umschlag jemals gesehen haben, klar?«

Dann war er wieder mit seinen düsteren Gedanken allein. Wieder kam Misstrauen auf und ein Jucken zwischen seinen Schulterblättern, wo er sich nicht kratzen konnte.

DRITTES KAPITEL

Harry Keogh, der Necroscope, wusste nichts von Clarkes Ärger, er hatte selbst ein paar Probleme. Das mit Geoffrey Paxton war vielleicht noch das Geringste darunter, und doch wegen seiner Unmittelbarkeit vielleicht das Schlimmste. Harry hatte keine Angst vor Paxton; im Gegenteil, er fürchtete eher, was *er* Paxton antun könnte, falls er die Beherrschung verlor. Und er fürchtete das, was er sich bei dieser Gelegenheit womöglich selbst zufügte. Es wäre nur zu einfach, sich zu verraten und zu zeigen, dass er nicht länger unschuldig war, sondern dass eine sich ständig weiterentwickelnde schreckliche Dunkelheit Besitz von ihm ergriffen hatte.

Harry war klar, dass Paxton nach Beweisen suchte, nach Beweisen dafür, dass für den Necroscopen kein Platz mehr auf dieser Welt war, dass er nicht einmal mehr ein Mensch, sondern eine fremdartige Kreatur war und somit eine monströse Bedrohung darstellte. Und wenn Paxton sich dieser Tatsache gewiss war, würde er darüber Bericht erstatten und es würde zum Krieg führen. Harry Keogh gegen den Rest der Menschheit. Und das war das Letzte, was Harry sich wünschte. Wie lange hatte er sich mit aller Kraft für das Überleben eben dieser Menschheit eingesetzt ...

Paxton irritierte ihn fürchterlich. Seine Nähe erinnerte ihn ständig an eine weit größere Bedrohung, die die gesamte Existenz des Necroscopen in Frage stellte. Er hätte gern auf den Mann verzichtet, denn für einen Wamphyri gab es nur eine ›ehrenhafte‹ Antwort auf jede Herausforderung, und die wurde in Blut geschrieben.

Wamphyri! Welche ... Kraft schon in diesem Wort lag!

Es vibrierte in seinem gesamten Wesen, wie das Bewusstsein von Leidenschaften jenseits der schüchternen, plumpen menschlichen Gefühle, eine wilde Explosion, die sein kochendes Blut kaum noch zurückhalten konnte. Es war eine Kettenreaktion, die sich in ihm abspielte, und der Katalysator dafür war sein Blut. Auch das war eine Herausforderung, doch eine, der er nicht nachgeben durfte. Nicht, wenn er unentdeckt und zum größten Teil Mensch bleiben wollte.

Paxton war wie ein lästiger Floh, der seinen Rüssel in seinen

Verstand bohren wollte, um ihm seine Geheimnisse auszusaugen. Da es jedoch noch weitere solcher Flöhe gab, konnte er es sich nicht leisten, sie fortzuschlagen.

Etwas anderes dagegen war beinahe unerträglich: Die Toten, die überwältigende Mehrheit unter den Menschen, zogen sich allmählich vor ihm zurück. Wie lange war er der Einzige gewesen, der mit ihnen zu sprechen vermochte, der ihnen Trost und Hoffnung gab und ihre Freundschaft erhielt! Doch die Veränderung in ihm löste auch eine Veränderung in ihnen aus, und so wurde das Vertrauen, das sie in ihn setzten, immer schwächer.

Oh ja, es gab viele unter ihnen, die ihm mehr zu verdanken hatten, als sie ihm je zurückgeben konnten, und viele weitere, die ihn ganz einfach liebten, für die der Necroscope ein Licht in der völligen Dunkelheit des Todes dargestellt hatte, und doch misstrauten sogar sie ihm allmählich. Als er noch der unkomplizierte, sanfte und liebenswerte Harry gewesen war – wie wundervoll war es damals gewesen, dass er sie und sie ihn zu berühren vermochten! Doch das war Schnee von gestern.

Und nun, da er mehr als nur Harry war? Es gibt Dinge, die selbst die Toten noch fürchten, und auch ihre Geduld hat Grenzen ...

Seit er Janos Ferenczy und dessen Werke vernichtet hatte, hatte er keine Ruhe mehr gefunden. Ihn beschäftigte – höchstens durch Paxton gestört – das Wissen, dass in England ein Nekromant lebte und sein Unwesen trieb. Penny Sanderson zählte er mittlerweile zu seinen Freunden, vielleicht sogar zu seinen besonderen Schützlingen, und er konnte den Gedanken an das, was sie durchgemacht hatte, kaum ertragen.

Harry zweifelte nicht daran, dass die Polizei sich nach besten Kräften bemühte, Pennys Folterer, Mörder, zu allem Überfluss auch noch Vergewaltiger zu verhaften; aber er würde trotzdem nicht wegen dieser Vergehen angeklagt werden, da man sie nicht unbedingt als solche erkennen und nachweisen konnte. Dazu kam, dass es vor dem Gesetz keine Strafe gab, die seinen Taten angemessen war.

Aber der Necroscope verstand die Natur dieses Ungeheuers und seiner Verbrechen voll und ganz, und er hatte eine sehr viel härtere

Bestrafung im Sinn gehabt, schon bevor er sich ... infiziert hatte. Diese Flamme schwelte seit der Ermordung seiner Mutter in ihm und war keineswegs schwächer geworden. Auge um Auge ...

Und was hatte Harry in der Zwischenzeit seit der Vernichtung des Letzten der Ferenczys unternommen? Zunächst einmal hatte er Trevor Jordans Asche aus Rhodos zurückgebracht. Der körperlose Telepath hatte sich das von Harry gewünscht, aber was Harry wirklich vorhatte, ahnte er nicht.

Harry hatte nämlich aus der Burg des Ferenczy, bevor sie völlig zerstötz worden war, einige Chemikalien in Sicherheit gebracht, mit deren Hilfe Janos seine abscheulichen nekromantischen Experimente durchgeführt hatte!

Nicht alle Toten wünschten sich, auf diese Art wieder zum Leben erweckt zu werden. Der thrakische Kriegerkönig Bodrogk und seine Frau Sofia beispielsweise, die vor zweitausend Jahren gestorben waren, waren glücklich darüber gewesen, sich in die Arme sinken und zu Staub zerfallen zu dürfen. Aber wie stand es um die erst jüngst Verstorbenen? Zum Beispiel um Trevor Jordan?

Die Antwort schien einfach: Harry musste ihn lediglich fragen! Doch gerade das war das Schwerste überhaupt. ›Ich will dich wieder ins Leben zurückholen. Die erforderlichen Geräte habe ich, aber ich weiß noch nicht so recht, wie es geht. Bei einem anderen hat es perfekt funktioniert, doch der konnte ja bereits ein paar hundert Jahre lang experimentieren. Falls es klappt, wirst du genauso sein wie früher, allerdings ... nun ja, denk daran, dass du selbst dir eine Kugel durchs Gehirn gejagt hast. Ich weiß nicht, wie sich das auf dich auswirken wird. Falls du nach dem Aufwachen ein sabbernder Idiot sein solltest, muss ich dich, so Leid es mir tut, wieder ins Jenseits zurückbefördern. Also, vorausgesetzt, dass dir das gefällt ...?‹

Oder im Falle Penny Sandersons: ›Penny, ich glaube, ich kann dich wieder zum Leben erwecken. Aber wenn ich das falsche Mischungsverhältnis nehme, kann es sein, dass du ... nicht mehr ganz so hübsch sein wirst. Also muss ich mir das Recht vorbehalten, dich im schlimmsten Fall wieder zu töten. Natürlich kann ich es später erneut versuchen, und mit ein bisschen Glück schaffe ich es dann auch.‹

Nein, er konnte ihnen nicht sagen, was er vorhatte, jedenfalls noch nicht. Würde er ihnen gegenüber nur vage Andeutungen machen, würden sie Einzelheiten wissen wollen, und wenn er von vornherein ins Detail ging, würden sie um jede Kleinigkeit feilschen. Und von da an würden sie der endgültigen Wiedererweckung mit einer Mischung aus freudiger Erwartung und Furcht entgegensehen. Ihre Gefühle würden zwischen äußerster Hoffnung und tiefster Verzweiflung schwanken.

Für Harry wäre das, als ob man ihm sagte: ›Ich habe eine Spritze für dich, mit der ich vielleicht deinen Krebs heilen kann, aber möglicherweise bekommst du AIDS davon.‹

Klar, wenn man tot ist, gibt es keine Hoffnung mehr, und so war jedes Fünkchen Hoffnung besser als nichts. Oder war es lediglich der Vampir in ihm, für den die Unsterblichkeit das Höchste überhaupt darstellte und der ihn zu einem solchen Denken verführte?

Oder ... möglicherweise zögerte er, weil er das Gefühl hatte, nicht Gott spielen zu dürfen? Im Lauf der Geschichte hatten sich Nekromanten wie Janos immer wieder daran versucht, und was war aus ihnen geworden? Hatten früher schon Racheengel das Gleiche getan wie Harry, nämlich diesen schwarzen Magiern das Handwerk gelegt? Würde auch ihn jemand verfolgen, falls er dasselbe unternahm?

Harry war der Necroscope gewesen. Jetzt wurde er zum Vampir und noch dazu zu einem Nekromanten. Mit welchem Recht suchte er nach Pennys Mörder, um ihn zu bestrafen, und beging dabei selbst zumindest einen Teil der gleichen Verbrechen? Wie würde er dafür bestraft werden?

Vielleicht war auch schon alles ins Rollen gekommen, und die Mühlräder bewegten sich knirschend, um ihn zu zermahlen, falls er zu weit ging und das Gleichgewicht zwischen Gut und Böse ernsthaft störte? War er zu mächtig geworden und damit korrupt? Wie lautete jenes alte Sprichwort: Absolute Macht verdirbt absolut? Lächerlich. War Gott etwa korrupt? Wohl kaum – menschliche Faustregeln galten eben nur für Menschen.

Endlose Grübeleien dieser Art plagten den Necroscopen, und manchmal glaubte er, verrückt zu werden. Doch wenn er dann wieder klar zu denken vermochte, wusste er, dass er keineswegs verrückt war; es war dieses *Ding* in ihm, das seine gesamte Wahrnehmung veränderte.

Dann erinnerte er sich stets daran, wie er gewesen war, beschloss, immer so zu bleiben, und wusste, dass er nur aus Rücksicht auf seine Freunde unter den Toten zögerte. Er wollte einfach nicht, dass Trevor und Penny solche Höllenqualen der Ungewissheit litten, und dass sie enttäuscht würden, wenn das Warten endlich vorüber war. Einmal sterben reichte vollauf, das hatten ihn die Thraker in den Verliesen der Burg Ferenczy mit Sicherheit gelehrt.

Und was Gott betraf: Falls es ihn überhaupt gab, und da war sich Harry keineswegs sicher, musste Harry seine Fähigkeiten eben als gottgegeben betrachten und sie entsprechend einsetzen. Solange es ihm noch möglich war.

So lag Harry andauernd im Widerstreit mit sich selbst, mit seiner Umgebung und sogar mit den Toten, selbst wenn er vermutete, dass *sie* im Recht waren und nicht er. Manchmal hatte er das Gefühl, er stritt sich nur noch um des Streitens willen. Er argumentierte und dachte nach über Gott, über Gut und Böse, über Wissenschaft, Pseudowissenschaft und Zauberei, über das, was sie verband und was sie trennte. Raum und Zeit interessierten ihn, und besonders die Mathematik mit ihren ehernen Gesetzen und ihrer glasklaren Logik. Die Unabänderlichkeit der Mathematik richtete ihn immer wieder auf, wenn er sich vor Augen hielt, wie sehr sich nicht nur sein Körper, sondern auch er selbst verändert hatte.

Innerhalb von ein oder zwei Tagen nach seiner Rückkehr aus der Ägäis hatte er das Medium des Möbius-Kontinuums benutzt, um nach Leipzig zu reisen und mit Ferdinand August Möbius zu sprechen, der dort begraben lag. Möbius' mathematisches Genie hatte mehrmals dazu beigetragen, Harrys Leben zu retten. Doch obwohl Harry in erster Linie kam, um Möbius zu danken, dass er ihm seine eigene Art von Zahlenmagie wiedergegeben hatte, lief der Besuch schließlich auf eine Diskussion hinaus.

Der große Mathematiker hatte erwähnt, er wolle als Nächstes den Versuch unternehmen, das All zu vermessen, und sobald Harry das vernommen hatte, war es zum Streit zwischen den beiden gekommen. Diesmal ging es um ›Raum, Zeit, Licht und das Multiversum‹.

Reicht die Bezeichnung ›Universum‹ denn nicht aus?, hatte Möbius wissen wollen.

»Absolut nicht«, hatte Harry geantwortet, »denn wir kennen ja bereits Paralleluniversen. Ich war doch schon in einem, wissen Sie das nicht mehr?« (Ein paar ostdeutsche Studenten hatten sich gewundert, wieso dieser Mann am Grab des toten Wissenschaftlers stand und vor sich hin murmelte.)

Also gut, dann halten wir uns eben an das Eine, das wir am besten kennen! Möbius war Pragmatiker. *Dieses!*

»Und das wollen Sie ausmessen?«

Ich habe es vor.

»Aber wie wollen Sie das anstellen? Es dehnt sich doch scheinbar ständig weiter aus?«

Ich werde mich an den äußersten Rand begeben, hinter dem nichts mehr kommt, und mich von dort aus augenblicklich zum gegenüberliegenden Rand versetzen, hinter dem ebenfalls nichts mehr kommt. Dabei werde ich die Entfernung zwischen diesen Punkten messen. Dann komme ich hierher zurück, und genau eine Stunde später vollführe ich dasselbe Manöver, und noch mal eine Stunde später wieder!

»Gut«, hatte Harry geantwortet, »aber ... welchem Zweck soll das dienen?«

Nun, von diesem Zeitpunkt an wird – wann immer ich das benötige – stets und sofort eine korrekte Kalkulation der Größe des Universums zur Verfügung stehen!

Harry hatte einen Augenblick lang mürrisch geschwiegen, bis er sich aufraffte: »Ich habe mir das auch überlegt«, sagte er. »Natürlich rein theoretisch, weil mir die räumliche Messung einer sich ständig verändernden Quantität als ziemlich sinnlos erscheint. Doch zu *verstehen,* was da abläuft, wie und in welchem Maß das Alter des Universums mit seiner Ausdehnungsrate zusammenhängt – wahrscheinlich ja einer Konstanten – und ähnliche Problemstellungen: Das erscheint mir viel fruchtbarer!«

Oh, tatsächlich? Harry stellte sich vor, wie Möbius die Augenbrauen hochzog, bis sie eine gerade Linie über seiner Nasenwurzel bildeten. *Du hast wirklich darüber nachgedacht! Und zu welchem Resultat bist du gekommen?*

»Sie wollen alles über Raum, Zeit, Licht und das Multiversum erfahren, ja?«

Falls du ein Minütchen Zeit dafür hättest? Möbius konnte recht sarkastisch sein.

Der Necroscope hatte darauf geantwortet: »Ihre erste Messung reicht aus; es ist keine weitere notwendig. Wenn man den Umfang des Universums zu einem gegebenen Zeitpunkt kennt, und nicht nur von diesem, sondern auch der Paralleluniversen, kennt man auch ganz automatisch ihr genaues Alter und die genaue Ausdehnungsrate, die ja vermutlich bei allen gleich ist.«

Das musst du mir erklären!

»Also gut«, sagte Harry. »Am Anfang war nichts. Dann kam das erste Licht. Vielleicht schien es aus dem Möbius-Kontinuum heraus, oder es war eine Folge des Urknalls. Aber so fing es mit dem Universum des Lichts an. Vor dem Licht gab es nichts, aber seither gibt es ein Universum, das sich mit der Geschwindigkeit des Lichts ausdehnt!«

Was?

»Sind Sie anderer Meinung?«

Das Universum dehnt sich mit Lichtgeschwindigkeit aus?

»Genauer gesagt, mit doppelter Lichtgeschwindigkeit«, sagte Harry. »Das war doch im Wesentlichen auch Ihr Problem, mit dem Sie die Rückkehr meiner Zahlenmagie ausgelöst haben, oder? Schalten Sie im All ein Licht ein, postieren Sie Beobachter auf beiden Seiten im Abstand von ungefähr 300 000 Kilometern, und *beide* erblicken nach einer Sekunde die Lichtquelle, da sich das Licht ja in beide Richtungen ausdehnt. In Ordnung so weit?«

In Ordnung! Das Licht muss sich auf diese Weise ausgebreitet haben. Aber ... das Universum?

»Mit der gleichen Geschwindigkeit«, beharrte Harry. »Und es dehnt sich noch immer mit dieser Geschwindigkeit aus.«

Erkläre mir das, und zwar schlüssig!

»Vor dem Licht gab es nichts, auch kein Universum.«

Einverstanden.

»Kann sich etwas schneller als das Licht bewegen?«

Nein – ja! Wir können es, aber nur im Möbius-Kontinuum.

»Nun überlegen Sie: Das ursprüngliche Licht breitet sich immer noch mit 300 000 Kilometern in der Sekunde aus – nach allen Seiten. Sagen Sie mir: Gibt es irgendetwas außerhalb dieser Grenzen?

Natürlich nicht, denn im physischen Universum bewegt sich ja nichts schneller als das Licht.

»Genau! Also definiert sich der Umfang des Universums – innerhalb seiner Grenzen – über das Licht! Deshalb bezeichnete ich es als das Universum des Lichts.

Eine Formel: aU = rU/c. Stimmt's?«

Möbius hatte sich die Formel angesehen, wie sie auf dem Bildschirm von Harrys Geist geschrieben stand. *Das Alter des Universums ist gleich seinem Radius geteilt durch die Lichtgeschwindigkeit.* Sehr ruhig geworden antwortete er nach einer kleinen Weile: *Ja, es stimmt.*

»Ha!«, triumphierte Harry. »Heutzutage ist es schwer, ein anständiges Streitgespräch in Gang zu bringen. Jeder fürchtet, sich eine Blöße zu geben!«

Möbius war wütend geworden. Er hatte Harry noch nie zuvor so erlebt. Natürlich war die mathematische Begabung des Necroscopen überwältigend, aber wo blieben Harrys Demut und Achtung? Was zum Teufel war mit ihm los? Vielleicht sollte er Harry ein wenig von seinem hohen Ross herunterholen.

Und die Zeit? Die Multiversen?

Darauf war Harry vorbereitet gewesen. »Das Raum-Zeit-Universum – das dieselbe Größe und dasselbe Alter hat wie alle Paralleluniversen – ist kegelförmig. Die Kegelspitze ist der Punkt, an dem der Urknall stattfand und wo die Zeit begann, während die Basis den Durchmesser liefert. Ist das so weit logisch gedacht?«

Möbius suchte zwar verzweifelt nach irgendwelchen Denkfehlern, fand jedoch keine. Wohl oder übel musste er antworten: *Logisch, doch nicht zwingend richtig.*

»Dann weiter«, fuhr Harry fort. »Was liegt außerhalb des Kegels?«

Nichts, da sich das Universum ja innerhalb befindet.

»Falsch! Auch die Paralleluniversen sind kegelförmig, wurden aus dem gleichen Urknall geboren und dehnen sich genau gleich aus.«

Möbius hatte sich das vorzustellen versucht. *Aber ... dann berührt jeder Kegel eine Anzahl weiterer! Gibt es Anzeichen dafür?*

»Schwarze Löcher!«, sagte Harry triumphierend. »Sie jonglieren Materie von einem zum anderen und sorgen so für den notwendigen Austausch und somit Ausgleich. Sie saugen Materie aus Universen, die zu schwer geworden sind, und geben sie in andere, die zu leicht sind, wieder ab. Weiße Löcher sind natürlich einfach die anderen Enden der Schwarzen Löcher. Im Raum-Zeit-Gefüge stellen diese Löcher den Kontakt zwischen den Kegeln her, aber im bloßen Raum sind es nur ... Löcher.«

Möbius war müde, argumentierte jedoch: *Kegel sind im Querschnitt kreisförmig. Setze drei davon zusammen, und du erhältst eine auf Dreiecken basierende Figur.*

Harry hatte zugestimmt. »Graue Löcher. Eins liegt am Boden der Schlucht von Perchorsk, und ein weiteres an einem unterirdischen Flusslauf in Rumänien.«

Auf diese Weise hatte er in dieser Debatte den Sieg davongetragen, falls das irgendeine Bedeutung hatte. Denn im Grunde hatte er nur Streit gesucht, ganz egal, ob er Recht hatte oder nicht.

Nur Möbius machte sich Sorgen, denn ihm war es *nicht* egal, ob Harry Recht hatte oder nicht.

Ein andermal hatte sich der Necroscope mit Pythagoras unterhalten. Eigentlich hatte er ihm nur danken wollen, da auch der große griechische Philosoph ihm behilflich gewesen war, und erneut war es zu einer Auseinandersetzung gekommen.

Harry hatte geglaubt, das Grab des Griechen in Metapontum zu finden, oder falls nicht dort, dann bei Crotona in Süditalien, doch alles, was er gefunden hatte, waren ein oder zwei seiner Schüler gewesen. Bis er schließlich auf der Insel Chios durch Zufall über die 2480 Jahre alte vergessene Gruft eines Mitglieds der Bruderschaft der Pythagoräer stolperte. Es gab keinen Grabstein – nur die felsige Ägäisküste, an der Ziegen zwischen den Steinen gelangweilt an Disteln knabberten.

Pythagoras? Nein, der liegt nicht hier, informierte ihn der Bewohner dieser Grabstätte auf geheimnistuerische Weise, als Harry ihn nach Jahrhunderten des Schweigens aus seiner Ruhe riss.

Er befindet sich anderswo und wartet, bis seine Zeit gekommen ist.

»›Seine Zeit‹?«

Bis zu seiner Metempsychose in einen lebenden, atmenden Menschen!

»Aber du verständigst dich doch mit ihm? Kannst du den Kontakt zu ihm herstellen?«

Er nimmt gelegentlich Kontakt zu uns auf, wenn ihm etwas einfällt.

»Uns?«

Mit der Bruderschaft! Aber ich habe schon zu viel gesagt. Geh weg. Lass mich in Frieden!

»Wie du wünschst«, hatte Harry geantwortet. »Aber er wird dir nicht dafür danken, dass du den Necroscopen weggeschickt hast.«

Was? Der Necroscope? Du bist derjenige, der den Toten beigebracht hat, wie sie sich miteinander verständigen können?

»Genau der.«

Und du willst von Pythagoras lernen?

»Ich will ihn unterrichten.«

Das ist Blasphemie!

»Blasphemie?« Harry hatte die Augenbrauen hochgezogen. »Ist Pythagoras denn ein Gott? Dann ist er ein ziemlich langsamer Gott. Ich zumindest habe meine Metempsychose bereits hinter mir und begebe mich nun auf die nächste Stufe, in einen neuen ... Seinszustand.«

Deine Seele befindet sich auf der Wanderung?

»Ich kann mit Fug und Recht behaupten, dass sich ein Wechsel andeutet.«

Nach einer Weile: *Falls ich mit unserem Meister Pythagoras rede und du jedoch gelogen hast, wird er dich mit einem Zahlenfluch belegen. Und mich womöglich gleich mit. Nein, ich wage es nicht. Beweise zuerst deine Worte!*

»Vielleicht kann ich dir einige Zahlen vorführen!« Harry wurde langsam ungeduldig. »Und dazu einige Gleichungen und Formeln.« Damit enthüllte er dem anderen das Bild seines Verstandes, auf dem er endlose Zahlenkolonnen ablaufen ließ – Möbius-Algebra.

Anschließend bildete er ein Möbius-Tor und ließ den Pythagoras-Jünger einen Blick in das Nichts dahinter werfen.

Bis dieser atemlos hervorstieß: *Was ... was ist das?*

»Die Große Null!«, hatte Harry grollend geantwortet und das Tor wieder verschwinden lassen. »Der Ort, an dem alle Zahlen beginnen. Aber ich verschwende meine Zeit. Ich kam, um mit einem Meister zu sprechen, und nun beschäftige ich mich lediglich mit einem mittelmäßigen Schüler. Sag mir jetzt: Bekomme ich meine Audienz bei Pythagoras oder nicht? Wo ist er?«

Er ist ... auf Samos.

»Wo wurde er geboren?«

Eben dort. Er glaubte, das sei der letzte Ort, an dem ihn jemand suchen würde. Dann brach blanke Angst bei ihm durch. *Necroscope, setze dich bitte bei ihm für mich ein! Ich habe ihn verraten! Er wird mich ausschließen.*

»Quatsch!«, knurrte Harry. »Er wird dich erheben! Du hast das geheime mathematische Tor zu allen Zeiten und Orten gesehen. Du glaubst mir nicht? Nun, du hast die Wahl. Vielen Dank jedenfalls – und gehab dich wohl.« Damit erzeugte er ein weiteres Möbius-Tor, trat hindurch –

– und kam auf Samos wieder heraus, wo Pythagoras seine Kindheit verbracht hatte, damals, vor mehr als zweieinhalb Jahrtausenden, und wohin man seine sterblichen Überreste heimlich wieder geschafft hatte.

So unnahbar und geheimnisvoll der weise Mathematiker auch sein mochte, den ›lauten‹ Gedanken des Necroscopen konnte er aus dieser Nähe nicht entgehen. Schon den bloßen Gedanken daran, ihn nunmehr zu finden, hatte er vernommen. Und er meldete sich: *Was ist deine Zahl?*

»Jede, die du mir geben willst«, sagte Harry mit einem mentalen Achselzucken. Nachdem er die flüsternden Gedanken des Mystikers lokalisiert hatte, brachte ihn ein weiterer Möbius-Sprung von der einsamen, waldbestandenen Küste zu einem kleinen Olivenhain an einem sanften Abhang, an dem Terrassenfelder angelegt waren und eine kleine weiße Kapelle. Ein Stück die Küste hinab, zwischen den Kiefern und den vom Wind gekrümmten Eichen kaum zu sehen, lag der Hafen von Tigani. Dahinter glitzerte das

Wasser türkis, blau und silbern, während der sanfte Sommerwind aus einer fernen Taverne leise Musik herübertrug.

Im Schatten der Bäume war es kühl, so dass der Necroscope dankbar den breitkrempigen Hut abnehmen konnte, ebenso die Sonnenbrille, die seine mittlerweile ziemlich empfindlichen Augen schützte.

Und da Pythagoras schwieg, fügte er hinzu: »Es gibt genug Zahlen. Ich bin nicht wählerisch.«

Das solltest du aber sein. Die Stimme des Mystikers bebte und klang sehr schwach und fiebrig. *Sie sind ALLES. Die Götter selbst sind Zahlen, die allerdings kein Mensch kennt. Wenn ich die Zahlen der Götter herausgefunden habe, wird meine Metempsychose beginnen.*

»Wenn du das wirklich glaubst, wirst du noch lange warten müssen«, hatte Harry erwidert. »Du könntest alle Zahlen in all ihren Kombinationen von jetzt an bis in alle Ewigkeit kennen, und für dich würde sich dennoch nichts ändern. Es hat nichts mit Magie zu tun, Pythagoras! Wie viele Zahlen du auch einsetzt, keine wird dich in einen neuen Körper versetzen. Dabei können dir weder Wissenschaft noch Zauberei helfen.«

Ha! Die mentale Stimme des anderen strotzte vor Zorn und Verachtung. *Und wer ist es, der solche Blasphemien äußert? Das ist also der Necroscope, der noch vor kurzem so unfähig war, für den die kleinste Rechnung ein Rätsel darstellte? Bist du derjenige, für den sie alle um Hilfe baten, diese Legionen des Staubs? Möbius rutschte deinetwegen auf Knien zu mir, und jetzt spielst du den Undankbaren?*

Das hatte Harry getroffen, doch er verbarg seine Gefühle vor dem Griechen. Genauso wie seinen ersten Gedanken: Aufgeblasener alter Furz! ›Laut‹ sagte er: »Ich kam, um mich bei dir für deine Hilfe zu bedanken. Ohne sie wäre ich so wie du: Staub in einem Grab. Oder vielleicht nicht ganz so, denn es gab einen Mann, der mich heraufbeschworen hätte, um mir unter Folterqualen meine Geheimnisse zu entreißen.«

Ein Nekromant?

»Allerdings!«

Das ist schwarze Magie!

»Nicht immer. Es kann auch einmal nützlich sein. Was ich tue, ist dem ja auch verwandt: Als lebender Mann spreche ich mit einem Toten.«

Pythagoras dachte einen Moment lang nach und sagte: *Ich habe dein Gespräch mit einem der Brüder gehört. Ist Blasphemie bei dir bereits alltäglich? Du hast von Reinkarnation gesprochen, Transmigration und Seelenwanderung!*

»Ich habe lediglich eine Tatsache erwähnt«, sagte Harry. »Ich bewohnte meinen eigenen Körper, und als dieser starb, siedelte ich in einen anderen über. Falls du mir nicht glaubst, so frage die Toten! Sie haben nichts davon, wenn sie lügen. Und wenn deine Asche vollständig rein wäre, könnte ich sogar *dich* von den Toten erwecken. Nicht mit Hilfe von Zahlen, sondern durch die Magie von Worten. Und das ist keine Blasphemie, Pythagoras, sondern die Wahrheit!«

Du könntest mich wieder zum Leben erwecken?

»Nur wenn deine Asche ganz rein wäre und nicht mit anderen Stoffen vermischt. Wurdest du in einer Urne beigesetzt?«

Ich wurde im Geheimen hier, vor deinen Füßen, in der Erde begraben, wo ich als Junge unter den Bäumen spielte. Fleisch und Knochen sind nun eins mit der Erde. Trotzdem – ich kann dir nicht glauben! Worte anstelle von Zahlen? Worte stammen von lügenden Lippen, während Zahlen rein und unveränderlich sind!

»Das ist eine akademische Frage«, hatte Harry achselzuckend bemerkt. »In zweitausend Jahren sind deine Salze ohnehin in die Erde hineingespült worden. Jetzt gibt es keine Worte und schon gar keine Zahlen mehr, die dir da helfen könnten.«

Blasphemie und Aufruhr! Willst du meine Anhänger gegen mich aufwiegeln?

Nun vermochte sich Harry nicht länger zu beherrschen. »Pythagoras, du bist ein Scharlatan! In deiner Welt hast du deine kleinen, unwichtigen mathematischen Geheimnisse gehütet, als gehe es dabei um Leben und Tod. Der wirkliche Tod hat dich nicht geändert! Ich habe dir die Totensprache geschenkt, und seither hättest du nach Wunsch mit moderneren Meistern der Wissenschaft sprechen können, mit Galilei, Newton, Einstein, Römer, Maxwell und ...«

Genug!, hatte sich der andere aufgeregt. *Ich hätte nicht auf Möbius hören sollen! Ich hätte ...*

»Aber du musstest auf ihn hören! Du hast nicht gewagt ...«

Was willst du damit sagen?

»Dass ich dein wirkliches Geheimnis kenne! Dass du ein Hochstapler warst! Du hast nicht nur zu ihren Lebzeiten deine kostbare ›Bruderschaft‹ zum Narren gehalten, nein, selbst im Tod täuschst du sie noch! Es gibt keine Mystik im Bereich der Zahlen, Pythagoras, und das weißt du genau! Du bist schließlich intelligent und für deine Epoche gebildet genug. Du selbst hast mir erklärt, dass Zahlen absolut unveränderlich sind! Das heißt, sie sind keine Ausgeburten der Fantasie, sondern harte *Wahrheit!* Dazu gehört keinerlei Magie!«

Lügner! Lügner!, hatte Pythagoras getobt. *Du verdrehst meine Worte!*

»Warum verbirgst du dich selbst vor den Toten?«

Weil sie nichts verstehen! Weil ihre Unkenntnis ansteckend ist.

»Nein, weil sie mehr wissen als du! Deine Anhänger würden dich verlassen. Du hast ihnen versprochen, sie würden in neue Körper überwechseln und in einer Welt reiner Zahlen wieder mit dir zusammentreffen – und du weißt am Besten, dass dies eine Lüge ist!«

Ich habe es für wahr gehalten.

»Aber das war vor zweieinhalbtausend Jahren! Und ist deine Seele gewandert? Bist du von den Toten zurückgekehrt? Wie lange brauchst du, bis du zugibst, dass du dich geirrt hast?«

Ich habe Zahlen geträumt, die dich vernichten würden!

»Dann vernichte mich doch!«

Nun schluchzte Pythagoras. Er schleuderte mental eine ganze Serie von Zahlen nach Harry, die jedoch am metaphysischen Geist des Necroscopen wie von einer Mauer abprallten. Allerdings machte dieser Angriff ihn auf den Zustand aufmerksam, in dem er sich befand: Das Ding in seinem Innern gab sich alle Mühe, seine Persönlichkeit zu ersetzen; dafür sprach die Tatsache, dass er sich der verschlungenen Logik der Wamphyri bediente.

In diesem Augenblick war jene Erkenntnis seine Rettung, denn Harry hatte niemals jemanden verletzen oder auch nur übermäßig erregen wollen. Deshalb hatte er leise gesagt: »Es ... es tut mir Leid.«

Leid? Du bist ein Ungeheuer! Aber ... ja, du hast ja Recht.

»Nein, ich suchte nur Streit. Vielleicht habe ich Recht, vielleicht auch nicht. Aber ich hätte deswegen nicht streiten dürfen. Und jetzt widerlege ich mein eigenes Argument.«

Wieso denn das?

»Ich weiß, dass Zahlen nicht unveränderlich sind.«

Ahhhhh! Würdest du ... könntest du das demonstrieren?

Darauf hatte Harry ihm das Bild seines Verstandes gezeigt, über den unzählige Möbius-Konfigurationen krochen, mutierten und sich ins Unendliche ausdehnten.

Lange Zeit war der alte Grieche still geblieben. Dann sagte er mit gebrochener Stimme: *Ich war ein kluges Kind und glaubte, alles zu wissen. Die Zeit ist an mir vorübergegangen.*

»Aber man wird dich nie vergessen«, hatte Harry sich beeilt zu beteuern. »Ein jeder kennt deinen Lehrsatz, Bücher wurden über dich geschrieben, und selbst heute noch gibt es Pythagoräer.«

Meinen Lehrsatz? Meine Zahlen? Wäre ich nicht darauf gekommen, dann eben ein anderer.

»Aber an deinen Namen erinnern sich alle. Und außerdem könnte man das von jedem Menschen behaupten.«

Außer vom Necroscopen.

»Da bin ich mir gar nicht so sicher«, hatte Harry skeptisch geantwortet. »Ich glaube, es gab andere vor mir. Auf jeden Fall einen nach mir. Sie leben jetzt auf anderen Welten.«

Wirst auch du eines Tages dort leben?

»Vielleicht. Wahrscheinlich. Möglicherweise schon bald.«

Wie sieht es jetzt auf der Welt aus?, hatte Pythagoras nach einer Weile gefragt, und Harry hatte vermutet, dass es wahrscheinlich die erste Frage war, die er seit langer Zeit stellte.

»Auf dieser Insel liegen viele erst kürzlich Verstorbene. Doch du hast sie gemieden. Du hättest sie nach Samos fragen können, nach der Welt, den Menschen. Doch du hast ganz einfach Angst vor der Wahrheit, der Wirklichkeit gehabt. Und weißt du, das Allerletzte, was für die Lebenden auf dieser Insel Bedeutung hätte, sind Zahlen! Oder, nun, das stimmt nicht ganz. Ich bin sicher, sie interessieren sich dafür, wie viele Drachmen sie für ein Pfund Sterling oder für einen Dollar bekommen.« Dann erklärte er, was er damit meinte.

Die Welt ist so klein geworden!

Harry hatte seinen Hut und die Sonnenbrille aufgesetzt und war aus dem Schatten in den Sonnenschein getreten. Die Hände in den Taschen vergraben, machte ihm die Sonne nicht viel aus; aber auf den felsigen Pfaden nach Tigani musste er vorsichtig gehen, um nicht zu stürzen. Pythagoras hatte ihn im Geist begleitet; sobald der Kontakt einmal hergestellt war, spielte die Entfernung keine große Rolle mehr.

Ich werde die Bruderschaft vollständig auflösen. Es gibt so vieles zu lernen!

»Menschen sind mittlerweile auf dem Mond gelandet«, sagte Harry.

Pythagoras war verwirrt.

»Sie haben die Geschwindigkeit des Lichts errechnet.«

Die Gedanken des Mystikers formten ein einziges großes Fragezeichen.

»Und dennoch gibt es unter den Toten Mathematiker, die von deinem Wissen noch profitieren könnten.«

Was? Von meinem? Ich bin wie ein Kleinkind!

»Keine Spur! Du hast dich an die reinen Zahlen gehalten, hast gerechnet und gerechnet. Nach zweieinhalb Jahrtausenden Übung müsstest du der schnellste Rechner der Welt sein! Darf ich dir ein paar Fragen stellen?«

Natürlich, aber bitte etwas Einfaches. Nicht diese Schwindel erregenden Kalkulationen in deinem Verstand, die du mir gezeigt hast!

»Dann nenne mir die Summe aller Zahlen von eins bis einschließlich einhundert!«

Fünftausendundfünfzig, kam augenblicklich die Antwort.

»Ein Blitzrechner«, konstatierte Harry zufrieden. »Unter den weniger praktisch veranlagten Mathematikern – den reinen Theoretikern – wärst du wie ein sprechender Computer. Ich glaube, für einen Toten hast du eine große Zukunft, Pythagoras!«

Aber das war doch so einfach, hatte der Grieche geschmeichelt gesagt. *Das weiß ich ohnedies auswendig. Multiplikation, Division, Addition und Subtraktion, ja, und auch Trigonometrie – das habe ich alles so oft benutzt. Es gibt keinen Winkel, den ich nicht errechnen kann.*

»Siehst du?« Harry hatte gelächelt. »Wer kann das schon von sich behaupten?«

Und du, Harry? Bist du auch ein Blitzrechner?

Harry hatte ihn nicht niederschmettern wollen. »Vielleicht, aber bei mir ist das eher intuitiv.«

Dann die Summe aller Zahlen zwischen eins und einer Million!

»500.000.500.000«, hatte der Necroscope beinahe nebensächlich geantwortet.

Pythagoras war bedrückt. *Wozu brauchen sie mich, wenn sie dich schon haben?*

»Weil ich, wie ich schon sagte, vielleicht nicht mehr lange da bin. Wie du ja festgestellt hast: Die Welt ist klein geworden. Und es ist schwer, auf ihr ein Versteck zu finden.«

In einem Außenbezirk von Tigani fand er eine kleine Taverne, setzte sich in den Schatten einiger alter Bäume und bestellte Ouzo mit einem Schuss Zitrone. Englische Touristinnen plätscherten im blauen Wasser der kleinen felsigen Bucht. Harry roch den Duft nach Kokosöl, der von ihren Körpern ausging, bis zu seinem Platz hinauf.

Pythagoras hatte dieses Bild aus Harrys Geist entnommen und kommentierte finster: *Vielleicht ist es doch gut, dass ich keinen Körper mehr habe. Sie saugen einen Mann aus wie ein Vampir.*

Der Necroscope wurde durch diese Bemerkung überrumpelt. Dann fasste er sich und antwortete: »Ach, es gibt solche und solche Vampire, musst du wissen ...«

VIERTES KAPITEL

Der Vampir des Necroscopen – im Augenblick noch eine bloße Kaulquappe – war noch lange kein ausgewachsener Parasit. Er verspürte keinerlei Drang nach internen oder externen Auseinandersetzungen, sondern wollte sich in Ruhe entwickeln und in dem langen Prozess der Umwandlung seines Wirts weiterkommen. Deshalb war sein Einfluss zunächst lediglich nervtötend, aber nicht mehr. Wenn er Harry mental und körperlich auslaugte, war die Wahrscheinlichkeit geringer, dass dieser sich selbst gefährdete. Daher rührten jene gelegentlich aufblitzenden Momente des Wamphyri-Bewusstseins und auch der innere Zwang, sich zu streiten, zu diskutieren, sich andauernd selbst zu hinterfragen, worauf für gewöhnlich nach innen gerichtete Zornesausbrüche und geistige Erschöpfung folgten.

Doch vom Verstand des Necroscopen völlig abgesehen, war sich sogar sein Blut darüber im Klaren, dass der Parasit sich in ihm befand, denn es schien ihn auf eigenartige Weise zu fiebern, so dass er ständig nervös und misstrauisch war. Er war ein Mann, der einen Vulkan in sich trug, der jedoch momentan nur leicht grollte und etwas Dampf ausstieß. Da er nicht wusste, wann ein Ausbruch erfolgen würde, konnte er sich niemals entspannen, sondern musste andauernd wachsam sein und auf das Grollen in seinem Innern lauschen.

Einerseits hätte Harry ja gern seine Wamphyri-Fähigkeiten bis zum Letzten erprobt, doch damit hätte er den gesamten Prozess nur beschleunigt. Denn eines war sicher: Mochte sein Gast auch noch so unreif sein, er wuchs dennoch schnell heran und lernte rasch. Der Parasit in seinem Körper und Geist war gewiss hartnäckig, aber Harry ebenfalls. Sein Sohn hatte es doch auch geschafft, seinen Vampir unter Kontrolle zu bringen. Also würde der Vater sein Bestes tun, dem Sohn nachzueifern.

All das war an sich schon schwierig genug, auch ohne dass das E-Dezernat ihm misstraute, ganz zu schweigen von der Tatsache, dass Harry ein gewisses menschliches Ungeheuer zur Rechenschaft ziehen musste, sofern er es endlich aufzuspüren vermochte.

Früher hätte er seine Gedanken geordnet, indem er beispielsweise Notizen gemacht hätte, um Prioritäten herauszuarbeiten. Doch die ständige Verwirrung und Erschöpfung machten ihn oft unfähig, aktiv in das Geschehen einzugreifen. Was wiederum Frustration und Ärger mit sich brachte und damit die Warnung vor dem Sturm, der in seinen aufgewühlten Gefühlen bald losbrechen würde.

Harry spürte, wie eine ausgeprägte Gewalttätigkeit dicht unter der Oberfläche seines Bewusstseins brodelte. Es war tatsächlich *seine* Brutalität, die da kochte, denn der Vampir in ihm war weder gewalttätig noch gefühlsintensiv: Er verstärkte lediglich diese Eigenschaften in seinem Wirt.

Am meisten frustrierte ihn die Gewissheit, dass nichts, was er unternahm oder unternehmen würde, falls er die Kraft dazu fände, für sein Überleben als Person eine Rolle spielte. Ein Anderer würde sich in dieser Lage bemühen, eine neue Identität anzunehmen, an einen sicheren Ort umzuziehen, um alle Gefahrenquellen auszuschließen.

Wäre er dazu in der Lage? Er hatte Pythagoras ja selbst gezeigt, wie klein die Welt geworden war. Jeder in seiner Lage wäre ein Wamphyri und hätte starke territoriale Interessen. Dies war *seine* Welt, das Haus unweit von Edinburgh *sein* Haus, seine Gedanken und Handlungen allein *seine* Angelegenheit – jedenfalls meistens, und vor allem, wenn ihm andere nicht hinterherschnüffelten.

Gestern war er in der Ruine der Burg Ferenczy gewesen und hatte sich mit Bodrogk, dem Thraker, unterhalten. Bodrogk und er kannten sich erst seit kurzer Zeit, und so akzeptierte ihn der Thraker als das, was er jetzt war. Außerdem kannte Bodrogk keine Furcht, weder vor dem Necroscopen, noch vor sonst einem Menschen. Seine Asche und die seiner Frau Sofia waren in alle Winde zerstreut, und nur ihre Geister verblieben in den Karpaten. Nichts Irdisches konnte ihnen mehr Schaden zufügen.

Harry hatte ihn in erster Linie fragen wollen, welche chemischen Zutaten zu Janos Ferenczys nekromantischer Mischung gehört hatten. Er wollte Trevor Jordan und Penny Sanderson aus ihren körpereigenen Salzen wieder zum Leben erwecken, aber nur, falls er sie so perfekt wie möglich wiederherstellen konnte. Bodrogk war eine Autorität auf diesem Gebiet, da er ja selbst solchen Experimenten ausgesetzt gewesen war. Trotzdem erkundigte er sich zuerst ausführlich, zu welchem Zweck der Necroscope diese Kenntnisse nutzen wollte, bevor er sein Wissen preisgab.

Und so war Harry heute bereit, ein echter Nekromant zu werden, und er hätte das Experiment auch durchgeführt, wäre er nicht im letzten Moment unsicher geworden. Schließlich bemerkte er, dass sich Geoffrey Paxton offensichtlich in der Nähe befand und ihn beobachtete. Da ihm klar war, dass Paxton versuchte, ihm genau solch eine widernatürliche Tätigkeit nachzuweisen, hatte er das Experiment verschieben müssen. Anschließend hatte er – vor Wut bebend – mit Darcy Clarke im Hauptquartier des E-Dezernats gesprochen.

Es hatte ihn erleichtert, zu erfahren, dass Paxton nicht Darcys Mann war – aber wer hatte ihn dann auf ihn angesetzt? Vielleicht würde Darcy das für ihn herausfinden, vielleicht aber auch nicht. Früher oder später hätten sich seine Gegner ohnehin zusammenschließen müssen, einschließlich des E-Dezernats, um ihn zu bekämpfen. Und ausgerechnet der Chef des Dezernats war sein Freund. Wie könnte er ihn verletzen? Und wie sollte er das dem Parasiten in seinem Innern klar machen?

Um zwei Uhr nachmittags saß Harry in seinem Arbeitszimmer und ›lauschte‹. Doch seine Vampirsinne waren noch nicht weit genug entwickelt, und so vernahm er nichts. Oder vielleicht doch? War da nicht eine flüchtige Bewegung am Rand seines mentalen Gesichtsfeldes? Das erregte sein Misstrauen wieder so sehr, dass er sein Experiment erneut verschob, den Hut aufsetzte und nach draußen ging, um sich mit seiner Mutter zu unterhalten.

Harry saß auf der bröckeligen Uferböschung, ließ die Beine baumeln und blickte hinab in die kleinen Wasserwirbel, unter denen seit langem Mary Keoghs Grab lag. Seine Gedanken tasteten nach ihr und spürten ihre Präsenz. Da er allein war und niemand ihn beobachten konnte, sprach er laut mit ihr, denn das kam ihm natürlicher vor. »Mutter, ich stecke total in der Klemme.«

Hätte sie geantwortet: ›Was ist daran neu?‹, wäre das verständlich genug gewesen, denn er steckte immer irgendwie in der Klemme. Aber Mary Keogh liebte ihren Sohn mit aller Kraft einer Mutter, und auch der Tod hatte das nicht geändert.

Harry? Ihre Stimme klang sehr schwach und weit entfernt, als sei ihre sterbliche Hülle vom Wasser den Fluss hinabgetragen worden. *Ach, Harry, ich weiß, es ist schlimm, mein Sohn!*

Das war zu erwarten gewesen. Er hatte nie etwas vor seiner Mutter verbergen können, und sie hatte ihn oft genug gewarnt, dass es Dinge gebe, denen man besser nicht nahe kam. Diesmal war er einem solchen Ding zu nahe gekommen. »Weißt du denn, was ich damit meine?«

Da gibt es nur eins, mein Junge. Wärst du nicht von allein zu mir gekommen, hätte ich es dennoch gewusst. Wir alle wissen Bescheid, Harry.

Er nickte. »Sie sprechen kaum noch mit mir«, beklagte er sich mit bitterem Unterton. »Dabei habe ich keinem von ihnen jemals etwas getan.«

Darauf versuchte sie ihm geduldig zu erklären: *Aber du solltest wenigstens versuchen, sie zu verstehen, Harry! Die meisten von ihnen lebten vor relativ kurzer Zeit noch, und nun sind sie tot. Sie erinnern sich noch gut an das Leben, und sie wissen, was der Tod bedeutet, aber sie wollen nichts mit dem zu tun haben, was irgendwie dazwischen liegt. Sie verstehen es nicht, wenn man die Lebenden zu Untoten machen will, denen man das wahre Leben raubt und ihnen dafür seelenlose Gier verleiht! Die Kinder und Enkel der Toten leben noch auf dieser Welt, genau wie du. Und das bereitet den Toten Kopfzerbrechen. Es spielt keine Rolle, wie lange Menschen tot sind, Harry: Sie machen sich immer noch Sorgen um ihre Kinder und Kindeskinder! Das weißt du doch aus eigener Erfahrung, mein Sohn, oder?*

Harry seufzte. Ihre Totenstimme, so schwach sie auch klang, war immer noch voller Wärme. Sie umgab den Necroscopen wie eine Decke, beschützte ihn, machte das Denken und Planen und sogar das Träumen einfacher. Für den Albtraum in seinem Innern war das so fremd und unverständlich, dass er sich nicht einzumischen vermochte. Und ihn selbst beruhigte diese Mutterliebe mehr als alles Andere auf der Welt.

»Das Schwierige ist«, sagte er nach einer kleinen Pause, »dass ich unbedingt noch etwas tun muss, bevor ich hier ... fertig bin. Und es ist wichtig, Mutter! Wichtig für mich, aber auch für dich und die unzähligen Toten. Ein Ungeheuer treibt hier sein Unwesen, und ich muss es dingfest machen!«

Ein Ungeheuer, Sohn? Ihre Stimme klang sanft, aber Harry wusste genau, was sie ihm sagen wollte. Wer war *er,* von einem Ungeheuer zu sprechen?

»Mutter, ich habe nichts Böses getan«, erwiderte er. »Und solange ich noch ich selbst bin, werde ich auch nichts Böses tun!«

Harry, sagte sie, *mein Sohn, ich fühle mich so ausgelaugt!* Sie klang wirklich nicht nur fern und schwach, sondern ausgesprochen müde. *Auch wir sind nicht unerschöpflich. Wenn man uns alleine lässt, denken wir nur vor uns hin und irgendwann, unmerklich, verblassen und verschwinden wir. Wie lange es auch dauern mag und wie stark man auch ist – am Ende verblassen wir und sind weg. Falls äußere Einflüsse sich negativ auswirken, kann das sogar recht schnell gehen. Du, mein Sohn, warst für uns alle ein Licht in der Dunkelheit. Es war, als könnten wir wieder sehen. Doch nun müssen wir dich gehen lassen und die Dunkelheit wieder ertragen. Als wir noch am Leben waren, fragten wir uns: Gibt es etwas auf der anderen Seite? Nun, es gab wirklich etwas, und dann kamst du und hast dich um uns gekümmert, so dass wir eine Art von Leben zurückerhielten. Und jetzt frage ich mich: Was kommt als Nächstes? Ich will dir damit sagen, dass ich hier nicht mehr viel Zeit habe. Aber ich würde es hassen, dich zurücklassen zu müssen, ohne zu wissen, dass es dir gut geht! Also, was hast du vor, Harry?*

Und zum ersten Mal wurde ihm bewusst, dass er tatsächlich einen Plan benötigte. Seine Mutter hatte den Gordischen Knoten seiner Verwirrung durchtrennt.

»Nun, es gibt da einen Ort, an den ich mich zurückziehen kann«, antwortete er bedächtig. »Er ist nicht gerade toll, aber besser als Sterben ist es allemal ... glaube ich. Und jemand dort könnte mir einiges beibringen, falls er will. Auch er hatte seine Probleme, aber das letzte Mal, als ich ihn sah, hatte ich das Gefühl, dass er sie ganz gut in den Griff bekommen hat. Vielleicht kann ich wirklich etwas von ihm lernen.«

Sie wusste natürlich, welchen Ort und wen er damit meinte. *Aber ist das nicht ein schrecklich finsterer Ort, Harry?*

»Das war er.« Harry zuckte die Achseln. »Vielleicht ist er es auch noch. Aber dort würde man mich wenigstens nicht ständig verfolgen. Wenn ich hier bliebe, wären sie bald hinter mir her. Dann müsste ich zurückschlagen. Das fürchte ich und versuche, es zu vermeiden. Das, was mich befallen hat, ist an jenem anderen Ort wohl bekannt und wird verstanden. Nicht unbedingt akzeptiert, aber als real hingenommen.«

Sie seufzte. *Ich bin froh, dass du nicht aufgibst, mein Sohn. Du bist ein Kämpfer! Das warst du schon immer.*

»Mag sein«, stimmte er zu, »aber hier kann ich nicht kämpfen. Das würde das Ende nur beschleunigen. Aber ich habe hier noch ein paar Dinge zu erledigen! Damit werde ich mich beschäftigen, bis die Zeit gekommen ist.

Du hast mich nach meinen Plänen gefragt. Eigentlich sind sie ganz einfach. Mit klarem Kopf, den ich dir zu verdanken habe, ist mein Weg hier vorgezeichnet. Es gibt da ein Mädchen, das auf schreckliche Weise starb und dieses Ende gewiss nicht verdient hatte – niemand verdient ein solches Ende – und da ist die erbärmliche Kreatur, die sie und andere Unschuldige umgebracht hat, nun, und die *verdient* ein schreckliches Ende. Dann schulde ich Darcy Clarke ein langes Gespräch und eine Erklärung, und außerdem möchte ich noch ein paar Kenntnisse und Fähigkeiten dorthin mitnehmen, wohin ich schließlich gehen werde.

Das ist alles: ein paar Sachen erledigen, etwas gerade biegen und noch etwas dazulernen. Danach verschwinde ich lieber von allein, als vertrieben zu werden.«

Und du wirst niemals zurückkehren?

»Vielleicht schon, aber dazu muss ich erst lernen, alles unter Kontrolle zu halten. Wenn mir das nicht gelingt ... kehre ich nie mehr zurück.«

Was willst du mit diesem Mann, Mörder, Ungeheuer anstellen, nach dem du suchst?

»Ich werde diese Aufgabe so schnell und sauber erledigen wie möglich. Du weißt nicht, was er tut, Mutter, aber ich kann dir sagen, an dem will ich mir die Finger nicht schmutzig machen! Ihn zu töten ist dasselbe, wie die Menschheit von einem Tumor zu befreien.«

Von der Sorte hast du schon mehrere operiert, Sohn!

»Und einer folgt noch«, sagte Harry entschlossenen.

Und dieses Mädchen, das ein solches Ende nicht verdient hat? Du hast das so eigenartig betont, Harry.

Harry war klar, dass er sich in ein Minenfeld verirrt hatte und nach einem Weg suchen musste, heil wieder herauszukommen. »Es ist alles noch so neu für sie, Mutter. Sie hat sich noch nicht an diesen Zustand gewöhnt. Und sie muss es auch nicht. Ich glaube, ich kann ihr helfen.«

Da ist ein neuer Zug an dir, Harry. Aus ihrer mentalen Stimme hörte er etwas Neues heraus ... War es Furcht? *Du hast etwas von Janos Ferenczy gelernt, was ich spüren kann. Ja, genau das trennt uns jetzt voneinander. Wir alle spüren das!* Ihre Stimme vermittelte ihm das Gefühl, dass sie schauderte.

Selbst seine Mutter? Fand sogar seine warmherzige, liebevolle Mutter ihn abstoßend? Er hatte das Gefühl, wenn er sie nicht festhielt, werde sie von ihm forttreiben, immer weiter weg ...

Aber er hatte eine letzte Trumpfkarte, und die spielte er nun aus. »Mutter, bin ich gut oder schlecht? Wurde ich zum Guten geboren oder zum Bösen?«

Sie hörte die Angst in seiner Stimme und kehrte sofort zu ihm zurück. *Ach, du warst gut, mein Junge! Wie kannst du daran zweifeln? Du warst ein so guter Junge!*

»Daran hat sich nichts geändert, Mutter! Noch nicht, nicht hier auf dieser Welt. Ich verspreche dir, dass ich mich von nichts ändern lassen werde, jedenfalls nicht hier! Und sollte ich merken, dass ich dieses Versprechen nicht mehr halten kann, werde ich gehen.«

Aber falls du dieses Mädchen zurückholst, was wird sie dann sein?

»Schön, so wie vorher! Vielleicht nicht körperlich schön wie früher, aber sie wird leben. Und zu leben ist etwas Wunderschönes.«

Und wie lange, mein Sohn? Wird sie altern? Wird sie sterben? Was wird sie wirklich SEIN, Harry?

Er konnte ihr keine Antwort geben. »Einfach ein Mädchen. Ich weiß es nicht.«

Und WAS werden ihre Kinder sein?

»Mutter, ich kann es nicht sagen! Ich weiß nur, dass sie viel zu lebendig ist, um tot zu sein!«

Tust du das für ... dich selbst?

»Nein, nur für sie und für euch alle.«

Er spürte, wie sie den Kopf schüttelte. *Ich weiß nicht recht, mein Sohn ...*

»Vertrau mir bitte!«

Nun ja, das werde ich wohl müssen. Wie kann ich dir helfen?

Harry hatte das zwar erreichen wollen, aber jetzt sagte er: »Mutter, ich will dich nicht schwächen. Du hast gesagt, du fühlst dich ausgelaugt.«

Das stimmt, aber wenn du kämpfen kannst, kann ich das auch. Wenn die Toten schon nicht mehr mit dir sprechen, dann doch wenigstens mit mir.

Er nickte dankbar und sagte nach kurzem Überlegen: »Es gab andere Opfer vor Penny Sanderson. Ich kenne ihre Namen aus der Zeitung, doch ich muss in Erfahrung bringen, wo sie bestattet wurden, und ich bräuchte jemanden, der mich bei ihnen einführt. Weißt du, sie wurden furchtbar misshandelt und werden jemandem wie mir nicht trauen. Derjenige, der sie ermordet hat, konnte sie ebenfalls von dieser Seite her berühren – noch im Tod. Ich muss zwar mit ihnen sprechen, möchte sie aber nicht noch mehr ängstigen! Wie du siehst, wäre das ohne dich ziemlich aussichtslos.«

Du willst also wissen, auf welchen Friedhöfen sie begraben liegen?

»Richtig. Ich könnte es möglicherweise selbst rasch herausfinden, aber ich muss mich mit so vielen Dingen gleichzeitig beschäftigen, dass ich die Übersicht verliere. Und die Zeit verstreicht ...«

In Ordnung, Harry, ich werde tun, was in meiner Macht steht. Aber ich will dich nicht immer suchen müssen. Es wäre besser, wenn du zu mir kämst. Auf diese Weise ... Sie hielt mit einem Mal inne.

»Mutter?«

Hast du das nicht gespürt, mein Sohn? Ich spüre es immer, wenn sie so nahe sind.

»Was denn?«

Jemand kommt herüber zu uns, antwortete sie traurig. *Jemand stirbt – oder etwas.*

Bereits zu Lebzeiten war Mary Keogh ein Medium gewesen, und im Tod war ihre Verbindung mit dem Geisterreich noch viel ausgeprägter. Doch was hatte sie gemeint? Harrys Nackenhärchen richteten sich auf. »Etwas?«, wiederholte er.

Ein Tier vielleicht, ein Welpe, ein Unfall, seufzte sie. *Und das Herz eines armen Kindes ist gebrochen. In Bonnyrig. Genau jetzt.*

Das Herz des Necroscopen setzte einen Schlag aus. Er hatte in seinem Leben so viele Verluste erlitten, dass der Verlust eines anderen, so gering er auch sein mochte, ihm einen Stich versetzte. Vielleicht lag es auch nur daran, dass seine Mutter von dem Vorkommnis mit so viel Gefühl gesprochen hatte. Möglicherweise befand sich auch sein gesamtes Gefühlsleben bereits in einem Zustand erhöhter Wahrnehmungsfähigkeit. Es galt mit einiger Wahrscheinlichkeit, jemanden zu trösten.

»Bonnyrig hast du gesagt? Okay, Mutter, ich muss jetzt gehen. Ich komme morgen wieder. Vielleicht weißt du bis dahin mehr.«

Sei vorsichtig, mein Junge!

Harry erhob sich und blickte sich am Ufer um. Die grelle Sonne hatte sich hinter flauschigen weißen Wölkchen verborgen, was eine Erleichterung für ihn darstellte.

Er kletterte über einen verrosteten Maschendrahtzaun und kam an einen kleinen Hain. Inmitten der schattigen Bäume und Büsche beschwor er ein Möbius-Tor herauf. Einen Augenblick später trat er in einer kleinen Gasse nahe der Hauptstraße von Bonnyrig wieder heraus. Er begann seine mentale Suche nach einem Neuankömmlung in den Reihen der Toten.

Ja – da war es, ganz in der Nähe: ein jämmerliches Winseln in der Erinnerung an die Panik und die Schmerzen noch vor wenigen Augenblicken, ein Erstaunen, dass dies alles vorüber war, und Ungläubigkeit, weil der strahlende Sonnenschein so plötzlich tiefer Schwärze gewichen war. So empfand ein dummes Tierchen den Tod.

Harry verstand es nur zu gut, denn so sehr unterschieden sich diese Empfindungen nicht von denen der Menschen. Der Hauptunterschied lag darin, dass Hunde keine Vorstellung von Zeitabläufen und vom Tod haben, und so war die Überraschung umso größer.

In der Hoffnung, nicht beobachtet zu werden, benutzte der Necroscope noch einmal das Möbius-Kontinuum und sprang zur Quelle der tierischen Gefühle: einer Kreuzung, an der die Hauptstraße in Richtung Edinburgh nach links abbog. Die Hand voll Neugieriger, die sich dort versammelt hatte, wandte Harry den Rücken zu, als er aus dem Nichts heraus erschien.

Das Erste, was er sah, waren die langen, schwarzen Reifenspuren auf dem Asphalt.

Die Gefühle des toten Welpen wurden heftiger und hektischer, als er begriff, dass er sich aus dieser neuen Lage nicht befreien konnte. Wo war nur sein Gott, sein junges Herrchen?

Schhhhhh! Harry versuchte, das Tierchen zu beruhigen. *Es ist schon gut, Junge – alles in Ordnung!*

Er ging um die Schaulustigen herum und trat neben einen Jungen, der mit tränenüberströmtem Gesicht auf der Straße kniete, das tote Hündchen auf den Armen. Der kleine Hundekörper war von den Autoreifen übel zugerichtet worden.

Harry kniete nieder, legte einen Arm um die Schultern des Jungen und streichelte das tote Tierchen. Er bemühte sich, beide gleichzeitig zu beruhigen. In seinem Geist ließ das erbärmliche Winseln langsam nach. Da war wieder ein Gefühl. Es spürte Harry.

Aber der Junge konnte sich nicht beruhigen. »Er ist tot!«, jammerte und stöhnte er. »Paddy ist tot! Warum hat das Auto nicht mich erwischt, warum gerade Paddy? Warum hat er nicht angehalten?«

»Wo wohnst du denn, mein Sohn?«, fragte er den Jungen, einen Wuschelkopf von vielleicht acht oder neun Jahren.

Der Kleine sah ihn aus tränenumflorten Augen an. »Dort unten.« Er nickte in Richtung seiner rechten Schulter. »Nummer sieben. Dort wohnen wir, Paddy und ich.«

Harry nahm den Hundekörper sanft auf die Arme und stand auf. »Also, dann bringen wir ihn nach Hause.«

Die Leute machten Platz für sie und Harry hörte, wie jemand sagte: »Es ist eine Schande. So was sollte man nicht zulassen!«

»Paddy ist tot!« Das Kind griff nach Harrys Arm, als sie um eine Ecke in eine schmale, verlassen daliegende Straße einbogen.

Tot? Ja, natürlich, aber ... musste das wirklich sein? *Du musst doch nicht tot sein, Paddy, oder?*

Die Antwort, die er erhielt, war weder ein Bellen noch ein Wort – aber sie klang zustimmend. Ein Hund lehnt bei seinen Freunden nur selten etwas ab, und schon gar nichts bei seinem Herrchen. Das war Harry wohl nicht, aber ein neuer Freund war er mit Sicherheit.

Und so fiel auch seine Entscheidung augenblicklich.

Bevor sie den kleinen Vorgarten der Nummer sieben erreichten, blickte Harry auf den Jungen hinab und fragte: »Wie heißt du eigentlich, mein Junge?«

»Peter.« Er brachte das Wort kaum heraus, so sehr schluchzte er.

»Peter, ich ...« Harry blieb entschlossen stehen. Er schauspielerte auf Teufel komm raus und blickte auf den Tierkörper auf seinen Armen hinab. »... ich, ich glaube, ich habe eine Bewegung gespürt!«

Dem Jungen blieb der Mund offen stehen. »Hat Paddy sich bewegt? Aber er ist so schlimm zugerichtet!«

»Ich bin Tierarzt, mein Sohn«, log Harry. »Vielleicht kann ich ihn doch retten. Lauf schnell voraus und erzähle zu Hause, was passiert ist, während ich Paddy mitnehme und operiere. Und was auch geschieht, sobald ich weiß, wie es ihm geht – ob gut oder schlecht – setze ich mich mit dir in Verbindung. Okay?«

»Aber ...«

»Peter, du darfst keine Zeit verlieren«, mahnte Harry eindringlich. »Es geht doch um Paddys Leben!«

Der Kleine schluckte schwer, atmete tief ein und rannte zum Gartentor der Nummer sieben. Als er im Haus verschwand, holte Harry ein Möbiustor heran. In dem Augenblick, da Paddys Mutter händeringend im Vorgarten auftauchte, um mit diesem Tierarzt zu sprechen, befand Harry sich bereits an einem ganz anderen Ort.

Der Necroscope hatte nur wenige Freunde unter den Lebenden, aber einer von ihnen war ein alter Töpfer oben in den Pentlands, der eigene Brennöfen besaß. Paddy war natürlich tot, daran gab es keinen Zweifel. Harry reichte ihn Hamish McCulloch, der ihn in einem seiner Öfen verbrennen sollte. »Es soll mir einen Zwanziger wert sein, Hamish«, sagte er dem alten Schotten, »wenn du mir seine Asche übergeben kannst. Es ist nicht für mich, sondern für ein Kind, dessen Herz gebrochen wurde. Und ich zahle auch für einen deiner Töpfe, um die Asche aufzubewahren.«

»Ich schätze, dir kann geholfen werden, Harry«, sagte Hamish.

»Nur eine Bitte«, fügte der Necroscope hinzu. »Sei bitte vorsichtig, wenn du die Asche zusammenkehrst. Ich meine, der Junge möchte sichergehen, dass er alle Überreste hat, ja?«

»Wie du möchtest.«

Harry wartete fünf Stunden, bis der Vorgang abgeschlossen war, und er blieb geduldig, obwohl ihm der Boden unter den Füßen brannte, denn in diesen Stunden war er der alte Harry Keogh, dem vielleicht nicht viel Zeit auf dieser Welt blieb, der sich aber alle Zeit der Welt nahm, um seine selbst gewählte Aufgabe zu erfüllen.

Und letzten Endes diente es ja auch einem ganz bestimmten Zweck. Es gab ihm die Möglichkeit, sämtliche Auswirkungen genau zu studieren. Auch Trevor Jordans Gehirn war zerstört worden, genau wie Pennys Körper ...

Um 20:00 Uhr befand sich Harry in dem geräumigen, staubigen Keller seines alten Hauses eine Meile von Bonnyrig entfernt. Er hatte so gut wie möglich sauber gemacht und dann einen Bereich im Mittelpunkt des Steinbodens so lange geschrubbt, bis die Platten beinahe glänzten. Der alte Hamish hatte ihm gesagt, wie viel der Körper des Welpen vor der Einäscherung gewogen hatte, so dass es nicht schwierig war, das richtige Gewichtsverhältnis der benötigten Bestandteile zu berechnen und alles abzuwiegen.

Schließlich hatte er die Asche mit den Chemikalien vermischt. Das alles ergab einen kleinen Haufen auf dem geschrubbten Fleck. Und es gab kein Zögern mehr, denn es ging nicht um ihn selbst, sondern um das Wohlergehen eines Kindes, das diese Nacht bestimmt nicht ruhig schlafen würde.

Es schien ihm alles so lächerlich einfach. War das wirklich alles? Hatte er nichts Wesentliches vergessen? Hatten diese eigenartigen Worte, die unten in dem Verlies unter Janos Ferenczys Burg ausgestoßen worden waren, dieser äonenalte Bannspruch, *tatsächlich* ausgereicht, um einen Toten wieder zum Leben zu erwecken? Und wenn ja, war das nicht die reinste Blasphemie gewesen?

Andererseits, wozu sollte er sich jetzt noch Gedanken darüber machen? Sollte der Necroscope seiner Werke wegen der Verdammnis anheim fallen, war er schon jetzt verdammt. Wie immer drehten sich seine Gedanken im Kreis, bis ihm der Kopf schmerzte. Doch mit einem Mal wurde ihm bewusst, dass es der Vampir in ihm war, der versuchte, ihn zu verwirren. Im selben Moment war sein Kopf wieder klar, und er deutete mit dem Zeigefinger entschlossen auf das Häufchen aus Asche und Chemikalien und sprach feierlich die Beschwörung:

»Y'ai Ng'ngah,
Yog-Sothoth,
H'ee-L'geb,
F'ai Throdog
– *Uaaah!*«

Es war, als halte er ein entzündetes Streichholz an einen Stapel brennbaren Materials: Ein phosphoreszierender Lichtschein flammte auf, farbiger Rauch stieg hoch, dazu ein beinahe schwefliger Gestank. Und er hörte ein leises Kläffen!

Paddy, aus seiner Asche wieder auferstanden, taumelte aus einer sich rasch zerstreuenden Rauchwolke heraus auf ihn zu. Er zitterte, seine Ohren hingen herab und er hatte das Schwänzchen ängstlich eingezogen. Die Beinchen schienen kaum fähig, den kleinen Körper zu tragen.

»Paddy«, flüsterte der Necroscope und ließ sich auf ein Knie nieder. »Paddy, komm, mein Junge!« Der kleine Hund knickte ein, fiel zu Boden, rappelte sich wieder hoch, schüttelte sich, dass er beinahe wieder umgefallen wäre, und kam zu ihm.

Schwarzweiß, kurze Beine, Schlappohren ... eine richtige Promenadenmischung – und sehr lebendig! Oder?

Paddy, rief der Necroscope noch einmal, diesmal in der Totensprache, doch er erhielt keine Antwort.

Paddy war wirklich und wahrhaftig wieder am Leben!

Eine halbe Stunde später brachte Harry Paddy zu dem kleinen Reihenhaus mit der Nummer sieben in jener stillen Straße in Bonnyrig. Er wollte nicht lange bleiben, aber er musste einiges in Erfahrung bringen, was Paddy betraf. Über den Charakter des Tierchens. War er *genau* der gleiche Hund wie zuvor?

Offensichtlich war er es. Peter glaubte das jedenfalls. Paddys Herrchen war schon seit über einer Stunde bettfertig gewesen, hatte sich jedoch standhaft geweigert, schlafen zu gehen, bevor er nicht von seinem ›Tierarzt‹ gehört hatte.

Paddys Rückkehr stellte für den Kleinen ein Wunder dar, doch nur der Necroscope wusste, welches Wunder sich wirklich ereignet hatte.

Peters Vater war ein hagerer, aber freundlicher Mann. »Der Junge sagte uns, dass er Paddy für tot hielt«, sagte er, während er Harry einen Whiskey eingoss, nachdem Peter mit dem Welpen im Kinderzimmer verschwunden war. »Gebrochene Knochen, ein blutiger Kopf, alles verrenkt – wir haben uns Sorgen gemacht. Der Junge hängt so an seinem Hund!«

»Es sah schlimmer aus, als es tatsächlich war«, erwiderte Harry. »Der Welpe war bewusstlos, deshalb hingen seine Glieder so schlapp herunter, dann hatte er ein paar Kratzer abbekommen, und das Blut sieht in diesen Fällen immer schrecklich aus; außerdem hatte er etwas Schleim erbrochen. Vor allem aber stand er unter Schock.«

»Und seine Schultern?«, fragte Peters Vater mit hochgezogenen Augenbrauen. »Peter erzählte, die seien auf jeden Fall gebrochen gewesen.«

»Nur ausgerenkt. Sobald wir das in Ordnung gebracht hatten, ging alles andere wie von selbst.«

»Wir sind Ihnen so dankbar!«

»Ist schon in Ordnung!«

»Was sind wir Ihnen schuldig?«

»Nichts.«

»Das ist sehr freundlich von Ihnen ...«

»Ich wollte nur sichergehen, dass Paddy noch der gleiche Hund ist«, sagte der Necroscope. »Ich meine, dass dieses Trauma, das er erlitten hat, seine Persönlichkeit nicht verändert hat. Scheint er Ihnen derselbe zu sein wie vorher?«

Aus dem Kinderzimmer ertönten in diesem Augenblick ein Jaulen und Kläffen und Peters Gelächter.

»Sie spielen!« Peters Mutter nickte verständnisvoll und lächelte. »Es ist eigentlich schon zu spät, aber heute ist wohl ein besonderer Abend. Oh, Mr. ...?«

»Keogh«, vollendete Harry.

»Ja, Paddy ist genau derselbe wie vorher.«

Peters Vater brachte Harry zum Gartentor, bedankte sich nochmals und sagte ihm Gute Nacht. Als er wieder ins Wohnzimmer kam, sagte seine Frau: »Was für ein ungewöhnlich lieber, netter Mann. In seinen Augen konnte man seine gute Seele sehen!«

»Hmmmm?«, machte ihr Mann gedankenverloren.

»Bist du anderer Meinung?«

»Oh, natürlich nicht. Aber ...«

»Aber? War er dir nicht sympathisch? Misstraust du einem Mann, der für gute Arbeit kein Geld nimmt?«

»Nein, das ist es nicht. Aber seine Augen ...«

»Verträumt, nicht wahr?«

»Wirklich? Als er mich unten am Gartentor im Dunkeln angesehen hat ...«

»Ja?«

»Ach, nichts«, sagte Peters Vater und schüttelte den Kopf. »Sicher nur ein Lichtreflex ...«

Harry fühlte sich ausgesprochen wohl, als er nach Hause kam. Besser als in den letzten Monaten, seit er aus Griechenland zurückgekehrt war. Er setzte sich in sein Arbeitszimmer und sprach mit einer Urne, die in einer dunklen Ecke des Raumes stand. Zumindest sah es aus, als rede er mit der Urne, doch für gewöhnlich antworten Urnen nicht.

Harry sagte: »Trevor, du warst Telepath, und ein guter dazu. Also bist du immer noch einer. Daher weiß ich, dass du mir zuhörst, auch wenn ich nicht direkt mit dir spreche. Du hörst meine Gedanken. Nun, dann weißt du auch, was ich heute Abend getan habe, oder?«

Ich kann nicht ändern, was ich nun einmal bin, Harry, antwortete Trevor Jordan, seine Totenstimme ›atemlos‹ vor Aufregung. *Genauso wenig wie du. Ja, ich weiß, was du unternommen hast und was du vorhast. Ich kann es kaum glauben, und ich werde es sicher noch eine Weile nicht fassen können. Es kommt mir vor wie ein wundervoller Traum, aus dem ich nicht erwachen möchte. Allerdings mag es ja noch schöner werden, wenn ich wach bin! Zuerst hatte ich keinerlei Hoffnung, und nun ...*

»Aber du hast doch die ganze Zeit über gewusst, was ich vorhabe?«

Wissen, was jemand vorhat, heißt noch lange nicht, dass er auch dazu in der Lage sein wird! Doch nun, nach der Sache mit dem Hund ...

»Aber ein Hund ist ein Hund und ein Mensch ist ein Mensch. Wir können nicht sicher sein, bis ...«

Habe ich etwas zu verlieren?

»Ich glaube nicht.«

Harry, sobald du bereit bist, bin auch ich es. Mann, und wie ich bereit bin!

»Trevor, gerade hast du gesagt, du könntest nicht ändern, was du nun mal bist, genauso wenig wie ich. Lässt sich da noch etwas zwischen den Zeilen herauslesen? Du musst in meinem Verstand ja so einiges aufgestöbert haben!«

Nach einer Pause: *Ich will dich nicht belügen, Harry. Ich weiß, was mit dir geschehen ist und was aus dir wird. Du kannst dir nicht vorstellen, wie Leid mir das tut!*

»Ziemlich bald«, sagte der Necroscope, »wird das gesamte Rattenpack hinter mir her sein.«

Ich weiß. Und mir ist vollkommen klar, was du dann tun wirst und wohin du flüchtest.

Harry nickte. »Aber es ist schon so, wie Mutter meinte – ein seltsamer und finsterer Ort. Jede Hilfe, die ich erhalten kann, wird mir willkommen sein.«

Kann ich irgendetwas für dich tun? Nicht viel, schätze ich. Nicht in meiner jetzigen Lage.

»Das stimmt«, sagte Harry. »Wir könnten es jetzt gleich in

Angriff nehmen, aber ich will deine Stimmung nicht ausnutzen. Die Entscheidung liegt ohnehin bei dir.«

Also ... wann?

»Morgen.«

Danach unterhielten sie sich noch eine Weile über die alten Zeiten. Schade nur, dass sie keine schönen Erinnerungen daran hatten. Sicher, es war Gutes dabei herausgekommen, doch damals war es höllisch für sie gewesen.

Nachdem die Unterhaltung etwas eingeschlafen war, sagte Trevor plötzlich: *Harry, weißt du, dass Paxton dich nach wie vor beobachtet?* Jordan war es auch gewesen, der Harry auf den Gedankenspion aufmerksam gemacht hatte, wofür der Necroscope ihm immer noch dankbar war. Aber seither hatte ihn seine eigene Intuition jedes Mal alarmiert, wenn sich der Telepath in der Nähe befand.

Seine erste, instinktive Reaktion auf dieses Problem hatte darin bestanden, eine Gabe zu aktivieren, die Harold Wellesley ihm vermacht hatte, der frühere Chef des E-Dezernats, der Selbstmord begangen hatte, nachdem er als Doppelagent entlarvt worden war. Wellesleys Gabe war ein Negativum gewesen: Sein Verstand war auch für den stärksten Telepathen völlig undurchdringlich, sicher wie der Tresor einer Bank. Als Wiedergutmachung hatte er diese Fähigkeit zur geistigen Blockade an Harry weitergegeben.

Natürlich handelte es sich auch bei dieser Gabe um ein zweischneidiges Schwert. Wenn man seinen Feinden die Tür vor der Nase zuschlägt, dann auch seinen Freunden. Und wenn man in einer tiefen Höhle die einzige Fackel löscht, sehen *alle* nichts mehr. Harry hätte den Lichtschein bevorzugt und lieber gewusst, ob Paxton in der Nähe war und was er gerade unternahm.

Selbstredend war es anstrengend, diese Blockade ständig aufrechtzuerhalten. Es kostete Kraft, und bei dem emotionalen Stress, dem er nun andauernd unterlag, hatte er das Gefühl, seine Batterien seien allmählich leer.

Jetzt war es an Harrys Intuition und der wachsenden Intelligenz des Dings in ihm, den Gedankenspion seinerseits zu überwachen. Die Kräfte des jungen Wamphyri, gekoppelt mit denjenigen, die

Harry bereits besaß, würden auch zu einer Art von Telepathie führen – und zu weiteren ESP-Fähigkeiten. Doch es würde bestimmt nicht schaden, Jordans Fähigkeiten dabei ebenfalls zur Verfügung zu haben.

Trevor Jordan hatte diese Gedanken natürlich auch vernommen. *Harry, lass dir deswegen keine grauen Haare wachsen. Nimm alles, was ich dir geben kann. Jetzt, oder nachdem du ... es ... an mir ausprobiert hast, das spielt keine Rolle. Ich werde meine Meinung nicht ändern. Du wirst es benutzen, um dich zu schützen, aber mit Sicherheit nicht, um uns damit wehzutun.*

»Uns?«

Den Menschen, meine ich, Harry. Ich glaube nicht, dass du einem Menschen schaden würdest.

»Ich wünschte, ich wäre mir da so sicher wie du. Aber Fakt ist, dass *ich* es nicht mehr sein werde. Oder vielleicht schon noch ich, aber stark verändert!«

Dann musst du dich eben an deinen Plan halten. Wenn du merkst, dass es so weit ist, dann hau ab, so schnell du kannst.

»Aus meiner eigenen Welt vertrieben!«, grollte der Necroscope.

Entweder das, oder du lässt eben den Geist aus der Flasche!

»Du bist verdammt ehrlich, Trevor!«

Dazu sind Freunde doch da, oder?

»Auf gewisse Weise bist du ja auch ein Geist in der Flasche!« Harrys Wamphyri-Seite kam in ihm hoch, wieder einmal wollte er streiten. Jordan hatte es noch nicht bemerkt. Er war ohnehin bemüht, die Unterhaltung auf einer leichten, humorvollen Ebene zu halten.

Vielleicht rühren diese alten arabischen Legenden ja genau daher? Ein Mann mit der notwendigen Macht, der die magische Formel kennt und einen mächtigen Geist aus dem Staub in einer Flasche, einer Urne, beschwört? Was wünschst du, oh Meister?

»Was ich wünsche? Manchmal wünsche ich mir, ich wäre nie geboren worden!« Harrys Stimme wirkte genauso angespannt wie sein Gesicht.

Jetzt spürte es auch Jordan. Die Dualität Harrys, die fremdartigen Gezeiten in Harrys Blut, die an der Küste seines Willens nagten, den Schrecken, der seine menschliche Herkunft herausforderte, der immer stärker wurde, Tag um Tag.

Du bist müde, Harry! Du solltest dir ein wenig Zeit zum Schlafen nehmen.

»Ausgerechnet nachts?«, schmunzelte der Necroscope auf seine trockene, finstere Art. »Das liegt nicht in meiner Natur, Trevor!«

Du musst dagegen ankämpfen!

»Ich *habe* dagegen angekämpft!« Harrys Grollen wurde tiefer. »Ich tue die ganze Zeit nichts anderes!«

Jordan schwieg einen Augenblick. Dann sagte er: *Vielleicht ... sollten wir eine Pause einlegen.* Seine mentale Stimme bebte vor Furcht. Harry spürte seine Angst, die Angst eines toten Mannes. Und tief drinnen, wo nicht einmal Jordan zu lauschen vermochte, sagte er sich: *Mein Gott! Selbst die Toten beginnen mich zu fürchten!*

Er stand abrupt auf, so dass sein Stuhl beinahe umgefallen wäre. Dann blickte er durch den Spalt im Vorhang hinaus über den Fluss und in die Nacht. Genau in diesem Moment riss jemand am gegenüberliegenden Ufer ein Streichholz an, um sich eine Zigarette anzuzünden. Harry sah den plötzlichen Lichtschein nur einen Augenblick, dann wurde er von einer vorgehaltenen Hand verdeckt.

»Der Bastard steht dort drüben und lauscht!«, sagte Harry leise, mehr zu sich selbst.

Jordan war jedoch noch immer viel zu erschrocken, um ihm zu antworten.

FÜNFTES KAPITEL

Um Mitternacht kochte Harry innerlich noch immer.

Er aktivierte Wellesleys Gabe, schlich hinaus in den Garten und den Pfad entlang bis zu der alten Pforte in der Gartenmauer, die schief in ihren rostigen Angeln hing. Die Nacht war seine Freundin, und wie eine Katze verschmolz er mit den Schatten und wurde nahezu unsichtbar. Mit seinen nachtsichtigen Augen vermochte er deutlich die reglose Gestalt unter den Bäumen zu erkennen, den Floh, der seinen Verstand juckte: Paxton.

Allein dieser Name wirkte wie Gift auf ihn beziehungsweise auf das Geschöpf, das in ihm heranwuchs. Denn Harrys Vampir erkannte die Bedrohung ebenso wie der Necroscope, wenn er auch anders damit umgehen würde, sofern Harry das zuließ.

»Paxton«, hauchte er in die Nachtkühle hinein. Wie ein dünner Schleier senkte sein Atem sich über den Weg und umspielte seine Beine. Das düstere Wesen des Wamphyri beherrschte ihn nun beinahe völlig. »Du kannst mich nicht hören, du Bastard, oder?« Er atmete Dunst aus, der sich den überwucherten Flusspfad entlang bis zum schimmernden Wasser kräuselte. »Du kannst meine Gedanken nicht spüren; du weißt nicht einmal, dass ich da bin, stimmt's?«

Doch mit einem Mal war da eine gurgelnde, monströse Stimme in Harrys Verstand – unverkennbar Faethor Ferenczy: *Statt sich in die Schatten zurückzuziehen, wenn du ihn in der Nähe spürst, solltest du dich ihm nähern! Er will in deine Gedanken eindringen? Dringe stattdessen in seine ein! Er erwartet, dass du ihn fürchtest, also sei kühn! Und wenn er den Mund aufreißt, um dir die Zähne zu zeigen, dann dringe in ihn ein, denn innen drin ist er weicher!*

Es war eine Stimme aus einem Albtraum, doch eine, die Harry selbst aus seinen Erinnerungen hervorgezerrt hatte. Denn Wellesleys Gabe machte jegliches Eindringen in seine Gedanken unmöglich, und Faethor war ohnehin irgendwo in der Zukunft für immer verloren.

Der Vater so mächtiger Vampire hatte damals über seinen leiblichen Sohn Janos gesprochen, doch es schien dem Necroscopen, dass seine Methoden in diesem Falle hier durchaus anwendbar seien. Vielleicht war es auch nur das Ding in ihm, das dies annahm. Paxton befand sich hier, um zu beweisen, dass Harry ein Vampir war. Da er ja tatsächlich einer war, gab es keine Möglichkeit, das Gegenteil zu beweisen. Aber sollte er deshalb einfach stillsitzen und die Folgen von Paxtons Berichten abwarten? Es drängte ihn, dem Gedankenspion eine kleine Lehre zu erteilen.

Natürlich durfte er ihn nicht einfach umbringen! Der bloße Gedanke daran beschwor Visionen von Blut herauf, die er schnellstens wieder loswerden musste!

Er trat hinter die Tür in der alten Gartenmauer zurück, beschwor ein Möbiustor herauf, trat hindurch ... und kam auf einer kleinen Nebenstraße wieder heraus, die am jenseitigen Ufer parallel zum Fluss verlief. Niemand war zu sehen. Der Himmel war wolkenverhangen, und durch die Bäume sah er den Fluss, der sich wie ein Band geschmolzenen Bleis zwischen den Uferböschungen dahinwand.

Ein Auto, Paxtons Wagen, stand unter niedrig hängenden Zweigen teilweise verborgen halb auf, halb neben der Straße. Es war ein neues und recht teures Modell. Die Karosserie glänzte in der Dunkelheit. Türen und Fenster waren geschlossen. Die Motorhaube wies einen sanften Hang hinab in Richtung einer Kurve, hinter der die Straße in die Hauptstraße nach Bonnyrig einmündete.

Harry wich von dem mit Schlaglöchern übersäten Asphalt in die Deckung zurück, die ihm die Bäume boten, und die Nebelschwaden folgten ihm. Oder besser – denn in ihm hatten sie ja ihren Ursprung: Sie wallten vom Boden auf, wo immer er hintrat, dampften aus seiner dunklen Kleidung hervor und ergossen sich mit jedem Atemzug aus seinem Mund. Lautlos ging er weiter. Seine Füße suchten beinahe automatisch den weichen Boden und traten unweigerlich zwischen die Stellen, an denen das Knacken dürrer Zweige ihn verraten hätte. Er spürte, wie der Wamphyri in ihm seine Muskeln dehnte und sich tiefer in seinen Verstand grub.

Es käme dem Ding gerade recht, wenn es hier und jetzt die Kontrolle über ihn gewänne und etwas anrichten könnte, was nicht mehr rückgängig zu machen war.

Bisher hatte er sein Fieber gut beherrscht. Natürlich war sein Zorn heißer aufgeflammt, die Depressionen tiefer geworden und seine Leidenschaft gieriger, aber insgesamt gesehen war da nichts gewesen, was er nicht unter Kontrolle gehabt hätte. Doch diesmal spürte er seinen Parasiten. Ihm war, als sei Paxton mit einem Mal der Brennpunkt all dessen, was in seinem Leben schief gegangen war, und auf diesen Brennpunkt vermochte er sich ganz und gar zu konzentrieren.

Eine Operation war notwendig.

Die kleine Nebelbank kroch vor ihm her, schob ihre wallenden Fühler um Paxtons Füße. Der Telepath saß auf einem Baumstumpf in der Nähe des Ufers, den Blick starr auf den dunklen Umriss des Hauses auf der anderen Flussseite gerichtet. Drüben drang Licht aus einem Fenster im ersten Stock. Harry hatte es mit Absicht brennen lassen.

Der Necroscope konnte es zwar nicht erkennen, doch Paxtons Miene war düster und angespannt. Der Gedankenspion hatte die Aura seines Opfers verloren. Er nahm an, dass Harry sich nach wie vor im Haus befand, aber den Kontakt hatte er trotz aller Konzentration verloren. Er fühlte Harrys Anwesenheit nicht einmal mehr.

Das hatte natürlich nicht viel zu bedeuten, denn Paxton war sich der Gaben Harrys bewusst. Der Necroscope konnte sich buchstäblich überall befinden. Andererseits mochte es durchaus von Bedeutung sein. Wer wusste schon, was Keogh wieder vorhatte.

Paxton schauderte, als habe ihn ein Gespenst berührt. Wie eine ungesehene Präsenz war es über das Wasser getrieben und hatte sich in der Stille des nebelverhangenen Ufers neben ihn gestellt. Nebel? Wo zum Teufel kam der denn her?

Er stand auf, blickte nach rechts und links und drehte sich dann vollends um. Keine fünf Schritte entfernt zog Harry sich lautlos wieder in die Dunkelheit zurück. Paxton wandte sich im Kreis, schauderte erneut, zuckte die Achseln und beobachtete weiter das Haus. Er langte in eine Tasche, holte einen lederumhüllten Flachmann hervor und nahm einen langen Zug daraus.

Beim Zusehen spürte Harry plötzlich, wie etwas Dunkles in ihm anschwoll. Es war stark, möglicherweise sogar stärker als er. Harry glitt vorwärts und kam direkt hinter dem ahnungslosen Telepathen zum Halt. Was für ein Spaß wäre es, jetzt Wellesleys Abschirmung fallen zu lassen und mit seinen Gedanken geradewegs auf Paxtons Hinterkopf zu zielen! Wahrscheinlich würde der ESPer vor Schreck in den Fluss springen!

Vielleicht drehte er sich auch noch einmal ganz langsam um und sah Harry hinter sich stehen. Falls er dann schrie ...

Das dunkle, fremde, von Hass angeschwollene *Ding* war in Harrys Hände geschlüpft und hob sie in Richtung von Paxtons Nacken. Aber *es* war auch in Harrys Herz, in seinen Augen, seinem Gesicht! Er spürte, wie *es* seine Lippen hochzog und die Zähne fletschte. Es wäre jetzt so einfach, Paxton zu packen und mit ihm ins Möbius-Kontinuum zu springen, um ihn dort zu entsorgen. Wo niemand ihn jemals finden würde.

Er musste nur noch die Hände um den Hals des ESPers schließen und ihn umdrehen wie bei einem Huhn.

Ahhhh!

Das Ding in seinem Innern sang ihm von Gefühlen, wie er sie noch niemals erahnt hatte. Eine enorme Erregung bemächtigte sich seiner. Ein Schrei durchhallte sein Innerstes und warf ein tausendfaches Echo: *Wamphyri! Wam...*

... Paxton schob den Ärmel seines Mantels zurück, um auf die Uhr zu blicken.

Das war alles: eine so alltägliche, natürliche Geste, dass der bedrückende Bann des Fremden, Dunklen gebrochen wurde. Harry fühlte sich wie ein Zwölfjähriger, der wie wild über der Toilette onaniert, während sein Onkel gerade an die Badezimmertür geklopft hat.

Er zog sich von Paxton zurück, beschwor ein Möbiustor herauf und taumelte hindurch. Zu spät bemerkte der Gedankenspion die Bewegung und wirbelte herum, doch er sah nichts als eine verwehte Nebelschwade.

Schweißgebadet verließ der Necroscope das Möbius-Kontinuum und landete wie gewünscht auf dem Rücksitz von Paxtons Auto. Dort saß er schaudernd, bebend und würgend, erbrach sich sogar auf den Boden, bis er die Nachwirkungen des Dings endlich los war. Als er das Erbrochene betrachtete, kehrte sein Zorn allmählich zurück. Doch nun war er vor allem auf sich selbst wütend.

Er hatte dem ESPer eine Lektion erteilen wollen und hätte ihn stattdessen beinahe umgebracht. Das sagte ihm eine Menge in Bezug auf die Kontrolle, die er über das Ding in seinem Innern besaß. Und es war erst ... ein Baby? Wie würde er sich später durchsetzen können, wenn es ausgewachsen war?

Paxton saß immer noch unter den Bäumen am Ufer – mit seinen Gedanken, seinen Zigaretten und seinem Whisky. Vermutlich würde er auch morgen noch da sein, und übermorgen ebenfalls. Bis Harry einen Fehler beging und sich verriet. Falls das nicht schon geschehen war.

»Fuck!«, sagte Harry mit Nachdruck.

Er kletterte auf den Vordersitz des Wagens, löste die Handbremse und spürte, wie sich die Räder zu drehen begannen, der Wagen ins Rollen kam. Er schlug das Lenkrad ein bisschen ein, damit das Auto auf der Straße weiterrollen konnte, wobei es schnell in Schwung kam.

Harry pumpte mit dem Gaspedal, bis es merklich nach Benzin roch. Dreihundert Meter weiter pumpte er immer noch, während der Wagen schon mit fast vierzig Stundenkilometern dahinrollte. Dann ließ er das Lenkrad los, holte ein Möbiustor heran und glitt hindurch.

Zwei Sekunden später flog Paxtons Auto aus der Kurve, knallte gegen den Steinwall, der die Felder hier abgrenzte, und ging hoch wie eine Bombe!

Genau in diesem Augenblick kehrte der ESPer vom Ufer zurück und starrte begriffsstutzig auf den Fleck, an dem sein Auto gestanden hatte. Dann hörte er die Explosion unten an der Straßenbiegung und sah den Feuerball, der sich durch die Nacht ausbreitete. »Was?«, fragte er ins Leere. *»Waaas?«*

Zu diesem Zeitpunkt befand sich Harry bereits wieder zu Hause und wählte die Notrufnummer. Er wurde sofort zum Polizeirevier durchgestellt.

»Wie können wir Ihnen helfen?«, fragte eine Stimme mit starkem schottischem Akzent.

»Auf der Zufahrtstraße zu dem alten Anwesen hinter Bonnyrig brennt ein Auto!«, plapperte Harry aufgeregt in den Hörer. Dann gab er eine genauere Ortsbeschreibung. »Und ein Mann steht dabei, der aus einem Flachmann trinkt und sich die Hände am Feuer wärmt!«, fügte er noch hinzu.

»Wer ist bitte am Apparat?« Nun klang die Stimme viel aufmerksamer und autoritärer.

»Kann nicht sprechen«, versicherte Harry. »Ich muss nachsehen, ob jemand verletzt ist.« Damit legte er den Hörer auf die Gabel.

Aus seinem Schlafzimmerfenster im oberen Stock sah Harry zu, wie das Feuer immer heller aufleuchtete. Nach zehn Minuten erschien endlich ein Löschzug mit Polizeibegleitung. Eine Weile hörte er nun das Jaulen der Martinshörner und sah das beständige Aufblitzen der blauen und orangefarbenen Lampen um das Feuer herum. Schließlich waren die Flammen offensichtlich gelöscht, die Martinshörner verstummten, und bald danach fuhr die Polizei wieder ab – mit einem zusätzlichen Passagier im Wagen.

Harry hätte sich sehr amüsiert, hätte er beobachten können, dass dieser Passagier Paxton war, der schwitzend seine Unschuld beteuerte und dabei nach Whiskey roch. Die Polizisten hatten jedenfalls ziemlich ernste Mienen aufgesetzt. Doch Harry sah das alles nicht, denn er schlief bereits den Schlaf des Gerechten ...

Am Morgen versengte der durch das Fenster einfallende Sonnenschein Harry und scheuchte ihn aus dem Bett. Er hatte vergessen, die Vorhänge zuzuziehen.

Sein Frühstück bestand ausschließlich aus Kaffee, sofort danach stieg er in den kühlen Keller hinab. Er wusste nicht, wie viel Zeit ihm noch blieb, also hieß es für ihn: Jetzt oder nie! Außerdem hatte er Trevor versprochen, es heute zu versuchen. Seine und Pennys Urne standen bereits unten, daneben die Chemikalien, die Harry aus der Burg Ferenczy mitgebracht hatte.

»Trevor«, sagte er, während er die Ingredienzien abwog und miteinander vermengte, »gestern Abend war ich hinter Paxton her.

Nicht ernsthaft, aber beinahe ... Zumindest habe ich ihm einen Knüppel zwischen die Beine geworfen, so dass wir ihn hoffentlich für eine Weile los sind. Ich spüre seine Anwesenheit jedenfalls nicht, aber das kann auch an der Sonne liegen. Kannst du mir sagen, ob er sich irgendwo dort draußen aufhält?«

Jordan antwortete nach einer Weile: *Kein Anzeichen von Paxton. Ansonsten scheint es ein ganz normaler Morgen zu sein.*

»Nein, nicht ganz. Für dich bestimmt nicht.«

Ich habe mich bemüht, meine Hoffnung im Zaum zu halten, antwortete Jordans im Moment zittrige Totenstimme. *Ich glaube ja immer noch, dass ich träume. Wir schlafen tatsächlich von Zeit zu Zeit. Hast du das eigentlich gewusst?*

Der Necroscope nickte, beendete seine Vorbereitungen und nahm Jordans Urne in die Hände. »Ich war auch einmal ein körperloser Geist, weißt du noch? Und ich war vielleicht müde! Mentale Erschöpfung ist viel schlimmer als physische.«

Während er vorsichtig Jordans Asche zu den Chemikalien schüttete, herrschte Schweigen.

Dann meldete sich Jordan wieder: *Harry, ich bringe vor Angst kaum ein Wort heraus!*

»Angst?« Harry wiederholte das Wort beinahe automatisch, da er sich darauf konzentrierte, die Urne mit einem Hammer zu zerschlagen und die Scherben mit der Innenseite nach oben um das Häufchen Asche und Chemikalien herum zu drapieren, damit eventuell verbliebene Reste mitgerissen wurden, wenn er die Formel aussprach.

Angst, Aufregung – wie du es nennen willst ... Hätte ich noch einen Magen, würde ich jetzt kotzen!

Der Zeitpunkt war gekommen. »Trevor, du musst wissen, wenn es nicht richtig klappt – ach ...«

Ich weiß, was du sagen willst. Ich weiß schon Bescheid.

»Okay.« Harry leckte sich über die ausgetrockneten Lippen. »Also, fangen wir an!«

Die Beschwörungsformel ging ihm so leicht von den Lippen, als handle es sich um seine Muttersprache; dennoch lag ein Grollen darin, das sein Menschsein verleugnete. War er stolz auf seine

Fähigkeiten? Mit Sicherheit, immerhin war es eine ungewöhnliche Leistung, die er da vollbrachte, und er war ein äußerst ungewöhnliches Wesen!

»Uaaah!« Der Schluss klang wie ein Fauchen. Einen Moment später wurde es durch einen Schrei wie in höchster Qual erwidert!

Der Necroscope trat zurück, als vor ihm roter Qualm aufstieg und den Kellerraum füllte. Wie die Rauchwolke eines Flaschengeistes quoll sie mächtig in die Höhe und breitete sich aus. Hervor taumelte – im Schmerz ihrer Wiedergeburt schreiend – die nackte Gestalt Trevor Jordans. Der Necroscope war zum Äußersten bereit, falls diese unnatürliche Geburt abgebrochen werden musste!

Einen Moment lang sah Harry fast nichts, dann lugte erst ein wild starrendes Auge durch den Qualm, dann ein verzerrter, offen stehender Mund, danach war der Kopf teilweise sichtbar. Teilweise?

Jordans Arme reckten sich nach Harry; die Hände bebten, vibrierten fast. Seine Beine gaben nach, und er fiel auf ein Knie nieder. Harry war zu Tode erschrocken, die Worte des Bannspruchs zur Auflösung der Gestalt lagen ihm bereits auf der Zunge. Doch dann ...

... verzog sich der Qualm, und Trevor Jordan kniete vor ihm.

Vollständig!

Harry sank auf die Knie nieder und umarmte ihn. Beide weinten sie wie Kinder ...

Dann war Penny an der Reihe. Auch sie glaubte zu träumen, konnte, mochte nicht glauben, was ihr der Necroscope in der Totensprache berichtete. Doch aus diesem Traum erweckte er sie rasch.

Sie fiel ihm weinend in die Arme, und er trug sie hinauf ins Schlafzimmer. Als sie auf dem Bett lag, sagte er ihr, sie solle erst einmal schlafen. Doch das war zwecklos, denn im Haus lief ein Verrückter herum, lachend und weinend zur gleichen Zeit. Trevor Jordan rannte hierhin und dorthin, knallte Türen zu, blieb stehen, um sich an den eigenen Körper zu greifen, um Penny zu berühren, Harry ... dann lachte er wieder, laut und verrückt, voller Glück, wieder am Leben zu sein!

Auch Penny drehte fast durch, als sie endlich begriff. Ein oder zwei Stunden lang herrschte blankes Chaos in dem sonst so friedlichen Haus. Penny griff sich einen von Harrys Pyjamas, zog ihn über und tanzte! Sie drehte Pirouetten, tanzte Walzer, Jive und was nicht alles! Harry war froh, dass er keine Nachbarn hatte.

Doch schließlich ließen die Kräfte aller drei nach. Harry machte reichlich Kaffee, danach fielen sie über die Küche her. Sie aßen alles, was greifbar war. Von Zeit zu Zeit sprang Jordan auf und umarmte Harry, dass dieser glaubte, seine Rippen müssten brechen. Dann rannte Trevor hinaus in den Garten und genoss den warmen Sonnenschein, anschließend hastete er zu Harry zurück, als sei dieser sein Anker. Penny brach in Tränen aus und küsste ihn. Das war ein gutes Gefühl für Harry. Und es brachte ihn ein wenig durcheinander. Selbst in diesem Zustand waren seine Gefühle und Lüste stärker als die ihren.

Dann war es Nachmittag, und Harry sagte: »Penny, ich glaube, jetzt kannst du nach Hause gehen.«

Er hatte ihr eingeimpft, was sie erzählen sollte: Dass es nicht ihre Leiche gewesen sein konnte, die die Polizei gefunden hatte, sondern irgendeine andere, die ihr sehr ähnlich sah. Dass sie selbst unter Amnesie oder etwas Ähnlichem gelitten habe, bis sie plötzlich zu Hause in Yorkshire auf der Straße daraus erwacht sei. Sonst nichts – sie sollte nichts ausschmücken. Und natürlich kein Wort über Harry Keogh verlieren!

Er notierte ihre Kleidergrößen, sprang per Möbius-Kontinuum nach Edinburgh und kaufte Kleidung für sie ein, wartete dann, während sie sich hastig anzog. Er hatte vergessen, Schuhe zu besorgen, doch sie war bereit, barfuß zu gehen. Hätte es sein müssen, wäre sie auch nackt nach Hause gelaufen.

Er brachte sie heim. Nur auf dem Moorgelände außerhalb ihres Heimatdorfes unterbrach er den Möbius-Trip (auch etwas, was sie kaum glauben mochte), um ihr noch ein paar Ratschläge mit auf den Weg zu geben. Er warnte sie: »Penny, von jetzt an wird dein normales Leben wieder beginnen. Vielleicht wirst du irgendwann selbst an die Geschichte glauben, die wir für dich erfunden haben. Es wäre besser für dich und für uns alle, wenn du das könntest. Ganz sicher wäre es besser für mich!«

»Aber ... ich werde dich doch wiedersehen?« Die Erkenntnis dessen, was sie gefunden hatte und nun wieder verlieren würde, kam ihr ganz plötzlich.

Er schüttelte den Kopf. »Menschen kommen und gehen, Penny, das bleibt so dein ganzes Leben lang.«

»Auch im Tod?«

»Du hast mir versprochen, dass du das vergessen wirst. Es gehört nicht zu deiner Geschichte, klar?«

Und dann der Rest des Sprungs bis zu einer Ecke, die sie ihr Leben lang gekannt hatte. »Leb wohl, Penny!«

Als sie sich umblickte, war er verschwunden ...

Daheim in Bonnyrig wartete Jordan auf ihn. Er hatte sich etwas beruhigt, strahlte aber immer noch Ehrfurcht und Staunen und eine tiefe Freude aus. Er wirkte, als sei er gerade von einem langen Urlaub zurückgekehrt. »Harry, ich bin zu allen Schandtaten bereit. Sag mir einfach, was ich zu tun habe.«

»Du musst gar nichts tun. Schließe mich nur nicht aus deinem Gehirn aus, das ist alles. Ich muss unbedingt hinein und von deinen Fähigkeiten lernen.«

»So wie Janos?«

Harry schüttelte den Kopf. »Nicht so wie Janos. Ich habe dich nicht zurückgeholt, um dich nun zu verletzen! Nicht einmal aus Eigennutz. Es liegt an dir. Falls es dir nicht gefällt, mich in dein Gehirn einzulassen, dann sag es mir. Wenn, so muss es freiwillig geschehen.«

Jordan sah ihn an. »Du hast nicht nur mein Leben gerettet, Harry, sondern es mir zurückgegeben! Du kannst alles von mir verlangen, was du willst!«

Der Necroscope sandte seine sich entwickelnden Wamphyri-Fühler direkt in Jordans Kopf, der andere machte ihm den Weg frei und zog ihn hinein. Harry fand, wonach er suchte: Es war der Totensprache so ähnlich, dass er es sofort erkannte. Der Mechanismus war einfach – ein Teil der menschlichen Psyche. Eineiige Zwillinge besaßen diese Gabe manchmal. Aber sie dort zu entdecken, hieß nicht gleich, sie auch benutzen zu können.

Harry zog sich zurück und sagte: »Jetzt bist du dran.«

Für Jordan war es ein Leichtes. Er war ja bereits Telepath. Er blickte in Harrys Verstand und fand den ›Schalter‹, den ihm der Necroscope mental gezeigt hatte. Er musste lediglich gelöst werden. Danach konnte Harry ihn wie einen Lichtschalter nach Belieben an- oder ausknipsen.

»Versuche es!«, sagte Jordan, nachdem er sich wieder zurückgezogen hatte.

Harry stellte sich Zek Föener vor, die selbst eine starke Telepathin war, und tastete mit seiner neuen Gabe hinaus.

Er (nein, SIE) schwamm im warmen blauen Wasser des Mittelmeers, die Harpune zum Fischen an der Seite, vor der Insel Zakinthos, wo sie mit ihrem Ehemann, Jazz Simmons, wohnte. Sie befand sich in zwanzig Fuß Tiefe, legte mit der Harpune an und zielte auf einen schönen Rotbarsch, der dicht über dem sandigen Grund stand.

»Test ... Test ... Test«, sagte Harry mit einer gehörigen Portion trockenen Humors. Sie verschluckte sich am Salzwasser, das plötzlich durch ihren Schnorchel schoss, drückte vorzeitig ab und verfehlte den Fisch natürlich. Dann ließ sie die Harpune fallen und schwamm hektisch und verzweifelt zur Oberfläche, wo sie erst einmal spuckte und hustete. Bis ihr zu Bewusstsein kam, dass die Worte, die sie vernommen hatte, in ihrem Kopf gewesen sein mussten. Und diese mentale Stimme war nicht zu verwechseln.

Als sie wieder zu Ruhe kam und ihre Gedanken sich klärten, dachte sie: *Ha-Harry?*

Aus seinem Haus in Bonnyrig, fast zweieinhalbtausend Kilometer entfernt, antwortete der Angesprochene: »Der einmalige, einzige Harry, jawohl!«

Harry ... du bist ... du, ein Telepath? Die Verwirrung war ihr deutlich anzumerken.

»Ich wollte dich nicht so aus dem Gleichgewicht bringen, Zek. Wollte bloß wissen, wie gut ich bin.«

Also ... gut bist du ganz gewiss! Ich wäre fast ... wäre fast ertrunken! Eine Schwimmerin wie Zek? Keine Spur! Doch plötzlich zog sie sich vor ihm zurück, und dem Necroscope war klar, dass sie jenes andere Wesen in seinem Innern gespürt hatte. Sie bemühte sich, es aus ihren Gedanken zu verdrängen, doch Harry unterbrach sie sofort: »Es ist schon in Ordnung, Zek. Ich weiß ja, dass du über mich Bescheid weißt. Du solltest jedoch wissen, dass es bei mir anders verlaufen wird. Ich bleibe nicht hier. Nicht mehr lange jedenfalls. Ich habe eine Aufgabe zu erledigen, und dann mache ich mich auf den Weg.«

Dorthin zurück? Sie hatte es seinen Gedanken entnommen.

»Zu Anfang bestimmt. Aber es mag auch andere Zufluchtsorte geben. Von allen Menschen weißt du am besten, dass ich dort nicht bleiben kann.«

Harry, beteuerte sie schnell, *du weißt, dass ich mich nicht gegen dich stellen werde.*

»Das weiß ich, Zek.«

Sie schwieg eine Weile, dann kam Harry ein Gedanke: »Zek, nachdem du zum Strand zurückgeschwommen bist, habe ich hier jemanden, der mit dir sprechen möchte. Aber es ist besser, du hast festen Boden unter den Füßen, denn du wirst nicht glauben, wer es ist und was er dir zu sagen hat. Diesmal könntest du wirklich ertrinken!« Und er hatte Recht, sie glaubte es nicht. Jedenfalls eine Weile lang ...

Mitte des Nachmittags hatte sich Jordan so weit beruhigt, dass er fragte: »Wie steht es nun mit mir, Harry? Kann ich einfach nach Hause gehen?«

»Vielleicht habe ich einen Fehler begangen«, sagte der Necroscope statt einer Antwort. »Darcy Clarke weiß, dass ich die Asche des Mädchens hatte. Er könnte darauf kommen, was ich getan habe. Dann weiß er auch, dass ich jetzt ein paar Fähigkeiten mehr besitze. Wenn du noch dazu plötzlich auftauchst ...! Na ja, ich habe ohnehin das Gefühl, dass alles demnächst auffliegt. Du kannst natürlich jederzeit gehen, Trevor, aber ich würde es begrüßen, wenn du noch eine Weile hier und damit außer Sicht bleibst.«

»Wie lange?«

Harry zuckte die Achseln. »Ich muss mich um meine Aufgabe kümmern. So lange eben, wie ich benötige. Kaum mehr als vier oder fünf Tage, denke ich.«

»Das geht in Ordnung, Harry.« Jordan nickte. »So was kann ich aushalten. Wenn es sein muss, auch vier oder fünf Wochen!«

»Was hast du eigentlich vor? Zurück zum E-Dezernat?«

»Es war ein schönes Leben. Ich habe genug verdient, und wir kamen voran.«

»Dann wirst du am besten hier bleiben, bis ich weg bin. Dir ist doch wohl klar, dass sie hinter mir her sein werden?«

»Nach allem, was du für uns getan hast – für jedermann?«

Wieder ein Achselzucken. »Wenn ein alter, treuer Hund plötzlich dein Kind anfällt, lässt du ihn erschießen. Seine vergangenen Meriten zählen nicht mehr. Und außerdem: Wenn du wüsstest, dass er dein Kind *anfallen wird,* noch bevor es geschehen ist, würdest du ihn schon vorher einschläfern lassen. Vielleicht würdest du anschließend ein paar Tränen vergießen ... Verdammt, und wenn du darüber hinaus weißt, dass er Tollwut hat? Dann würdest du es genauso für ihn selbst tun wie für alle anderen.«

Jordan blickte ihm ehrlich in die Augen. »Machst du dir wirklich so viele Gedanken darüber? Mit dir fertig zu werden, wäre keine leichte Aufgabe. Janos Ferenczy war schon schwierig genug, aber du spielst gewiss noch eine Liga höher!«

»Deshalb muss ich ja gehen! Tue ich das nicht, muss ich mich irgendwann verteidigen, was alles nur beschleunigen würde. Dieser Fluch fände kein Ende. Ich habe nicht all diese Anstrengungen unternommen – Dragosani, Thibor, Janos, Faethor, Yulian Bodescu – nur um auf die gleiche Weise zu enden wie sie!«

»In diesem Fall ... sollte ich vielleicht doch gehen. Ich meine *jetzt gleich.*«

»Warum?«

»Ich kann mich außer Sicht aufhalten und ein Auge auf ihre Aktivitäten haben. Sie haben Paxton, der dich observiert, aber sie wissen nicht, dass ich *sie* beobachte! Sie wissen nicht einmal, dass ich am Leben bin. Nein, anders herum: Sie *wissen,* dass ich tot bin!«

Harry war an seinen Ausführungen interessiert. »Mach weiter!«

»Vor allem Darcy muss man observieren, und zwar nicht, wenn er im Büro ist, sondern zu Hause. Ich weiß, wo er wohnt und wie er denkt. Er wird sehr viel an dich denken, aus zwei Gründen: wegen deines ›Zustands‹, und weil er ein guter Kerl ist und dich mag. Wenn es so weit ist, dass sie dich zu jagen beginnen, werde ich es wissen und kann dir Bescheid geben.«

»Das würdest du für mich tun?« Harry war klar: Das würde er!

»Bin ich dir das nicht schuldig?«

Harry nickte bedächtig. »Es ist eine gute Idee«, bestätigte er schließlich. »Okay, sobald es dunkel ist, gehst du. Ich fahre dich nach Edinburgh, und dann musst du allein sehen, wie du klarkommst.«

So geschah es. Dann war auch der Necroscope wieder auf sich allein gestellt, aber nicht lange.

Am nächsten Morgen war Paxton wieder da. Seine Gegenwart versetzte Harry augenblicklich in schlechte Laune, aber er schwor sich, später der Abwechslung halber einmal in Paxtons Gehirn hineinzulauschen. Der Gedanke gefiel ihm. Doch zuerst würde er seine Mutter besuchen und hören, ob sie ihm Neues zu berichten hatte.

Der Himmel war bedeckt, und er stand mit hochgeschlagenem Mantelkragen am Ufer. Es nieselte dünn und die Luft war klamm. »Hast du Erfolg gehabt, Mutter?«

Harry? Bist du das, Sohn? Ihre Totenstimme klang so dünn, so kläglich und fern, dass der Necroscope es zuerst für ein bloßes Hintergrundgeräusch hielt, das Geflüster der Toten in ihren Gräbern.

»Ja, ich bin's! Aber ... du klingst so schwach!«

Ich weiß, Sohn, antwortete sie aus der Ferne. *Genau wie dir bleibt mir nicht mehr viel Zeit. Hier jedenfalls nicht. Alles verschwimmt langsam ... Wolltest du etwas, Harry?*

Sie schien wirklich erschöpft und abwesend zu sein. »Mutter« – er war ebenso geduldig mit ihr wie in früheren Zeiten – »da ich ein paar Probleme mit den Toten habe, hatten wir doch beschlossen, dass du mir unter die Arme greifen und von ihnen mehr über die armen ermordeten Mädchen in Erfahrung bringen wolltest. Du sagtest, ich solle dir ein wenig Zeit gönnen und dann wiederkommen und mit dir sprechen. Deshalb bin ich hier. Ich brauche diese Informationen, Mutter.«

Ermordete Mädchen?, wiederholte sie. Doch dann spürte Harry, wie ihre Aufmerksamkeit plötzlich wiederkehrte und ihre Totenstimme mit einem Mal schärfer klang. *Aber natürlich, diese armen ermordeten Mädchen! Diese unschuldigen ... Nun, unschuldig waren sie nicht unbedingt alle, Harry.*

»Was mich betrifft, waren sie es, Mutter. Aber was meinst du damit?«

Na ja, die meisten von ihnen wollten nicht mit mir sprechen, antwortete sie. *Wie es scheint, hatte man sie vor dir gewarnt. Wenn es Vampire betrifft, vergeben die Toten nichts, Sohn. Eine, die sich mit mir unterhielt, war eines seiner ersten Opfer, aber keineswegs unschuldig. Sie war eine Prostituierte, Harry, eine ganz ordinäre dazu. Aber wenigstens war sie gewillt, darüber zu sprechen, und bereit, sich auch mit dir zu unterhalten. Sie hat sogar noch mehr gesagt.*

»Ach?«

Ja, sie sagte, es sei eine nette Abwechslung, einmal lediglich mit einem Mann zu sprechen! Ts, ts! Und so jung, so jung!

»Mutter«, sagte Harry, »ich werde mich gewiss mit ihr unterhalten, bald schon. Doch du klingst so schwach und entfernt, dass ich befürchten muss, nie mehr mit dir sprechen zu können. Deshalb will ich dir jetzt sagen, dass du die beste Mutter warst, die man haben konnte, und ...«

– und du warst der beste Sohn, Harry, unterbrach sie ihn. *Aber jetzt hör mal! Weine nicht um mich! Und ich verspreche dir, dass ich mir keine Sorgen um dich machen werde. Ich hatte ein gutes Leben, und obwohl ich einen grausamen Tod erlitten habe, war ich auch im Grab nicht unglücklich. Du warst für das Glück, das ich fand, verantwortlich, Harry, genau wie bei so vielen anderen hier! Dass die Toten dir nicht mehr vertrauen ... nun, das ist ihr Pech.*

Er warf ihr einen mentalen Kuss zu. »Ich habe viel versäumt, als du mir genommen wurdest. Natürlich hast du noch viel mehr versäumt. Ich hoffe, dass es jenseits des Todes noch einen glücklichen Ort gibt und du ihn erreichst, Mutter!«

Harry, da gibt es noch etwas. Ihre Totenstimme wurde schwächer, und er musste ihr alle Aufmerksamkeit widmen, um sie gerade noch zu verstehen. *Es hat mit August Ferdinand zu tun.*

»August Ferdi...? Mit Möbius?« Harry erinnerte sich gut an seine letzte Unterhaltung mit dem großen Mathematiker. Er biss sich auf die Unterlippe. »Falls ... falls ich Möbius unabsichtlich beleidigt habe, Mutter ... es war wirklich keine Absicht, verstehst du? Ich meine, ich war zu der Zeit nicht ganz ich selbst.«

Das sagte er auch, Sohn, und er sagte, er werde nie mehr mit dir sprechen.

»Oje!«, machte Harry niedergeschlagen. Möbius hatte zu seinen besten und engsten Freunden gehört. »Das tut mir so Leid.«

Du verstehst das falsch, Harry, widersprach ihm seine Mutter. *Er wird nicht mehr mit dir sprechen, weil er nicht mehr da sein wird! Auch er muss woanders hingehen, jedenfalls glaubt er das. Er hat über vieles gesprochen, was ich nicht verstanden habe: Raum und Zeit, Raumzeit, das kegelförmige Universum des Lichts ...? Und er meinte, bei deiner Begründung bleibe eine wichtige Frage offen.*

»Tatsächlich?«

Ja. Die Existenz ... des ... Kontinuums ... er ... sagte ... glaubt, er weiß ... was es ... der Verstand ... Ihre Totensprache zerfaserte regelrecht, und zum letzten Mal, wie Harry klar war.

»Mutter?« Nun hatte er Angst.

Möbius sagte ... war ... der Verstand, Harry, der ... Geist ...

»Hast du etwas vom Geist gesagt, Mutter? Mutter?«

Sie versuchte zu antworten, schaffte es jedoch nicht. Nur ein fernes letztes Flüstern erreichte ihn: *Haaarrry ... Haaarrry ...*

Und dann Schweigen.

Paxton hatte die Akte des Necroscope gelesen und wusste deshalb eine ganze Menge über ihn. Das meiste davon wäre gewöhnlichen Menschen unglaublich erschienen, doch zu denen gehörte Paxton nicht. Vom gegenüberliegenden Ufer aus beobachtete er Harry durch ein Fernglas und dachte: *Dieser eigenartige Kerl unterhält sich tatsächlich mit seiner Mutter, einer Frau, die schon ein Vierteljahrhundert tot und längst verwest ist! Und dann behaupten die, schon Telepathie sei etwas Eigenartiges!*

Harry lauschte seinen Gedanken und wusste somit, dass Paxton seine Unterhaltung mit seiner Mutter belauscht hatte, jedenfalls alles, was Harry gesagt hatte. Diese Erkenntnis machte ihn wütend. Allerdings war es eine kalte Wut, nicht der hitzige Zorn von neulich Abend. Und wieder kam ihm Faethors Ratschlag in den Sinn: *›Er will in deine Gedanken eindringen? Dringe stattdessen in seine ein!‹*

Paxton sah, wie der Necroscope hinter einem Busch verschwand und wartete darauf, dass er auf der anderen Seite wieder erschien. Aber das geschah nicht. *Muss er mal?,* fragte sich der ESPer.

»Keineswegs«, sagte Harry leise hinter ihm. »Aber wenn ich muss, dann möchte ich sichergehen, dass niemand zusieht.«

»Wa...?« Der Gedankenspion wirbelte herum, stolperte und kam am Rand des Flusses ins Wanken. Harry packte ihn lässig an seiner Jacke und half ihm, wieder sicher zu stehen, wobei er ihn – ohne jeden Humor – angrinste. Dabei musterte er den anderen: ein kleines, hageres, vertrocknetes Männchen Ende zwanzig mit dem Gesicht und den Augen eines Wiesels. Seine telepathische Fähigkeit entsprach wahrscheinlich dem Bedürfnis der Natur, andere Defekte zu kompensieren.

»Paxton«, sagte Harry mit gefährlich sanfter Stimme, »du bist eine miese, dreckige, gedankenschnüfflerische Kakerlake! Ich schätze, als dein Vater dich gezeugt hat, ist der größte Teil seines Spermas durch einen Riss im Gummi am Bein deiner Mutter hinabgeronnen und auf den Boden des Bordells geklatscht. Du Kakerlake hast mein Revier betreten und mir einen Juckreiz beschert. Ich habe jedes Recht, etwas gegen dich zu unternehmen, stimmt's?«

Paxton klappte den Mund auf und zu wie ein Fisch auf dem Trockenen, bevor er seine Geistesgegenwart schließlich wiedergewann. »Ich ... ich erledige ... bloß meinen Job, das ist alles«, stammelte er und versuchte, sich aus Harrys Griff zu befreien. Doch der Necroscope hielt ihn eisern fest, anscheinend ohne jede Kraftanstrengung.

»Du erledigst deinen Job?«, wiederholte Harry. »Für wen denn, du Kakerlake?«

»Das geht dich einen feuchten ...«, wollte Paxton sagen.

Harry schüttelte ihn und funkelte ihn an, und zum ersten Mal bemerkte Paxton das rote Glühen hinter den Gläsern seiner Sonnenbrille. Ein zorniges rotes Glühen – das aus seinen Augen kam!

»Für das E-Dezernat?« Harrys Stimme war zwar leiser geworden, glich nun aber eher einem Grollen.

»Ja – nein!«, brach es aus Paxton heraus. Er war weich gekocht, und alles, was er wollte, war, aus seiner Lage zu entkommen. Zu diesem Zweck würde er alles sagen, was ihm in den Sinn kam.

Harry wusste das, las es in seiner bleichen Miene und von seinen bebenden Lippen, aber das alles mochte täuschen. Die Gedanken enthielten jedoch für gewöhnlich die Wahrheit. Also griff Harry in seinen Geist hinein, suchte und fand, wonach er gesucht hatte. Selbst unter der beißenden Angst roch er den Unrat in Paxtons Gedanken.

Paxton wusste, dass Harry in seinen Verstand gesehen hatte, er hatte ihn dort gespürt wie einen Eiszapfen in seinem Kopf. Wieder spielte er einen Fisch auf dem Trockenen und begann zu hyperventilieren.

»So, jetzt bist du also sicher«, sagte Harry beißend. »Nun kannst du es deinem Boss berichten. Dann geh hin und sage dem Minister, dass sein schlimmster Albtraum Wahrheit geworden ist, Paxton! Sag es ihm und kündige dann. Hau ab und bleib weg von mir! Nimm diesmal meinen guten Rat an und renn weg, so schnell du kannst. Ich warne dich kein zweites Mal.«

Während das in den Verstand des Mannes einsickerte, schüttelte Harry ihn und warf ihn vom Ufer in das leicht gekräuselte Wasser des Flusses.

Dann erst entdeckte der Necroscope Paxtons geöffnete Aktentasche, die auf einem Baumstumpf gleich neben ihm lag. Mehrere weiße Briefumschläge und ein großer, brauner A4-Umschlag darin zogen Harrys Blicke wie Magnete an. Sie waren an ›Harry Keogh, The Riverside 3‹, usw. adressiert.

Harry blickte noch einmal kurz zu dem wild im kalten Wasser herumstrampelnden ESPer hinüber, der sich im Augenblick außerhalb seiner Reichweite und deshalb auch außer Gefahr befand, schnappte sich die Aktentasche und nahm sie mit nach Hause.

Pech, dass Paxton nicht schwimmen konnte. Dem Necroscope war es egal.

SECHSTES KAPITEL

Harry blätterte hastig die Akten zu den bewussten Mordfällen durch, fand auch Namen, Heimatort und letzte Ruhestätte der jungen Prostituierten, und begab sich sofort zu ihrem Grab auf dem kleinen Friedhof eines Vororts von Newcastle. Der Necroscope hatte so schnell gehandelt, dass Paxton sich in dem Augenblick, als Harry sich neben Pamela Trotters einfachem Kreuz in den Schatten eines Baums setzte, gerade triefend aus dem Fluss ans Ufer schleppte – mehr als einhundertfünfzig Kilometer entfernt.

»Pamela«, sagte der Necroscope, »ich bin Harry Keogh. Ich glaube, meine Mutter hat dich auf meinen Besuch vorbereitet.«

Deine Mutter und andere, antwortete sie augenblicklich. *Ich habe dich erwartet, Harry – und man hat mich auch vor dir gewarnt!*

Harry nickte ein wenig traurig. »Mein Ruf hat in letzter Zeit gelitten, das stimmt.«

Meiner hat auch gelitten, kicherte sie. *Sechs Jahre lang, um ehrlich zu sein, seit ich vierzehn war und ein ›guter Onkel‹ mir seinen ›kleinen Freund‹ zeigte und mir gesagt hat, wo er hingehört. Na ja, eigentlich habe ich ihn verführt, weil ich bemerkte, dass er jedes Mal einen Steifen hatte, wenn er sich in meiner Nähe befand. Wäre er es nicht gewesen, dann eben irgendein anderer. Ich war einfach so. Wir haben viel herumgespielt, bis uns seine Alte eines Tages erwischt hat, die eifersüchtige alte Schachtel! Ich hab ihn gerade so schön geritten, als sie reinkam. Er hat ihn rausgezogen, aber es war schon zu spät und er hat alles auf den Teppich gespritzt. Ich glaube, sie hatte ihn schon lange nicht mehr abspritzen sehen, und so hatte sie ihn bestimmt auch noch nie hergenommen. Für ihn war's wohl auch das erste Mal auf diese Art. Aber ich hab eigentlich alles gern gemacht. Es hilft, wenn einem die Arbeit Spaß macht.*

Harry schwieg einen Augenblick. Er wusste nicht, wie er darauf reagieren sollte.

Hat deine Mutter dir nicht gesagt, dass ich eine Nutte war, eine Hure? In ihren Worten lag keine Bitterkeit, noch nicht einmal Trauer. Aus diesem Grund war sie Harry gleich viel sympathischer.

»So etwas Ähnliches, ja«, gab er schließlich zu. »Nicht, dass es eine Rolle spielen würde. Da unten muss es ja eine verdammt große Anzahl von euch geben!«

Sie lachte. Damit gefiel sie Harry noch ein wenig besser. *Das älteste Gewerbe eben,* sagte sie.

»Aber eines Nachts vor fast acht Wochen hat es sich gerächt, oder?« Er hatte das Gefühl, bei ihr gleich zur Sache kommen zu können.

Ihre scheinbare Gleichgültigkeit fiel augenblicklich von ihr ab. *Deshalb ist es aber nicht passiert,* sagte sie. *Ich hab ihn nicht aufgerissen. Und er wollte mich sowieso nicht haben ... nicht auf die normale Weise.*

»Es war nur eine Vermutung«, sagte Harry schnell. »Sollte kein Vorwurf sein, und ich bin auch nicht darauf erpicht, schmerzhafte Erinnerungen zu wecken. Aber es ist unheimlich schwierig, dieses verdammte Schwein zu finden, wenn niemand sich in der Lage sieht, mir mehr über ihn zu erzählen!«

Oh, du glaubst gar nicht, wie ich mich freuen würde, wenn er fertig gemacht wird, Harry!, antwortete sie. *Ich werde dir auf jede erdenkliche Weise behilflich sein. Ich hoffe nur, ich kann mich an genügend Einzelheiten erinnern!*

»Du musst es nur versuchen.«

Womit soll ich anfangen?

»Zeig mir zuerst, wie du ausgesehen hast.« Er wollte versuchen, sie mit Penny Sanderson zu vergleichen, um zu sehen, ob es Übereinstimmungen im Typ gab. Er fragte sich, ob dieser Nekromant einem bestimmten Muster folgte.

Aus ihrem Verstand heraus erhielt er sofort das Bild einer hoch gewachsenen, langbeinigen Brünetten im Minirock, deren Brüste durch die blaue Seide ihrer Bluse schimmerten, da sie keinen BH trug. Der Hintern war ausgesprochen wohlgeformt. Doch es lag keinerlei Charakterzug in diesem Bild, nichts, was ihm mehr über ihre Persönlichkeit verraten hätte – alles nur höchst sinnlich und sexy. Das stimmte nicht mit seinen ersten Eindrücken überein.

Na? Wie war ich?

»Sehr attraktiv«, bestätigte er ihr. »Aber ich glaube, du verkaufst dich unter Wert.«

Meistens, stimmte sie ihm zu, diesmal jedoch ohne ihr rauchiges Lachen. Dann seufzte sie, und das war etwas, das Harry bei den

Toten nur zu gut kannte: die Erkenntnis, dass alles vorüber war und nie mehr kommen würde. Aber dann war sie sofort wieder so fröhlich, wie er sie kennen gelernt hatte. *Und hier rede ich doch tatsächlich mit einem Mann, ohne mich zu fragen, was er in der Hose hat! Vorne drin, und in der Gesäßtasche.*

»Hast du's immer nur für Geld gemacht?«

Manchmal auch aus Spaß! Ich hab dir ja gesagt, ich war nymphoman bis in die Haarspitzen. Aller Haare. Willst du jetzt weitermachen?

Harry war verlegen. Anscheinend hatte sie diese Frage schon oft gehört und immer die passende Antwort auf Lager. »War ich zu neugierig?«

Nee, ist schon okay. Alle Männer fragen sich, was im Kopf einer Professionellen vorgeht. Mit einem Mal hörte sich ihre Totenstimme ganz kalt an. *Alle außer einem. Der braucht sich nicht zu fragen, der kann alles herausfinden – hinterher, wenn sie tot sind.*

Nun war sich der Necroscope sicher, dass sie ihm alles berichten würde, was sie wusste. »Dann erzähl mal!«, forderte er sie auf. Und sie begann:

Es war Freitagabend und ich bin zum Tanzen gegangen. Da ich allein arbeitete, konnte ich mir meine Zeit selbst einteilen. Ich brauchte keinen Zuhälter, der mich herumkommandiert, mir das Geld abnimmt und seine Freunde zum Freifick mitbringt. Aber der Tanz war natürlich in der Stadt, und ich wohnte ein paar Kilometer außerhalb. Und nach Mitternacht sind die Taxen so teuer.

Das machte aber nicht viel, denn es gibt immer ein paar nette Jungs, die ein Mädchen heimfahren, wenn sie sie dafür ein bisschen fummeln lässt. Und wenn er mir gefiel und nicht allzu zudringlich wurde, na ja, vielleicht ließ ich ihn dann auch mehr probieren. Einer fährt lieber, einer reitet lieber.

Diesmal war ich aber an den Falschen geraten. Nein, nicht an unseren Mann, aber ein schwieriger Typ war er allemal. Draußen war er höflich und besorgt, drinnen im Auto verwandelte er sich dann. Er wusste nicht, was ich war, hielt mich einfach nur für ein leichtes Mädchen – willige Beute. Er konnte kaum fahren, so scharf war er, und wollte bei jeder Gasse oder an jedem dunklen

Fleck anhalten. Ich trug ziemlich teure Kleider und wollte nicht, dass er das Zeug zerriss. Ach, ich konnte den einfach nicht ab.

Er sagte, er kenne einen Platz gleich hinter der Autobahn, und bevor ich ihm sagen konnte, dass ich keine Lust hatte, war er schon in der Ausfahrt. Unter ein paar Bäumen hielt er an und wollte was von mir, aber dafür bekam er mein Knie in die Weichteile! Als er wieder fahren konnte, ließ er mich dort stehen.

Ein paar hundert Meter weiter gibt es oben an der Autobahn eine Tankstelle. Da bin ich hingegangen und habe einen Kaffee getrunken. Ich war nicht besonders aufgeregt oder so, hatte einfach nur Durst. Zu viele Longdrinks im Palace.

Als ich da an meinem Tisch saß, setzte sich ein Fernfahrer neben mich. Jedenfalls hielt ich ihn für einen. Einen Fernfahrer, der seine Erschöpfung mit Kaffee bekämpfte.

Frag mich nicht, wie er ausgesehen hat – der Raum war drei viertel leer, und sie hatten die Beleuchtung heruntergedreht, um Strom zu sparen. Ich habe mit ihm gequatscht, aber ich habe ihn nicht mal richtig angesehen dabei. Er schien jedenfalls kein übler Kerl zu sein, und aufdringlich war er auch nicht. Als er mit seinem Kaffee fertig war und aufgestanden ist, habe ich ihn gefragt, in welche Richtung er fuhr.

»Wo willst du hin?«, fragte er mich. Seine Stimme war sanft und kein bisschen unfreundlich.

Ich sagte ihm, wo ich wohnte, und er meinte, dass er das kenne. »Du hast Glück«, sagte er. »Ich fahre dort auf der Autobahn vorbei. Ungefähr acht Kilometer von hier? Da gibt es eine Ausfahrt, an der ich dich absetzen kann. Ein paar hundert Meter weiter, und du stehst vor deiner Tür. Näher kann ich dich nicht ranbringen, weil mein Fahrtenschreiber das verraten würde. Du hast die Wahl. Vielleicht ist es dir lieber, ein Taxi zu rufen?«

Aber ich dumme Kuh konnte natürlich nicht widerstehen.

Wir verließen die Cafeteria und gingen zum Lkw-Parkplatz. Er war ein ganz Ruhiger und hatte es nicht eilig. Ich fühlte mich bei ihm total sicher! Er fuhr einen dieser großen, modernen Kästen. Wir kamen von hinten, und im Licht der Scheinwerfer von der Autobahn sah ich, dass der Lastzug eisblau lackiert war und die

Aufschrift FRIGIS EXPRESS trug. Ich erinnere mich deshalb so deutlich daran, weil die Farbe bei dem einen Balken des X abgeblättert war, so dass es ausgesehen hat wie ›EYPRESS‹.

An der Rückseite blieb mein Fahrer stehen, sah mich an und sagte: »Ich will nur sichergehen, dass die Tür auch richtig geschlossen ist.«

Ich stand neben ihm und schaute zu, wie er die Rolltür hochgleiten ließ. Sie war so breit wie der ganze Lastzug. Ein Schwall eiskalter Luft drang heraus, bildete eine kleine Dunstwolke, und ich fror. Drinnen ... na ja, es schien, als hingen da Reihen von Schweinehälften oder so, aber es war dunkel, und ich konnte nichts Genaues erkennen. Er fasste mit beiden Händen hinein und machte irgendwas, blickte dann über die Schulter zu mir zurück und sagte: »Alles okay.« In dem Moment kam mir zu Bewusstsein, dass er noch immer kein einziges Mal gelächelt hatte. Nicht *ein* Mal!

Er deutete zum Führerhaus, und als er begann, die Tür wieder herunterzurollen, wandte ich mich von ihm ab und ging nach vorn. In dem Augenblick packte er mich von hinten. Einen Arm schlang er um meinen Hals, und mit der freien Hand hielt er mir etwas vors Gesicht. Natürlich habe ich nach Luft geschnappt – und Chloroform eingeatmet!

Ich strampelte und wehrte mich, aber so saugt man unwillkürlich noch mehr Luft ein! Und dann wurde mir schwarz vor Augen ...

Als ich wieder zu mir kam, lag – oder rutschte – ich auf einem Block Eis herum; jedenfalls hatte ich das Gefühl. Ein Geruch lag in der Luft, den ich nicht definieren konnte. Mir war einfach zu kalt. Alle meine Sinne waren taub vor Kälte. Außerdem war mir schwindlig und übel vom Chloroform.

Dann erinnerte ich mich an alles und wusste, dass ich mich hinten im Truck befinden musste und hin und her rutschte, wenn er bremste oder beschleunigte. Natürlich war mir klar, dass ich in großen Schwierigkeiten steckte. Was mein Fahrer auch wollte, er würde es bekommen. Und dann bestand ja noch die Möglichkeit, dass er mich umbringen würde. Ich hatte seinen Lastzug gesehen und ihn auch, ich konnte ihn beschreiben, wenn auch nicht genauer, aber das würde mit Sicherheit noch kommen ... Ich war so was wie eine Todeskandidatin.

Ich kroch in eine Ecke des riesigen Kühlschranks – das war es wohl, eben so ein Gefriertransporter – und versuchte, etwas Wärme in meinen Körper zurückzubringen. Ich schlang die Arme um mich, rieb mir die Hände, schlug um mich, aber so schwach wie ich nach dem Chloroform noch war, brachte das nichts.

Dann, nach vielleicht fünfzehn oder zwanzig Minuten, rumpelten die Räder über unebenen Grund und ich hörte die Luftdruckbremsen zischen. Ich hatte und habe keine Ahnung, wo wir uns befanden, denn ich habe die Außenwelt nie mehr gesehen. Der Truck hielt an. Nach einer Weile wurde die Tür hochgerollt. Draußen war es dunkel, und eine dunkle Gestalt stieg schwer atmend über die Rampe herein. Er zog die Tür hinter sich wieder hoch und schaltete die trübe Innenbeleuchtung ein – nur eine einzelne Birne unter einem Gitter an der Decke. Und dann kam er zu mir.

Er trug einen langen, fleckigen, dunklen Ledermantel mit braunem Fell auf der Innenseite; den zog er aus und warf ihn über mich. »Leg dich drauf!«, befahl er mir schnaufend. Aber seine Stimme war genauso kalt wie dieser Platz, an dem er mich haben wollte. Ich konnte nun sehen, dass es tatsächlich ein Gefrierfleischtransporter war, in dem ich mich befand. Graue, aufgeschnittene Tierkörper hingen an Metallhaken. Und im Eis auf dem Fußboden war eine Menge Blut mit eingefroren.

»Du ... du musst nicht grob werden«, stotterte ich. »Ich mach schon, was du sagst.« Und obwohl es so kalt war, knöpfte ich mir die Bluse auf und zog den Minirock hoch, damit er meinen Spitzenschlüpfer sah.

Er blickte, ohne zu lächeln, auf mich herab, und ich sah, dass sein Gesicht geschwollen und aufgedunsen wirkte und kleine Schweinsaugen aus dieser rot angelaufenen Maske blitzten. »Was du auch willst«, bestätigte ich ihm noch einmal. »Jede Stellung. Und ich schwöre, dass es gut wird! Nur tu mir bitte nicht weh! Und du kannst mir vertrauen! Hinterher ... sag ich kein Wort. Zu niemandem.« Ich log wie gedruckt, aber ich wollte am Leben bleiben.

»Zieh dich aus!«, schnaufte er. »Alles!«

Mein Gott, da war keine Seele hinter seiner Stimme und seinen Augen! Da waren nur die dampfende Hitze seines Körpers und das Fieber in seinem Blick. Ich spürte, wie stark er war und wie anders als andere ... krank.

»Schnell!«, befahl er. Seine Stimme war nur noch ein Krächzen, und er verzerrte das feiste Gesicht vor lauter Erregung.

Ich musste tun, was er gesagt hatte, um ihn zufrieden zu stellen. Aber mir war so kalt, dass mir meine Finger kaum gehorchten. Ich bekam meine Kleider nicht auf. Er sank auf ein Knie nieder, und ich sah Werkzeuge oder Instrumente schimmern, die in seinen Gürtelschlaufen steckten. Eins davon war ein Fleischerhaken, und den zog er heraus und zeigte ihn mir!

Als ich nach Luft schnappte und das Gesicht abwandte, riss er mir die Jacke vom Rücken und fetzte die Bluse gleich mit weg. Dann schob er den Fleischerhaken oben in meinen Rock und riss alles durch: den Plastikgürtel samt dem Stoff. Meinen Schlüpfer riss er ebenfalls mit dem Haken weg. Und ich kauerte hilflos da, so kalt wie die toten Tiere an ihren Haken, und dachte: *Was ist, wenn er den Haken auch bei mir benutzt?* Aber das tat er nicht, jedenfalls nicht mit dem Haken.

Dann zog er sich die Hose aus – nur die Hose. Ein derart kräftiger und gefährlicher Mann konnte mich böse zurichten. Ich musste es ihm – und damit mir – leicht machen, so leicht wie möglich. Ich spreizte die Beine und streichelte über meine eiskalten Schamhaare. Und, Gott hilf mir, ich habe mich bemüht, ihn anzulächeln. Meine Worte verwandelten sich in Raureif, als sie aus meinem Mund kamen. »Schau, es ist alles da. Alles für dich.«

»Hä?«, grunzte er, sah mich an, und sein mächtiger Penis zuckte, als führe er ein Eigenleben. »Alles für mich? Für Johnny? Das?« Und *dann* lächelte er. Und er nahm ein weiteres Werkzeug von seinem Gürtel.

Es war ähnlich wie ein Messer, aber aus einem Stahlrohr von vielleicht vier Zentimetern Durchmesser schräg abgeschnitten, so dass es eine Spitze hatte. Und die Kanten waren rasiermesserscharf geschliffen.

»Oh Gott!«, stöhnte ich, denn ich konnte meine Angst nicht mehr beherrschen. Und ich schlang die Arme um mich, um meine Blöße zu bedecken.

Aber mein Fahrer, der bald zu meinem Mörder werden würde, ... dieses Ungeheuer ... lachte nur. Es lag kein Gefühl darin, so wie ich es empfunden hätte, aber er lachte.

»Ja, bedeck dich nur«, gurgelte er, und Speichel rann ihm aus dem verzerrten Mund. »Bedeck dich nur, Schätzchen. Johnny will dein kleines hässliches Fickloch nicht. *Johnny macht seine eigenen Löcher!*«

Er kam näher, und dann ... und dann ...

»Schon gut!« Harry konnte es nicht länger ertragen. Seine Stimme brach fast. »Ich weiß, was er dann getan hat. Du hast genug gesagt. Ich ... mir reicht, was ich erfahren habe.«

Pamela weinte jetzt. Ihre arme, gefolterte und verstümmelte Seele floss aus ihr heraus, all ihr Trotz und ihr Widerstandsgeist waren erschöpft und von der Welle jenes Schreckens überschwemmt, den sie sich für den Necroscope ins Gedächtnis zurückgerufen hatte.

Er ... er hat meinen Körper hässlich gemacht!, schluchzte sie. *Er hat Löcher in mich geschnitten! Bevor ich tot war, war er schon in mir. Und nachdem ich tot war, spürte ich ihn immer noch stoßen, mir wehtun, hörte ich sein Grunzen und Schnaufen weiterhin. Es ist nicht recht, wenn man jemandem nach dem Tod immer noch wehtun kann, Harry!*

»Ist schon gut, Kleines, ist ja schon gut«, war alles, was Harry herausbrachte, um sie zu beruhigen. Aber er wusste genau, dass erst Ruhe einkehren würde, wenn er diese Sache erledigt hatte.

Sie spürte seine Entschlossenheit und verstärkte seinen Zorn durch ihren eigenen. *Schnapp ihn dir für mich, Harry! Krieg diesen Bastard für mich, hörst du?*

»Und auch für mich«, antwortete er. »Denn sonst werde ich ihn immer bei mir haben, sonst wird er wie Schleim an den Wänden meines Verstandes kleben. Aber, Pam ...«

Ja?

»Den Kerl einfach umzubringen, reicht nicht aus. Es wäre nicht genug, verstehst du? Aber wenn du willst, gibt es für dich eine Möglichkeit, mir zu helfen. Du bist stark, Pamela, noch im Tod, genau wie du es im Leben warst. Und was ich im Sinn habe ... Ich glaube, du würdest noch mehr Freude daran haben als zu Lebzeiten.« Er erklärte ihr, was er vorhatte. Daraufhin schwieg sie eine Weile.

Schließlich sagte sie verblüfft: *Ich glaube, jetzt weiß ich, wieso die Toten neuerdings Angst vor dir haben, Harry.* Dann fuhr sie fort: *Stimmt es, dass du ein Vampir bist?*

»Ja ... und nein«, erwiderte er. »Nicht ganz jedenfalls. Noch nicht. Aber woanders werde ich einer sein – eines Tages.«

Ja. Er registrierte ihr mentales Nicken. *Ich glaube, du wirst einer werden. Kein Mensch sonst würde so denken wie du gerade eben. Jedenfalls niemand, der nichts als ein Mensch ist.*

»Wirst du es trotzdem tun?«

Oh ja!, antwortete sie, und ihre Totensprache klang nun äußerst grimmig und entschlossen. *Wer oder was du auch sein magst, ich werde alles tun, was du mir aufträgst, Harry Keogh, Vampir, Necroscope! Alles, was notwendig ist, um diese Sache zu Ende zu bringen. Überhaupt alles, was du willst und wann du es willst. Alles ...*

Harry nickte. »Dann ist es also beschlossen«, stellte er fest.

Während der nächsten mehr als dreißig Stunden war der Necroscope voll beschäftigt, genau wie das E-Dezernat auch. Am darauf folgenden Tag, einem warmen Abend Mitte Mai, rief der verantwortliche Minister das Dezernat zu einer außerordentlichen Sitzung zusammen. Vorher noch entband der Minister Darcy Clarke von allen Pflichten, da Geoffrey Paxton ihn unter anderem über die von Clarke an Keogh gesandten Polizeiakten unterrichtet hatte. Außerdem stellte er Clarke in seiner Wohnung im Londoner Norden unter Hausarrest.

Paxton erwartete den Minister bereits im Erdgeschoss. Als sie sich begrüßten, kam Ben Trask gerade durch die Drehtür von der Straße herein. Trask wirkte erschöpft und fast schon abgehärmt. Der Minister nahm ihn zur Seite und sprach leise ein oder zwei Minuten mit ihm, und ausnahmsweise hatte Paxton einmal Verstand genug, sich herauszuhalten. Dann nahmen alle drei den Aufzug und fuhren direkt hinauf ins Operationszentrum.

Die zusammengerufenen Agenten saßen schweigend in dem Raum und warteten auf den Minister. Er ging sofort zum Podium und blickte über die Reihen der meist völlig durchschnittlich wirkenden ESPer, der besten Gedankenspione Großbritanniens, die ihn erwartungsvoll ansahen. Er kannte sie alle von den Fotografien in ihren Akten her, doch getroffen hatte er bislang nur Darcy Clarke und Ben Trask.

Wäre Clarke anwesend gewesen, wäre er vielleicht aufgestanden, um dem Minister seinen Respekt zu erweisen. Dann hätten die anderen dasselbe getan. Das Problem mit diesen Kerlen war immer gewesen, dass sie sich für etwas Besonderes hielten. Und das waren sie ja auch: etwas verdammt Besonderes!

Als er sie so musterte, empfand er dasselbe, was andere vor ihm empfunden haben mussten: Physik und Metaphysik, Roboter und Romantik, technische Tricks und Gespenster – zwei Seiten ein- und derselben Medaille.

Er schüttelte diese Gedanken ab und versuchte, den Gesichtern vor sich Namen zu verleihen: Ben Trask, menschlicher Lügendetektor, mausfarbenes Haar und grüne Augen, hängende Schultern. Möglich, dass sein saurer Gesichtsausdruck daher rührte, dass er wusste, dass die ganze Welt log. Es war Trasks Gabe zu erkennen, was auch immer falsch war. Er durchschaute jede Lüge auf Anhieb. Sicher, damit wusste er noch lange nicht, wie die Wahrheit aussah, aber wenn etwas falsch dargestellt wurde, war ihm das augenblicklich klar. Keine noch so clevere Fassade vermochte ihn zu täuschen. Die Polizei nahm seine Dienste häufig in Anspruch, wenn es um besonders hartnäckige Verbrecher ging, und er war ein beliebter Gast bei internationalen Verhandlungen, wenn seine Regierung wissen wollte, ob alle Karten auf dem Tisch lagen.

David Chung: ein junger Mann aus London, Lokator von Beruf. Und er war gut! Ein schlanker, drahtiger Asiat. Seine Fähigkeiten waren erstaunlich. Er verfolgte russische Atom-U-Boote, IRA-Terroristen, Drogendealer. Besonders Letztere. Chungs Eltern waren drogenabhängig gewesen, und ihre Abhängigkeit hatte sie in den Tod getrieben. So hatte sich seine Gabe entwickelt, und mittlerweile wurde er immer besser.

Bei Anna Marie English lag der Fall anders. Dreiundzwanzig, Brillenträgerin, nervös, blass, nachlässig gekleidet – kaum das Ebenbild einer englischen Rose! Doch ihr Äußeres war das Resultat ihrer Gabe: Sie war eins mit der Erde, jedenfalls erklärte sie es so. Sie spürte, wie die Regenwälder abgeholzt wurden, wie das Ozonloch sich ausdehnte, das Land um die Wüsten herum austrocknete und ebenfalls zur Wüste wurde, und die Bodenerosion im Gebirge machte sie krank. Sie war weit über das normale menschliche Maß hinaus »umweltbewusst« und hätte sämtliche Greenpeace-Kampagnen dirigieren können – wenn ihr jemand geglaubt hätte. Das Dezernat glaubte ihr und nutzte ihre Fähigkeiten auf dieselbe Weise wie Chungs Gabe. Sie spürte illegale nukleare Abfälle auf, warnte vor Pflanzenkrankheiten und Tierseuchen, schrie heraus, wo wieder Elefanten und Wale und andere bedrohte Spezies getötet wurden. Und sie musste nur in den Spiegel sehen, um zu wissen, dass es mit der Erde abwärts ging.

Dann war da Geoffrey Paxton, einer von mehreren Telepathen. Eine unangenehme Person, wie der Minister fand, allerdings ziemlich nützlich. Paxton war ehrgeizig; er wollte alles! Besser, ihn anzustellen, wo auch er selbst unter Beobachtung stand, als ihn zum hochklassigen Erpresser oder zum Gedankenspion einer fremden Macht werden zu lassen. Er würde Paxtons Laufbahn sehr aufmerksam verfolgen ...

Sechzehn ESPer waren hier unter einem Dach versammelt, und elf weitere befanden sich an verschiedenen Punkten über die ganze Welt verstreut im Dienst. Sie wurden ihren Talenten entsprechend bezahlt, und nicht zu schlecht! Sie waren ihr Geld wert! Sollten sie sich je entschließen, auf eigene Faust zu arbeiten ... das würde erheblich teurer werden.

Sechzehn von ihnen, und natürlich musterten auch sie den Minister intensiv: einen Mann, der sich bislang immer im Hintergrund gehalten hatte und auch gern dort geblieben wäre, doch nun hatte ihn eine Angelegenheit von äußerster Dringlichkeit hervorgelockt. Er war Mitte vierzig, klein und agil, das dunkle Haar mit reichlich

Pomade zurückgekämmt. Er ließ sich nicht die geringste Nervosität anmerken, trug einen dunkelblauen Anzug, eine hellblaue Krawatte und schwarze Schuhe. In seinem Gesicht zeigten sich kaum Falten, und die Augen waren klar und blau. Allerdings wirkte er seit seiner Unterhaltung mit Ben Trask ein wenig besorgt.

»Ladies und Gentlemen«, begann er ohne Umschweife, »was ich Ihnen zu sagen habe, würde jedem außerhalb dieser Mauern völlig fantastisch vorkommen, aber das wäre ja bei fast allem der Fall, was hier vorgeht. Ich will Sie nicht mit Dingen langweilen, die Ihnen ohnehin bekannt sind. Wir haben ein Riesenproblem, Leute! Ich werde Ihnen sagen, wie es dazu kam und wie wir davon erfahren haben, und dann sagen Sie mir bitte, was wir dagegen unternehmen sollen. *Sie* müssen das wissen, denn Sie haben in solchen Dingen die praktische Erfahrung, die mir fehlt. Geradeheraus gesagt: Sie sind die einzigen Menschen, die dieses Problem überhaupt lösen können.«

Er holte tief Luft und fuhr fort: »Vor einiger Zeit haben wir einen Verräter zum Chef des E-Dezernats ernannt. Ja, ich spreche von Wellesley. Nun, er kann uns keinen Schaden mehr zufügen. Doch es war meine Aufgabe, dafür zu sorgen, dass etwas Ähnliches nicht mehr vorkommen wird. Klar, wir benötigten jemanden, der die Spione im Auge behält. Nun weiß ich, dass es bei Ihnen ein ungeschriebenes Gesetz gibt: Niemand bespitzelt den anderen. Also konnte ich auf keinen von Ihnen zurückgreifen. Ich musste mir jemanden von außerhalb des Dezernats suchen, der nur mir allein verantwortlich ist. Daher wählte ich Geoffrey Paxton, einen Neuling, als meinen Wächter über die Wächter.«

Er hob sofort beide Hände, als wolle er Proteste abwehren, doch die kamen – noch – nicht. »Keiner von Ihnen, und ich meine wirklich keiner von *Ihnen,* stand irgendwie unter Verdacht. Doch nach dem Fall Wellesley konnte ich kein Risiko mehr eingehen. Dennoch möchte ich betonen, dass Ihr Privatleben immer noch Ihre Privatsache ist. Paxton hatte strenge Anweisungen, nicht im privaten Bereich herumzuschnüffeln, sondern sich ausschließlich auf den Aufgabenbereich des Dezernats zu beschränken. Sozusagen als dezernatsinterner Sicherheitsdienst.

Vor ein paar Wochen waren wir im Mittelmeerraum sehr aktiv. Zwei unserer Agenten – Layard und Jordan – waren auf einen ... sehr unangenehmen Gegner gestoßen. Es war, und das nicht zum ersten Mal, die schlimmste Art von Aufgabe, der sich das Dezernat nicht entziehen konnte. Der Dezernatsleiter Darcy Clarke flog zusammen mit Harry Keogh und Sandra Markham dorthin, um einzugreifen. Später wurden Trask und Chung ebenfalls dorthin beordert, und sie erhielten auch von hier aus weitere Unterstützung. Was die Qualifikationen angeht, nun, Clarke und Trask hatten bereits Erfahrung mit dieser Art von Problem, und Keogh ... nun, Keogh ist eben Keogh. Falls er reaktiviert werden konnte und seine Fähigkeiten zurückerhielt, war das ein wundervoller Bonus für das Dezernat. Doch an sich flog er als Beobachter und Berater mit, denn niemand wusste mehr über den Vampirismus als er.« (Hier legte der Minister eine bedeutungsvolle Pause ein.)

»Wir wissen immer noch nicht *genau,* was auf Rhodos, den griechischen Inseln und in Rumänien wirklich geschehen ist, aber wir haben dort Trevor Jordan, Ken Layard und Sandra Markham verloren. Alle im Dienst umgekommen. Also hatten sie ein mehr als ernsthaftes Problem, von dem Darcy Clarke nun behauptet, es sei ... gelöst? Harry Keogh könnte uns natürlich alles sagen, aber im Augenblick zieht er es vor, uns im Dunkeln zu lassen.«

Mittlerweile war das schwere, möglicherweise ungeduldige Schnaufen der Versammelten deutlich hörbar, und der Minister bemerkte, dass jemand aufgestanden war. Da das Licht auf sein Podium gerichtet war, musste er die Augen zusammenkneifen, um zu erkennen, wer dort im Schatten stand. Schließlich identifizierte er die hoch gewachsene, dürre Gestalt als den Wahrsager Ian Goodly. »Ja, Mr. Goodly?«

»Herr Minister«, begann Goodly mit seiner etwas schrillen Stimme, »jedes Wort, das Sie bislang gesprochen haben, war ehrlich und integer, kam aus ihrem Herzen und mit den besten Absichten. Ich glaube nicht, dass hier jemand daran zweifelt. Nur ein mutiger Mann käme hierher, um uns etwas zu sagen, obwohl er weiß, dass es unter den Anwesenden Menschen gibt, die seine geheimsten Gedanken zu lesen imstande sind.«

Der Minister nickte. »Über das Thema Mut kann ich nichts sagen, aber der Rest stimmt. Und noch mehr: Ausflüchte irgendwelcher Art sind hier nicht angebracht und würden als solche augenblicklich entlarvt. Doch worauf wollen Sie hinaus, Mr. Goodly?«

»Ich will darauf hinaus, Sir, dass ich dennoch ein Hühnchen mit Ihnen zu rupfen habe, und nicht nur ich, sondern wir alle, und möglicherweise sogar gleich mehrere Hühnchen! Nicht mit Ihnen persönlich, so viel sollte Ihnen klar sein. Und das wäre auch dumm, denn meine Gabe sagt mir, dass Sie noch sehr, sehr lange als Minister für uns verantwortlich sein werden. Es geht nicht um das, was Sie gesagt oder gedacht haben, sondern um das, was Sie getan haben oder zu tun planen. Oder uns auftragen wollen. Dafür sollten Sie allerdings schon ein paar verdammt gute Gründe haben.«

»Würden Sie mir das näher erklären?« Der Minister wirkte zunehmend verwirrt. »Aber bitte kurz, denn ich muss fortfahren, und ...«

»Es ist leicht zu erklären.« Jemand anders war nun ebenfalls aufgestanden: Millicent Cleary, eine niedliche, kleine Telepathin, deren Gabe noch nicht voll entwickelt war. Sie bedachte den Minister nur mit einem flüchtigen Seitenblick, funkelte jedoch Paxtons Hinterkopf – er saß in der ersten Reihe – wütend an. »Ich meine, es war natürlich abzusehen, dass man uns ebenfalls überwachen würde – klar. Aber durch ... *das da?*« Sie warf energisch den Kopf hoch und deutete auf Paxton.

»Frau, äh ...?« In seiner Verwirrung hatte der Minister ihren Namen vergessen. Dabei war er stolz darauf, Namen gut behalten zu können. Er sah erst sie an, dann Paxton.

»Cleary«, sagte sie. »Millicent Cleary.« Danach fuhr sie außer Atem fort: »Paxton hat Ihre Anweisungen *nicht* befolgt! Er hat sie einfach ignoriert. Dezernatsinterner Sicherheitsdienst? Nur dienstliche Angelegenheiten? Das war lediglich die perfekte Ausrede für ihn, die *Sie* ihm geliefert haben, damit er seine Nase in die Angelegenheiten anderer Leute stecken konnte!«

Der Minister runzelte die Stirn. Er blickte Paxton scharf an. »Könnten Sie bitte etwas präziser werden, Miss Cleary?«

Doch das konnte und wollte sie nicht. Sie konnte doch nicht jedem auf die Nase binden, wie sie diese verschrumpelte Ratte eines Abends in ihrem Verstand beim Spionieren erwischt hatte. Er hatte mental gespannt, während sie mit ihrem Vibrator spielte und sich genüsslich selbst befriedigte.

»Er hat uns alle privat ausspioniert!« Jemand mit einer rauen und kräftigen Stimme rettete sie aus ihrer Erklärungsnot. »Er hat in unserem Sexualleben herumgeschnüffelt, auf das wir ja wohl ein Recht haben, und das sogar noch, *bevor* Sie ihm seine Ausrede lieferten! Seither ... na ja, vielleicht ist er gerade dabei, delikate Einzelheiten aus *Ihrem* Sexualleben auszukundschaften!«

Wieder schaltete sich der hagere Goodly ein: »Sir, wenn Sie Paxton nicht aus unserem Team entfernt hätten, dann hätten wir ihn hinausgeworfen! Er ist genauso vertrauenswürdig wie ein beschädigtes Kondom! Wäre AIDS eine psychische Erkrankung, würden wir alle mittlerweile daran leiden. Alle, die wir hier sind!«

Er legte eine kurze Pause ein, damit jeder seine Gedanken ordnen konnte, und fuhr dann fort: »So scheint es uns, dass Sie den einen Mann entfernt haben, dem wir alle vertrauen, und uns einen Wachhund mitgegeben haben, der sogar nach seinem eigenen Herrn und Meister schnappt. Und das alles auch noch in einer so schwierigen Periode.« Es war sonst gar nicht Goodlys Art, sich zu beschweren, aber der Mann war offensichtlich entrüstet.

Paxton hatte derweil scheinbar uninteressiert seine Fingernägel gereinigt, doch nun färbten sich seine Ohren rot. Er stand auf und drehte sich zu den anderen um, die ihn schweigend und vorwurfsvoll anstarrten. »Meine Gabe ... gehorcht mir manchmal nicht!«, fauchte er sie an. »Und sie agiert übereifrig und voll von dem Enthusiasmus, den ihr eifersüchtigen Bastarde längst verloren habt! Ich experimentiere eben immer noch. Das ist kein verdammter Bonsai-Baum, den man in jede beliebige Form zwingen kann!«

Wie *ein* Mann schüttelten sie die Köpfe. Sie waren die allerletzten Menschen auf der Erde, die er zu überzeugen versuchen sollte. Bei ihnen funktionierten keine lahmen Ausreden. Jeder von ihnen hatte von Paxton die Nase voll. Schließlich sprach Ben Trask für alle: »Du bist ein Lügner, Paxton!« Mehr sagte er nicht. Und weil Trask war, was er eben war, musste er auch nichts mehr hinzufügen.

Der Minister hatte das Gefühl, in ein Hornissennest gestochen zu haben, und jetzt wurde er aus dem Kurs geschleudert, was er nun gar nicht gestatten durfte. Er hob beide Hände und sagte in schärferem, eher autoritärem Tonfall: »Um Gottes willen, lassen Sie ihre internen Streitigkeiten und persönlichen Gefühle doch beiseite, jedenfalls für den Augenblick! Was jeder von Ihnen auch sein mag: Eines wissen wir jedenfalls mit Sicherheit, nämlich, dass sie alle *Menschen* sind!«

Und das traf sie ins Mark.

Nachdem klar war, dass er die Aufmerksamkeit aller hatte, wandte sich der Minister mit einer Bitte an Ben Trask: »Mr. Trask – bewahren Sie aber Ruhe dabei – würden Sie bitte wiederholen, was Sie mir unten berichtet haben?«

Trask sah ihn mürrisch an, nickte aber. »Lassen Sie mich jedoch erst das beenden, was Sie begonnen haben, ja? Sie wissen ohnehin bereits sehr viel und können sich den Rest selbst denken. Also komme ich gleich zur Sache. Es mag allen leichter fallen, wenn sie es von mir hören.«

»In Ordnung«, seufzte der Minister erleichtert.

»Zek Föener hat uns auf den griechischen Inseln sehr geholfen«, begann Trask. »Ihr wisst aus dem Keogh-Bericht, wer sie ist und was in Perchorsk und auf Starside usw. geschehen ist. Sie ist eine der mächtigsten Telepathinnen, die es gibt.

Nun, jedenfalls ging es in der Ägäis hoch her. Wir jagten Vampire, und einige Male hätten sie uns beinahe erwischt. Harry nahm die schwerste Aufgabe auf sich und ging gegen den Anführer, gegen Janos Ferenczy selbst vor. Über die Ferenczys muss ich euch ja nichts mehr erzählen. Als Harry sich deshalb in Rumänien aufhielt, kurz vor dem Ende der Affäre, versuchte Zek mit ihm Verbindung aufzunehmen, um zu hören, wie sich die Dinge entwickelten. Aber telepathische Verbindungen über große Entfernungen sind nicht gerade einfach, und so hat sie nicht viel empfangen. Zumindest behauptete sie das, aber wir bemerkten, dass sie danach total unter Schock zu stehen schien.

Ich weiß, dass sich Darcy Clarke seither die größten Sorgen macht, denn Darcy hält den Necroscope für das Beste seit der Erfindung der Brotscheibe. Na ja, verdammt, ich bin der gleichen Meinung, genau wie viele unter euch. Oder ich war es zumindest ...

Also ... wir erledigten diese Sache und kamen zurück. So viel ich weiß, hatte auch Harry Erfolg. Offensichtlich hat er hervorragende Arbeit geleistet. Allerdings war er sehr wortkarg, wenn es um Berichte ging, was in den Karpathen geschehen ist. Darcy und ich haben Harry jedoch nicht gedrängt, denn er hat dort immerhin Sandra Markham verloren; man musste ihm also Zeit geben, darüber hinwegzukommen. So, wie es aussieht, wurde Darcy genau deshalb ... zurückgestuft und zu Hause festgesetzt. Ich würde gern den präzisen Grund dafür wissen. Wegen Unfähigkeit, weil er einen alten Freund nicht vorverurteilen wollte? Weil er, verflucht noch mal, ein wenig Vertrauen hatte?«

Sowohl der Minister als auch Paxton öffneten den Mund, um zu protestieren, aber Trask schnitt ihnen augenblicklich das Wort ab: »Was Sie über Darcy Clarke wissen müssen, ist, dass seine Gabe nichts damit zu tun hat, in den Hirnen anderer Menschen herumzuschnüffeln oder ihre Gedanken zu belauschen! Seine Gabe kümmert sich ausschließlich um Darcys eigene Belange. Er war ständig mit dem Necroscope in Verbindung, und momentan gibt es nichts Außergewöhnliches zu berichten. Darcys Gabe hat ihn nicht vor irgendeiner unmittelbaren Gefahr gewarnt. Wäre das der Fall gewesen, dann können Sie darauf wetten, dass er ganz, ganz schnell Zeter und Mordio geschrien hätte! Das Allerletzte, was er brauchen könnte, wäre ein neuer Yulian Bodescu!«

»Aber ...«, wollte Paxton beginnen.

»Halt die Schnauze!«, fauchte Trask ihn an. »Diese Menschen hier hören jemandem zu, der ihnen die Wahrheit sagt! Und *nur* die Wahrheit!« Er holte tief Luft und sprach dann weiter: »Nun, das ist alles Schnee von gestern. Mittlerweile scheint sich ja einiges geändert zu haben.« Er blickte den Minister an. »Wollen Sie von hier an übernehmen, Sir?«

Der Minister warf ihm einen bösen Blick zu und zog die Augenbrauen hoch. »Aber Sie haben nicht alles berichtet, Mr. Trask!«

Trask knirschte mit den Zähnen, doch er nickte. Und nach einem Augenblick fuhr er fort: »Ich bin gerade von einer Untersuchung zurück, und zwar bezüglich dieses Serienmörders, der auf so sinnlose und brutale Weise junge Frauen umbringt. Darcy hatte Harry gebeten, uns zu helfen, weil ... nun, der Necroscope ist der einzige Mensch auf der Welt, der mit einem Opfer sprechen kann, *nachdem* es gestorben ist. Und Darcy sagte mir, der neueste Fall hätte Harry besonders erschüttert – eine junge Frau namens Penny Sanderson.

Nun, vor zwei Tagen tauchte Penny plötzlich wieder auf, wie das Pennys so an sich haben.« Allerdings grinste er nicht dabei. »Sie war eindeutig tot, und mit einem Mal ist sie wieder bei ihrer Familie, gesund und munter wie ein Fisch im Wasser. Aber sie konnte nicht einmal ihre Familie wirklich davon überzeugen, dass sie *nicht* das Opfer eines Mordes geworden ist! Sie hatten ihre Leiche gesehen und *gewusst,* dass es ihre Tochter war, und so betrachteten sie ihre Rückkehr als ein Wunder!

Die Polizei war auch nicht gerade glücklich über diese Wendung. Die Geschichte, die sie erzählt hat, war löchrig wie ein Schweizer Käse. Und wenn sie tatsächlich Penny Sanderson ist, wer wurde dann bestattet? Also schickte mich der Minister nach Schottland, um ›die Polizei zu unterstützen‹, in anderen Worten: als Lügendetektor.

Also, um es kurz zu machen: Sie war und ist tatsächlich Penny Sanderson. Gelogen hat sie lediglich bezüglich ihres angeblichen Gedächtnisverlustes. Da ich die Verbindung zu Harry kannte, wollte ich auf den Busch klopfen und fragte sie, ob sie Keogh jemals getroffen oder von ihm gehört habe. Und sie sagte nein, niemals, und machte ein nichts sagendes Gesicht. Eine eindeutige Lüge. Und die führte zu meiner nächsten Frage, die ich aber nicht als Frage formulierte. Ich zuckte die Achseln und sagte nur: ›Du hast mächtig Glück gehabt, Mädchen. Genauso gut hättest *du* tot dort liegen können, und nicht deine Doppelgängerin!‹

Sie sah mir treu und brav in die Augen und sagte: ›Sie tut mir sehr Leid, wer immer sie auch gewesen sein mag, aber mit mir hatte sie nichts zu tun. Ich bin nicht gestorben.‹ Und wieder log sie wie gedruckt. Ich kann meiner Gabe vertrauen. Sie hat mich noch nie getäuscht. Das andere Mädchen tat ihr nicht Leid, weil es kein anderes Mädchen gegeben hat. Und ihre Behauptung, sie sei nicht gestorben? Eigenartig, das auf diese Weise auszudrücken. Ich kam zu dem Schluss, dass Penny Sanderson sehr wohl gestorben war, und nun war sie von den Toten zurückgekehrt!«

Die versammelten ESPer stießen im gleichen Atemzug einen tiefen Seufzer aus. Alle. Trask beendete seinen Bericht: »Natürlich konnte ich der Polizei nicht sagen, dass sie von den Toten zurückgekommen war. Also sagte ich ihnen einfach, sie sei okay. Wie ›okay‹ sie wirklich ist, steht auf einem anderen Blatt.«

Diesen Zeitpunkt wählte der Minister, um eine weitere Information anzubringen: »Clarke hat Keogh die Akten all dieser ermordeten Mädchen zukommen lassen. Und oben in der Burg von Edingurgh hat er Keogh sogar mit Penny Sanderson sprechen lassen – auf seine eigene Art, versteht sich.«

Ben Trask war trotz alledem noch nicht hundertprozentig überzeugt. »Aber gerade das war doch beabsichtigt. Harry sollte helfen, den Mörder zu finden!«

Der Minister erwiderte: »Stimmt.« Er tupfte sich die Stirn mit einem Taschentuch ab. »Doch wie es aussieht, war dies keine gute Idee.«

Nun fühlte sich Paxton aufgerufen. »Er ist Telepath!«, sagte er mit harter, trotziger Stimme.

»Harry?« Ben Trask starrte ihn mit weit aufgerissenen Augen an.

Paxton nickte. »Er war flink wie ein Wiesel in meinem Verstand drinnen! Er warnte mich und sagte, ich werde keine weitere Warnung mehr erhalten. Und seine Augen glühten sogar noch hinter dieser dunklen Sonnenbrille, die er ständig trägt. Er hat nicht viel für das Sonnenlicht übrig.«

»Du hast wirklich hart daran gearbeitet, ja?«, fragte Trask sarkastisch, doch der Lüge konnte er ihn diesmal nicht bezichtigen.

»Schau mal«, sagte Paxton, »man hat mir einen Job gegeben, denn wie der Minister schon sagte, konnte man nach der Wellesley-Affäre kein Risiko mehr eingehen. Also belauschte ich Clarke nach seiner Rückkehr aus der Ägäis und erfuhr so von seinem Verdacht, dass Keogh ein Vampir sein könnte. Und noch etwas: Keogh sagte mir, ich solle dem Minister ausrichten, dass ›sein schlimmster Albtraum‹ Wahrheit geworden sei. Ergo: Keogh ist ein Vampir!«

Der Minister warf hastig ein: »Das Letztere ist noch nicht bewiesen. Aber es sieht danach aus. Keogh hatte eine Menge Kontakte mit diesen Wesen. Enge Kontakte. Vielleicht war es das letzte Mal etwas zu eng!«

Wieder Paxton: »Seht mal, Leute, ich bin natürlich ein Neuling, und ihr könnt mich nicht leiden, und außerdem habt ihr in der Vergangenheit Grund genug gehabt, Harry Keogh dankbar zu sein. Aber macht euch das jetzt blind den Fakten gegenüber? Okay, ihr wollt mir nicht glauben, und vielleicht wollt ihr nicht einmal eurem eigenen Verstand glauben, aber überlegt doch mal, wem wir uns gegenübersehen, *falls* es stimmt!

Er kann mit den Toten sprechen, die offensichtlich verdammt viel wissen. Er benutzt das Möbius-Kontinuum und kann sich innerhalb eines Augenblicks an jeden x-beliebigen Ort begeben, wie wir ein anderes Zimmer betreten. Er ist Telepath. Und nun spricht er nicht allein mit den Toten, er kann sie auch noch ins Leben zurückrufen!«

»Das konnte er schon früher«, warf Ben Trask schaudernd ein.

»Aber jetzt *leben* sie offensichtlich wieder!« Paxton gab nicht nach. »Aus ihrer Asche? Zum Leben? *Oder untot?*«

Bei diesen Worten zuckte David Chung zusammen, krümmte sich und flüsterte irgendetwas auf Kantonesisch. Die meisten der ESPer waren aufgesprungen, doch Chung griff zittrig nach einem Stuhl und ließ sich darauf niedersinken.

Mit gerunzelter Stirn fragte der Minister: »Was ist los, Mister Chung?«

Chungs Blässe verlieh seinem Gesicht einen kränklich-gelben Teint. Er wischte sich die Stirn ab und leckte seine Lippen. Dabei murmelte er etwas auf Chinesisch. Dann blickte er mit großen Augen auf. »Ihr wisst alle, was ich tue«, sagte er leise. »Ich bin Lokator. Ich nehme ein Modell oder ein Stück von irgendetwas und benutze es, um den richtigen Gegenstand oder was auch immer aufzuspüren. Es gehört zur Dezernatspolitik, dass ich von jedem Mitglied einen kleinen persönlichen Gegenstand aufbewahre. Das geschieht zu eurer eigenen Sicherheit: Falls einer vermisst wird, kann ich ihn oder sie finden.

Nun, ich habe auch ein paar Dinge, die Harry Keogh gehören, die er von Zeit zu Zeit liegen gelassen hat.

Ich war mit den anderen zusammen draußen in der Ägäis. Mir war klar, dass Zek Föener sich über irgendetwas Sorgen gemacht hatte, und so habe auch ich Harry ständig nebenbei mit verfolgt – zu seinem Besten, wirklich. Ich wusste genau, was ich tat und wonach ich suchte.

Zuerst war bei ihm alles völlig normal. Ich erhielt ein klares Bild von ihm in seinem Haus bei Edinburgh oder wo immer er sich aufhielt. Doch in letzter Zeit war sein Bild unscharf, verschwommen, und seit gestern Abend habe ich nur noch eine Art von Nebel gesehen. Ich wollte das morgen in meinem Bericht erwähnen.«

»Früher haben wir so etwas als Hirnsmog bezeichnet«, sagte Trask, »was man empfängt, wenn man versucht, einen Vampir zu scannen.«

»Ich weiß.« Chung wirkte nun beherrschter. »Das war es auch, zumindest teilweise. Paxton sagte, Harry könne Tote aus ihrer Asche wiedererwecken. Das hat mich am meisten getroffen.«

»Wieso?« Der Minister runzelte die Stirn.

Chung blickte ihn an. »Ich habe auch Gegenstände, die Trevor Jordan gehörten«, sagte er mit schwacher Stimme. »Und heute Morgen habe ich zufällig einen davon berührt. Es war, als befinde sich Trevor hier – im Nebenzimmer oder unten auf der Straße. Ich glaubte, es sei nur eine starke Erinnerung, die mich überfallen hatte. Es war da und dann wieder weg. Aber es war so *real*!«

Der Minister hatte noch nicht begriffen, aber Trask – totenbleich – flüsterte: »Mein Gott! Jordan wurde auf Rhodos eingeäschert, weil das Risiko bestand, dass er sich bei den Vampiren infiziert haben könnte. Aber, ich erinnere mich noch deutlich: Es war Harry Keogh, der auf dieser Verbrennung bestand!«

TEIL 2
(vier Jahre zuvor)

ERSTES KAPITEL

Die Großen Wamphyri-Lords Belath, Lesk der Vielfraß, Menor Malmzahn, Lascula Langzahn und Tor Stachelleib existierten nicht mehr. Sie – und mit ihnen zahlreiche unbedeutendere Wamphyri-Führer, deren Statthalter und Kampfkreaturen – waren allesamt in der Schlacht um den westlichen Garten ausgelöscht worden – vom Herrn des Gartens und dessen Vater! Der Kampf war verloren; die massenhaften Explosionen der Methan speienden Gasbestien hatten die kilometerhohen Felsenhorste der Wamphyri (alle bis auf den der Lady Karen) zerschmettert und nur mehr Schutthalden aus Stein und Knochen und Knorpelmasse übrig gelassen, und die Wamphyri-Herren von Starside höchstselbst bewirkten in den Nachwehen der demütigenden Niederlage nur wenig.

Indessen zwang Shaithis, einstiger Führer der Vampir-Armee, den Schädel seines Flughybriden in den aus dem grimmigen Norden heranpfeifenden Wind, und nahm, von kraftvollem Flügelschlag getragen, Kurs auf die Eislande. Er war nicht der erste der Wamphyri, der dieses Wagnis einging. Im Lauf der Jahrhunderte hatten andere desgleichen getan, sei es auf der Flucht oder auf dem Weg in die Verbannung, und nach der Schlacht um den Garten waren Überlebende seiner Armee gewiss ebenfalls dorthin aufgebrochen. Besser die Eislande, was auch immer dort drohen mochte, als die Furcht einflößenden Waffen des Herrn und dessen Vaters. Diese beiden, Vater und Sohn, waren nichts als Menschen. Allerdings Menschen mit gewissen Fähigkeiten; Menschen, die aus den Höllenländern jenseits des Sphärentores kamen. Und die Kraft der Sonne selbst nutzten, um das protoplasmische, metamorphe Fleisch der Wamphyri in die Luft zu blasen – als bis aufs Äußerste erhitztes Gas und stinkenden Dunst!

Harry Keogh und sein Sohn, genannt der Bewohner oder *Herr des Gartens:* Sie hatten Shaithis' Armee vernichtet, hatten alle seine Pläne zunichte gemacht und ihn auf nur wenig mehr als nichts reduziert. Doch wenig mehr als nichts ist immer noch etwas, und die Schöpfung kennt nichts Zählebigeres als einen Vampir. Shaithis würde selbst jene kümmerliche Macht zu nutzen verstehen, die ihm noch verblieben war; würde auch die allergeringste Chance ergreifen, um wieder etwas zu werden. Und falls und wenn jener Tag kommen sollte, so würden die Bewohner der Höllenländer bezahlen. Ja, und all jene, die in der Schlacht um den Garten an ihrer Seite gekämpft hatten.

Lady Karen beispielsweise, diese verräterische läufige Wamphyri-*Hündin!* Shaithis ruckte so hart an den ledernen Zügeln, dass die goldene Kandare im Maul des Geflügelten das Fleisch zerfetzte. Die Kreatur – einst ein Mensch, ein Traveller, doch nun durch Shaithis' mutative Kunstfertigkeit aufs Scheußlichste verändert – stieß durch struppig gefiederte Nüstern ein klagendes Grunzen aus; die gewaltigen Mantaschwingen peitschten noch rasender die frostige Luft, und so wurden Hybrid und Reiter immer noch höher emporbefördert, als gelte es, die kalten Diamantsterne zu erreichen.

Hinter Shaithis zerriss eine Bombenexplosion aus goldhellem, sengendem Licht die Berge; ein Splitter purer Sonnenhelligkeit zuckte speergleich von jenseits der Bergbarriere, von Sunside, heran. Er spürte es deutlich; spürte, wie das Gleißen auf seine Robe aus schwarzem Fledermauspelz traf, und krümmte sich – und wusste, dass sie zu hoch geflogen waren. Sonnauf! Das langsame Gekrieche der Sonne brachte ihren glutflüssigen gelben Rand in Sicht. Kaltblütig, wie er war, vermochte Shaithis nur zu deutlich ihr Brennen auf dem Rücken zu spüren.

Mit dem Geist jener fliegenden Bestie aufs Engste verbunden, die zu einem Großteil aus einem Menschen geschaffen worden war, erteilte Shaithis nun sein Kommando: *Gleiten!* Es war, obgleich nur eine geringe Anstrengung, eine Vergeudung mentaler Kraft, hatte der Geflügelte doch längst ebenfalls die bedrohlichen Strahlen der Sonne gespürt. Die Enden der enormen Mantaschwingen wölbten sich aufwärts; der rasende Flügelschlag endete abrupt; mit gesenktem Schädel verfiel die unheimliche Reit-Kreatur in einen flachen Schwebeflug. Shaithis seufzte vor Erleichterung und verfiel abermals in dumpfes, düsteres Gegrübel.

Lady Karen ... Eine ›Mutter‹, wie einige zu sagen pflegten, deren Vampir eines Tages Hunderte von Eiern aus ihrem Leib hervorbringen würde! In einiger, heute noch unvorhersehbarer Zukunft würde es neue Felsenfesten geben auf Starside, und sie alle würden bevölkert sein von Karens schwarzer Brut, einer wimmelnden Masse, jener in Bienenstöcken gleich – mit ihr als Königin aller Wamphyri! Zweifellos existierte ein Waffenstillstand zwischen Karen und dem Herrn des Gartens, vielleicht eine Art Frieden und sogar Fleischesbande. Wie dies je hatte geschehen können, war Shaithis nicht imstande, auch nur gedanklich zu erörtern. Doch hatte er Harry Keogh und Karen nicht mit eigenen Augen zusammen gesehen – auf ihrer Felsensäule, in ihrer Feste auf Starside, welche als einzige noch stand, wohingegegen die anderen Horste in Trümmern lagen?

Karen ... Ohne Ausnahme hatte es die Vampir-Lords allesamt wie rasend nach ihrem Körper und Blut gelüstet. Und wäre im Kampf um den Garten alles wie geplant verlaufen – Shaithis hätte das Recht des Ersten für sich beansprucht. Nun, *das* war ein Gedanke, den es auszukosten galt!

Karen.

Shaithis erinnerte sich ihrer, wie er sie einst gesehen hatte, auf jener Zusammenkunft aller Wamphyri-Lords in Karens Feste: Ihre Haare hatten die Farbe polierten Kupfers; sie schienen in Flammen zu stehen, loderten wie fein gesponnenes Gold weit über ihre Schultern herab und wetteiferten mit den goldenen Reifen, welche die Arme schmückten. Schmale goldene Ringe, aufgefädelt auf eine ebenfalls goldene Halskette, betonten dieses an ihrem Leib klebende Futteral von einem Kleid, das die üppige linke Brust sowie die rechte Pobacke entblößt ließ, so dass, da sie keinerlei Unterwäsche trug, die Wirkung explosiv war. Hätten die Lords, die sie nun so erblickten, ihre Kampfhandschuhe getragen, und wäre die Tagesordnung des Treffens nur geringfügig weniger als aufs Äußerste wichtig gewesen, so hätten sich die Tatkräftigsten und Wildesten von ihnen gewiss aufeinander gestürzt und wie eine Hundemeute um sie gekämpft. Und welcher Wamphyri war nicht tatkräftig und wild?

Von einer ihrer blassen, perfekten Schultern hatte sich ein rauchzarter dunkler Mantel ergossen, kunstfertig aus dem Pelz von Fledermäusen gewoben, ein Zickzackmuster feinster goldener Stickerei schimmerte darin; an ihren Füßen Sandalen aus bleichem Leder, gleichfalls mit Gold bestickt; und von den Ohrläppchen baumelten goldene Scheiben, verziert mit ihrem Siegel, dem Schädel eines zähnefletschenden Wolfes.

Sie war atemberaubend anzuschauen gewesen! Und Shaithis hatte wahrgenommen, wie die Gedanken seiner Lord-Gefährten so heiß wurden wie ihr Blut, und er hatte gewusst – sie alle wollten in ihr sein. Selbst die Gedanken des Schlauesten und Allerverschlagensten unter ihnen – Shaithis höchstselbst! – waren abgelenkt, was die Hexe natürlich beabsichtigte! Ja, sie war gerissen, diese Karen. Er konnte sie immer noch sehen, ein loderndes Abbild vor seinem geistigen Auge.

Ihr Körper bewegte sich so geschmeidig wie jene der Traveller-Frauen im Tanze, und doch wirkte sie so ungekünstelt wie ein unschuldiges Mädchen. Auch ihr Gesicht – herzförmig, eine feuerrote Haarsträhne über eine ihrer Augenbrauen gewirbelt – hätte man für unschuldig halten können, wären da nicht diese blutroten Augen gewesen. Ihr Mund: so wunderschön, ihre Lippen in perfektem Bogen geschwungen und ebenfalls von der Farbe des Blutes und somit ein perfekter Kontrast zu ihren bleichen, geringfügig eingefallenen Wangen. Nur ihre Nase verdarb den ansonsten perfekten phantastischen Eindruck – sie war kaum merklich schief und platt, mit Nüstern, ein wenig zu rund und zu dunkel. Und vielleicht ihre Ohren, nahezu versteckt unter dem Lohen dieser Feuerhaare ... Ohren, die gleich den befremdlichen Orchideen von Sonnseite gewunden waren. Wunderschön, jedoch ... Wamphyri!

Shaithis fröstelte – selbst Shaithis. Nicht der Kälte wegen, sondern ob seiner leidenschaftlichen Gier und seiner Abscheu. Es war ein Zittern, welches ihn wie das vibrierende Brennen von Elektrizität durchzuckte. Und es war die sichere Erkenntnis seines künftigen Strebens. Den Herrn des Gartens zu vernichten war allbeherrschend gewesen, einstmals. Nun jedoch war da mehr.

»Eines Tages, Karen«, sprach Shaithis laut ein Versprechen an sich selbst aus, seine Stimme ein tiefes Grollen, »eines Tages, wenn es eine Gerechtigkeit gibt, *werde* ich dich besitzen. Ah, und während ich dich einerseits bis zum Bersten fülle, werde ich dich andererseits bis zum letzten Tropfen leeren! Ein goldener Strohhalm soll dir ins Herz eingeführt werden, und für jeden milchigen Tropfen, den dein Geschlecht mir raubt, werde ich mir ein scharlachrotes Spritzen aus dir heraussaugen! Und was unsere jeweilige *Entleerung* betrifft: die meinige wird nur vorübergehend sein, während deine ... deine, ach!, für alle Zeiten währt. So soll es sein!« Es war ein Wamphyri-Gelübde.

Und weiter flog Shaithis, nordwärts, die finstere Miene dem bitterkalten Wind entgegengereckt.

Das gemächliche Sonnauf über Sunside vermochte Shaithis von den Wamphyri nicht einzufangen; so langsam sein Hybride auf dem Flug zum Dach der Vampir-Welt deren Wölbung auch folgen mochte, kam er dennoch stets schneller und weitreichender voran als die ihm nachjagende Sonne, so dass schon bald die Grenze erreicht und passiert war, hinter welcher die Strahlen der Sonne niemals den Boden erreichten, und die ihm zuraunte, dass er nun in den Eislanden weilte.

Shaithis hatte niemals zu denen gezählt, die etwas auf Legenden und Geschwätz gaben. Von den Eislanden wusste er nur jene Details, welche Gegenstand von Klatsch waren oder zum allgemeinen Wissen gehörten. Dass die Sonne dort niemals schien, verstand sich von selbst; doch ging auch das Gerücht, dass jeder, der die Polarkappen hinter sich brachte und weiterreiste und immer weiter, irgendwann auf neue Berge stieß und auf unberührte Territorien, die nur der Eroberung harrten. Es lebte jedoch kein einziger Wamphyri weit und breit, der sich daran zu erinnern vermochte, dass jemals irgendjemand dem Wahrheitsgehalt dieser Behauptung nachgespürt hätte (noch dazu aus freien Stücken), und wie auch immer – die titanischen Felsentürme von Starside waren das Zuhause der Wamphyri, ihre Feste und Heimstatt seit undenklichen Zeiten. Aber ... dies alles gehörte zum Gestern. Und nun begab es sich, dass der Mythos auf die Probe gestellt wurde.

Was die Kreaturen der Eislande betraf: In den Grenzbereichen ihrer Ozeane (so behaupteten manche) tummelten sich heißblütige Fische, so riesengroß wie die mächtigsten Kriegerkreaturen und mit Mäulern wie Scheunentore, dank derer sie in den Untiefen nach kleinerer Beute zu wühlen und pflügen vermochten. Sie kamen aus einem fernen östlichen Meer mit den warmen Fluten eines gewaltigen Flusses, der schließlich geradewegs in den frostigen Ozean mündete! Für Shaithis klang dies alles wie ein Märchen.

Und dort lebten auch Fledermäuse, welche ebenfalls die kleinsten Fische fraßen. Winzigste Albinos waren sie; und in Eishöhlen sollten sie hausen; im Einklang mit dem Geist der Wamphyri sollten sie stehen, wie es auch unter ihren Bekannten und Verwandten in gastlicheren Teilen der Welt üblich war. Ein weiterer Mythos, welcher der Überprüfung harrte.

Und dann die Wale und die Schnee-Fledermäuse; und Shaithis hatte von Bären gehört, Geschöpfen, die jenen von Sunside nur in Gestalt und Wesen ähnlich sein sollten, ansonsten jedoch gewaltig groß waren und vollkommen weiß, wodurch sie in Eis und Schnee eine perfekte Tarnung genossen und unachtsamen Wanderern zur tödlichen Gefahr wurden. Doch abermals – er würde sehen, was er sehen würde. Nichts von alldem löste bei ihm auch nur den geringsten Schrecken aus. Diese Kreaturen waren allesamt Leben, und Leben war Blut. Und umgekehrt, wie es in einer alten Wamphyri-Redensart ausgedrückt wurde: Das Blut ist das Leben ...

Für eine Zeit, die auf der Erde zweieinhalb Tagen gleichkam, trieb Shaithis den Geflügelten beständig nach Norden; bis er, am Ende eines kräftezehrenden Gleitfluges, da es für den Hybriden höchst nötig war, wieder emporzusteigen, Bären erspähte, die sich im Sternenschein auf einer Treibeisscholle am Rande eines eisüberwucherten Meeres aalten. Shaithis' Flugkreatur war müde, ihre Fettpolster, Körperflüssigkeiten sowie das metamorphe Fleisch waren aufs Äußerste beansprucht worden. Starside war kalt, die Eislande jedoch waren um vieles kälter. Dieser Ort hier mochte so gut sein wie jeder andere, um eine Weile zu rasten, denn auch Shaithis war müde. Und hungrig.

Dort, wo eine Eisklippe hoch über die See aufragte, hieß er die

Flugkreatur landen und befahl ihr, an Ort und Stelle zu bleiben, während er bereits unterwegs war und sich dem gefrorenen Ufer näherte. Die Höhe machte sie zu einer guten Startrampe, wenn es an der Zeit war, die Reise fortzusetzen. Vierhundert Meter entfernt spürten die Bären sein Nahen; zwei von ihnen richteten sich auf der schwankenden Scholle auf die Hinterläufe auf, sogen misstrauisch die Luft ein und grollten verdrossen. Es waren weibliche Tiere; ihre Jungen tollten um sie her, als sie zornig und warnend zu brüllen begannen.

Shaithis lächelte grimmig und schritt ihnen entgegen. Ihr Gebrüll war ihm eine Herausforderung. Seine Wamphyri-Natur reagierte; sein Antlitz verlängerte sich, nadelspitz zulaufende Sichelzähne brachen durch die Knorpelmasse von Kiefer und Zahnfleisch – eine Eruption knöcherner Dolche. Sein Mund füllte sich mit dem Salzgeschmack des eigenen Blutes, und auch dies diente seiner monströsen Metamorphose.

Der Vampir-Lord maß gut und gerne zwei Meter zehn, doch die Bären, wie sie nun auf der Eisscholle brummten und brüllten und sie beinahe umzukippen drohten, mussten ihn allesamt um mehr als einen halben Meter überragen! Ihre Tatzen waren drei Mal so groß wie Shaithis' Hände und mit mörderischen Klauen bewehrt – ein einziger Rammstoß dieser *Spieße* vermochte nicht nur die größten Fische mühelos zu töten und zu zerfetzen.

Ah!, dachte er. *Gutes, starkes Fleisch, und die geborenen wilden Kämpfer. Was für Krieger könnte ich aus euresgleichen erschaffen!*

Nun trennten sie kaum mehr hundert Meter voneinander, und dies war eindeutig zu nahe für die stillenden Muttertiere. Sie stürzten sich in die bitterkalt-tosenden Wogen und glitten wie bleiche Schemen dem Strande zu. Sie würden dieses Zweibeiner-Geschöpf flüchten sehen – oder es zerreißen. Kam es zu Ersterem – gut. Und wurde das Zweite nötig: Nun, es bedeutete gutes rotes Fleisch für die Jungtiere.

Shaithis, weniger als fünfzig Meter von ihnen entfernt, als sie aus dem Wasser schnellten und sich wie gewaltige, struppig-weiße Köter auf allen vieren stehend schüttelten, nahm seinen Kampfhandschuh vom Gürtel und stieß die rechte Hand hinein. *Wohlan, kommt, kommt, Ladies,* drängte sein telepathischer Geist und wusste doch nicht, ob sie ihn zu *hören* vermochten und nichtsdestotrotz wenig darauf gaben! *Ein langer, hungriger Weg liegt hinter mir, und ein kalter, hungriger Weg ist noch zu gehen.*

Nach wie vor maß seine ›Hand‹ lediglich zwei Drittel von ihrer Größe; doch musste sie als weit tödlicher gelten. Weit spreizte er die Finger im Innern des Kampfhandschuhs, und die groteske Handfläche verwandelte sich in ein Gewirr blitzender Klingen und Schneiden und Sicheln. Und ballte er die Hand, so weit es nur ging, zur Faust, so standen rasiermesserscharfe Stacheln von den Knöcheln ab, und vier scharf gefeilte Eisennägel schnellten heraus und zeigten wie Rammsporne nach vorn.

Die Bären stürmten heran; der um wenige Zentimeter kleinere führte nun. Shaithis hatte sich indessen für eine Kampfstätte entschieden: Er schüttelte seinen Mantel von den Schultern, stand schlank und hoch gewachsen im Zentrum eines flachen Eisklumpens inmitten einer schorfigen, krustigen Fläche. Die Bären waren bereits jetzt im Nachteil; rutschend und schlingernd durchquerten sie das zerklüftete Terrain. Sie brüllten, und der Vampir-Lord brüllte zurück, was ihre Tobsucht nur noch steigerte.

Bisher hätte man Shaithis durchaus für annähernd menschlich halten können. Nun war er alles andere, nur nicht menschlich. Sein Schädel hatte sich verlängert und dem eines Wolfs angeglichen; gewaltig klaffte das Maul, weiße Reißzähne standen dicht an dicht wie jene eines Hais. Seine lange, stark geschrägte Nase war breit und abgeflacht und gekräuselt – die Schnauze einer Fledermaus. Sollte er geblendet werden, würden Schnauze und Ohren so sicher wie ehedem die scharlachroten Augen jeder Bewegung des Gegners nachspüren. Seine rechte Hand innerhalb des Handschuhs hatte sich vergrößert und füllte die entsetzliche Waffe nun aus und verlieh ihr mehr Gewicht, während sich an den Fingerspitzen der Linken eidechsenhafte Krallen ausbildeten – scharfe Chitin-Meißel. Shaithis war, trotz seiner immer noch menschenähnlichen Gestalt, zu einer Komposit-Kriegerkreatur geworden: Wamphyri!

Der erste Bär war heran; watschelnd und rutschend betrat er die Arena und richtete sich auf. Shaithis ließ ihn kommen, erst im allerletzten Moment tauchte er unter den wischenden Krallen hindurch und schnellte sich gegen die massigen Läufe der tobenden Bestie. Ein krallender, fetzender Ruck des Handschuhs, und die Kniesehnen waren zerschnitten, helles Blut sprühte in weitem Bogen. Aufheulend krachte sie auf ihn herab; blindwütig schlagende und reißende Krallen schlitzten seinen Rücken bis auf die Wirbelsäule hinab auf. Unmöglich, zu entkommen. Eine Flut weißglühender Schmerzen überkam ihn, doch er tötete sie ab – verödete sie mit purer Willenskraft; und strampelte sich aus der erstickenden Umklammerung der zuckenden, keuchenden Fleischmasse des verkrüppelten Tieres frei und hielt bereits nach dem weit größeren Angreifer Ausschau. Der sich in ebendiesem Augenblick auf ihn stürzte!

Blitzende Klauen harkten nach ihm, der er nun auf dem zerfetzten, Blut verspritzenden Rücken rutschend davonzukommen trachtete, und malmende Kiefer verbissen sich in seinen linken Unterarm, sowie er ihn schützend vors Gesicht riss. Doch als ihr fürchterlicher Schädel an diesem seinem Arm wütete und ihre Klauen ihn lebendigen Leibes zerfleischten, schwang Shaithis die handschuhbewehrte Faust in tödlichem Bogen. Die Waffe schmetterte gegen die linke Schläfe des Monstrums, rutschte ab, zerstörte das Ohr und schnitt weiter, quer durchs Auge hindurch; ein entsetzliches Kreischen war nun allgegenwärtig; die Bestie ruckte hoch und zurück, und Shaithis wurde mit- und auf die Füße gezerrt. Sein linker Arm kam frei, doch er war zerbissen und zerschunden bis auf den Knochen und somit vorübergehend nicht zu gebrauchen. Sollten sich diese ungeheuren Kiefer um seinen Hals oder seine Schulter schließen, wäre es vorbei!

Blutüberströmt grollte und kreischte der Bär Schmerzen und Zorn hinaus, schüttelte den zerfetzten Schädel und schickte einen Sprühnebel aus roten Perlen in Shaithis' Augen. Er ignoriert
Als die Bestie abermals angriff, ihre Kiefer auf sein G
stießen, rammte er den Handschuh geradewegs
Schlund. Zähne, so groß wie Brecheisen, z
Wucht des Hiebes wie Glas. Und Shaithis trie
Waffe immer noch tiefer voran, drehte und wend

ruckenden Bewegungen, bis alles nur mehr eine einzige triefende Wunde war.

Der Bär schwankte; vergebens schlugen die großen Arme. Shaithis öffnete den Handschuh im Maul des Ungetüms und zerrte ihn wieder heraus, verrenkte, was vom Unterkiefer noch übrig war. Dieses Maul würde nie wieder zubeißen! Und während die Tatzen noch immer wie Dreschflegel auf ihn einschlugen, schwang er seine Faust mit dem Handschuh erneut – dieses Mal waren die eisernen Dornen ausgefahren. Sie krachten durch die rot triefende Wunde des Ohrs in den Schädel des Bären, zerschmetterten zarte Knochen, fraßen sich tief ins Gehirn hinein.

Die Bestie war erledigt; sie atmete stoßweise, schnaubte und schwankte; die Tatzen durchharkten nichts als Luft. Und Shaithis sammelte alle noch verbliebenen Kräfte und trieb den Handschuh ein letztes Mal durch die Trümmer des herabhängenden Kiefers und hinein in den Schlund; wo er zupackte und krallte und riss und fetzte, bis das Rückgrat selbst zermalmt war. Genau genommen war der Bär bereits tot, obgleich er noch aufrecht stand – zwei, drei Sekundenbruchteile lang. Dann brach er zusammen, das Eis erbebte unter dem Aufprall des gewaltigen Leibes.

Shaithis warf sich auf den Kadaver, vergrub das furchtbare Antlitz in der breiigen Masse des Bärenschädels, labte sich gierig an strömendem Karmesinrot. Das Blut ist das Leben!

Nach einer Weile richtete er sich witternd auf. Nicht weit entfernt suchte sich der andere Bär kriechend, die nutzlos gewordenen Läufe hinter sich herschleifend, in Sicherheit zu bringen. Irre Schmierereien in Rot auf dem Eis. Ströme von Blut. Shaithis kämpfte den eigenen Schmerz nieder und folgte der gelähmten Kreatur nach; sobald sich die Gelegenheit bot, zerfetzte er ihr die Muskeln und Sehnen der Vorderläufe. Nun war sie völlig handlungsunfähig. In den geweiteten Augen glitzerten Hass, Resignation, Panik. Shaithis kostete sie allesamt nur einen Sekundenbruchteil lang aus, dann riss er ihr die Kehle auf und ließ den Rest ihres Lebens aufs Eis herausströmen.

Abermals kostete er heißes, dampfendes Blut und fühlte, wie die ne Stärke wiederkehrte.

Auf der Eisklippe schwankte der diamantförmige Schädel des Hybriden auf und nieder. Shaithis erhob sich und befahl: *Komm!*

Und der Geflügelte kam. Er glitt und rutschte zum Abgrund hin, seine zahlreichen ›Füße‹ wirbelten wie umherpeitschende Schlangen und katapultierten ihn schließlich ins Nichts hinaus; und die gewaltige Fleischesmasse erhob sich über den Ozean, glitt in einem bizarr taumelnden Flug dahin, wölbte eine gewaltige Mantaschwinge nach unten, wendete und kehrte in weitem Bogen zurück. Der Geflügelte ließ sich in respektvoller Entfernung auf dem Eis nieder, und erst auf Shaithis' beharrliches Drängen hüpfte und flatterte er dorthin, wo die Kadaver seiner harrten. Indessen hatte der Vampir-Lord die großen, dampfenden Herzen aus dem Leib der Bären geschnitten und verstaute sie in einer ledernen Tasche als Wegzehrung.

Er schulterte die Tasche und ließ sich auf einer klobigen Eisverwerfung nieder. *Friss,* wies er den Geflügelten an. *Sättige dich.*

Im hellen Schein des Mondes und der Sterne holte sich die Wechselbalg-Bestie reißend und schlingend einen großen Teil der verlorenen Wärme, Fettschichten und Körperflüssigkeiten zurück. *Aye, friss, friss, so viel zu kannst!,* feuerte Shaithis sie an. *Es wird für eine ganze Weile kein solch kräftigendes Fleisch mehr geben. Zumindest so lange nicht mehr, bis mein Leib geheilt ist.*

Und dann, ganz allmählich, ließ er zu, dass sich der Schmerz Bahn brach; dass sie ihn kriechend und krabbelnd übermannten, die Todesqualen des aufgefetzten Rückens und des zerbissenen Arms und der zersplitterten Rippen, die den trommelnden Hieben der Bärentatzen trotz allem standgehalten hatten. Schmerzen, immer noch gewaltigere Schmerzen! Sein Vampir spürte sie, und allesamt waren sie dem *Ding* in ihm Ansporn, sich um die Heilung zu kümmern.

Schmerz, ja. Es hatte oftmals Zeiten wie diese gegeben, nach einer mörderischen Schlacht, nach einem errungenen Sieg, Zeiten, da der Schmerz wärmer war als das warme, fleischig-feuchte Innere einer Frau. Es war Shaithis' Stolz, ihn nun über sich hinwegbrausen zu lassen und zu spüren, wie die Narben auf seinem Körper bereits zu heilen begannen. Vielleicht würde er ein paar von ihnen blutig klaffen lassen, oder besser verschorft, als Memento dieses Sieges.

Nur ... wen gab es hier schon, der sie zu schätzen wusste?

Nach einem Flug, der so lange währte wie jener der ersten Etappe, erspähte Shaithis schließlich die Eisburgen, wie sie unter den Serpentinenwindungen der polaren Aurora glitzerten. Dies konnten nur Festen, Heimstätten, Horste sein ... oder?

Sein Herz schlug rascher in der breiten Brust. Wamphyri – hier? Welche Art von Kreaturen mochten sie sein, jene, die in Temperaturen weit unter dem Gefrierpunkt in diesen Eislanden hausten? Albinos wie jene sagenumwobenen Fledermäuse, denen ein Wärme spendendes weißes Fell gewachsen war? Und wovon ernährten sie sich? Und, um es auf den Punkt zu bringen, wie würden sie auf den Lord Shaithis reagieren?

Er brachte seine Reit-Kreatur dazu, höhere Luftgefilde aufzusuchen, denn so war das in Eis gepackte Land tief unten weithin am besten auszuspionieren. Weit im Norden, möglicherweise am allernördlichsten Horizont, zog sich eine Kette längst erloschener Vulkane entlang; mächtige Kraterkegel ragten durch Eis und Schneeverwehungen hoch empor. Nach Osten wie auch zum Westen hin zogen sie sich, so weit Shaithis' Auge reichte – frostige, glitzernde Horizonte. Einige waren in pures Eis gehüllt, andere trugen blankes Gestein zur Schau; woraus Shaithis schloss, dass den Letzteren zumindest noch ein Rest des einstigen Feuers innewohnte.

Als gelte es, diese Überlegung zu bekräftigen, kräuselte sich über dem zentralen und größten Vulkankegel ein wenig Rauch. Doch dieser Eindruck schwand und verstärkte sich und schwand abermals, je länger Shaithis dorthin starrte – es konnte genauso gut eine Sinnestäuschung sein. Das Leuchten der Sterne, die ungeheuerliche Aurora-Morgenröte: Das gesamte Dach der Welt war wie von unheimlichem blauem Tageslicht überstrahlt! Nicht, dass diese Helligkeit für einen Wamphyri von besonderer Wichtigkeit wäre; nein, denn ihr Element war die Nacht; ihre Augen vermochten selbst an den finstersten Orten zu sehen.

Doch zurück zu den Säulen aus Eis: Shaithis widmete ihnen

einen weiteren durchdringend-forschenden Blick. Verglichen mit den einstmals so machtvollen knöchernen und steinernen Türmen von Starside waren sie nichts als Maulwurfshügel – selbst der allerhöchste unter ihnen war weniger als halb so groß wie die niedrigste Feste. Dort, wo der Schnee sie nicht umhäufte, konnte man makelloses Eis erblicken; wie ins Riesenhafte gewachsene und auf den Kopf gestellte Eiszapfen wuchsen sie allüberall empor und umgaben den zentralen Vulkan in konzentrischen Kreisen. Wo das Licht ihre höchsten Bereiche durchdrang, war deutlich erkennbar, dass sie aus massivem Eis bestanden, durch und durch – wohingegen zahlreiche Fundamente einen steinernen Kern zu haben schienen. Also mochten dies Überreste aus einem Zeitalter sein, da der Vulkan noch aktiv gewesen war und gewaltige glühend heiße Steintrümmer ins eisige Umland geschleudert hatte. Im Verlauf der Jahrhunderte hatte sich das Eis Schicht um Schicht angehäuft, und so waren ganz allmählich diese ungleichmäßigen, schrundigen Türme entstanden. Es war *eine* Erklärung; sie mochte so gut sein wie jede andere.

Dass die Eisburgen für Wohnzwecke ungeeignet waren, schien auf den ersten Blick offensichtlich, und so mochte Shaithis gut daran tun, weiterzufliegen. Doch dann sah er unweit des Fundaments einer solchen Burg etwas, das aussah wie ein zu Tode erschöpfter – gar erfrorener! – Hybride, und nun hieß er seine eigene Reit-Kreatur tiefer gehen, um einen näheren Blick darauf zu werfen. Abermals wählte er eine Eisklippe als Landeplatz; dort ließ er seinen Geflügelten zurück und ging nahezu einen Kilometer weit zu dem, was er von hoch droben erspäht hatte – einer riesenhaften, seltsam zerknautscht wirkenden Gestalt im gefrorenen Schnee.

Ein Geflügelter, über und über vom Raufrost bedeckt, ausgezehrt und allem Augenschein nach tot. Doch niemand wusste besser als Shaithis von den Wamphyri, wie schwer es tatsächlich war, solch ein Geschöpf zu töten. Wie die Vampir-Lords, die sie erschufen, waren sie ins Leben gerufen, um dieses selbst unter widrigsten Umständen zu meistern. So schickte er eine telepathische Botschaft ans Gehirn des ungeheuerlichen Dings, welches alles in allem gut fünfzehn Meter von einer Flügelspitze zur anderen maß; befahl ihm, sich zu regen und zu erheben. Es tat nichts dergleichen, was ihn kaum überraschte: Ihre kleinen Gehirne waren selten auf einen anderen als den Geist ihres Meisters eingestellt. Jedoch hätte er zumindest ein winziges Zucken von Neugierde erwartet, und sei es auch nur aus dem einen Grund, dass von einem fremden Wamphyri-Lord eine Instruktion erteilt worden war. Ein solches Zucken hatte es nicht gegeben, weshalb davon auszugehen war, dass sein Gehirn tot sein musste. Desgleichen natürlich die gigantische Hülle, die es umschloss.

Mühsam kletterte Shaithis über den buckligen Rand des zentralen Körpers zur Schädelbasis an den Ansatz der Schwingen und begutachtete Sattel sowie Staatsgeschirr – und bemerkte das ins Leder geprägte Wappenschild des Schöpfers/Meisters sogleich. Es war ihm vertraut: Die Karikatur eines Gesichts, grotesk und verzerrt von einer Unzahl mächtiger Geschwülste und Warzen! Nun lächelte Shaithis sein sardonisches Lächeln und nickte. Der Geflügelte war Lord Pinescus Kreatur gewesen.

Volse Pinescu: dieser Allerhässlichste unter den Wamphyri, der es sich zur Gewohnheit gemacht hatte, nässende Wunden und Geschwüre überall in seinem Antlitz, an seinem Leib, zu hegen und zu pflegen, in der Annahme, sein Aussehen könne dadurch nur umso einschüchternder wirken. Volse war also hier, eh? Shaithis gestand sich eine gewisse Überraschung ein, denn nach der Schlacht um den Garten hatte er die Lords Pinescu und Fess Ferenc samt ihrer verkrüppelten Hybriden auf der Findlingsebene der Sternseite in einem Aufruhr aus Staub und Splittern abstürzen sehen und gedacht, dies bedeute ihr sicheres Ende. Entweder das, oder einen langen Fußmarsch nach Norden. Was Volse betraf ... hatte er sich offenbar geirrt. Der verschlagene alte Teufel hatte sich einen Geflügelten in Reserve gehalten, nur für den Fall.

Und was war mit ›dem Ferenc‹, als der er es vorzog, bekannt zu sein? Konnte es sein, dass er ebenfalls hier weilte? Fess Ferenc, genau: ein Mann oder Monstrum, vor dem man besser auf der Hut war. Der Ferenc maß zwei Meter vierundfünfzig. Gegen ihn hätten selbst die gewaltigen Bären, die Shaithis um ihres Fleisches willen getötet hatte, wie Zwerge gewirkt. Als Einziger aller Wamphyri trug er keinen Kampfhandschuh: Dazu bestand keine Notwendigkeit, denn bereits seine bloßen Hände waren mörderische Klauen. Nun, die Dinge mochten sich doch noch ganz interessant entwickeln in dieser furchtbaren Ödnis ...

Shaithis setzte sich in Volses Sattel, kaute auf einem Stück Bärenherzen herum und rief seinen Geflügelten herbei: *Komm, friss.*

Seine Kreatur kam herbei und ließ sich auf dem Eis nieder; Shaithis stieg zu ihr hinab, umrundete den Körper der toten Bestie – und entdeckte auf diese Weise ein großes Loch, das in ihre Flanke gefressen war. Blutgefäße so dick wie sein Daumen waren aufgeschlitzt und leergesaugt und dann wieder verknotet worden. Woraus er wohl sehr richtig schloss, dass Volse Pinescu seinen niedergestreckten Koloss überlebt hatte. Was zu der Frage führte: Wo war Volse nun?

Shaithis dehnte seine vampirische Wahrnehmung aus, brachte eine eifrig voranschwirrende telepathische Sonde auf den Weg. Nicht, um irgendjemanden anzusprechen, sondern um *nach* jemandem zu lauschen. Er hörte nichts. Oder doch ...? Das Echo eines Geistes ... oder mehrerer Geister, die sich allesamt hastig verschlossen und tarnten? Wenn Volse und Fess hier waren, so sprachen sie nicht. Abermals lächelte Shaithis sein sardonisches Lächeln. Niemand applaudierte einem Verlierer. Alles wäre anders gekommen, hätte er die Schlacht um den Garten gewonnen. Doch natürlich stimmte dies so auch wieder nicht; denn hätte er gewonnen, wäre er nicht hier.

Während seine Flug-Kreatur nun schmauste, fasste Shaithis die Feste aus Eis ins Auge. Das kalt glitzernde Gebilde war größtenteils ein Werk der Natur. Die roh ins Eis gehauenen Stufen hatten sich im Laufe der Zeit gerundet, doch *irgendwann einmal* waren sie geschlagen worden. Sie führten empor zu einem überwölbten Durchlass unter einer Fassade wuchtiger Eisspeere. Der Kern bestand aus Felsgestein, dunkel und wenig einladend.

Shaithis erstieg die Stufen, betrat die Eisburg und war sich, während er die ersten Schritte in das verwirrende, spiegelnde Labyrinth hinein zuerst eilends, dann jedoch immer bedächtiger tat, des knirschenden Raureifs unter seinen Füßen nur allzu bewusst. Und wie er vorankam, spürte er, dass es hier drinnen etwas Entsetzliches gab oder dass etwas Entsetzliches geschehen war, und zum ersten Mal seit dem Herrn des Gartens empfand er Furcht vor dem Unbekannten.

Dieser Ort hallte und stöhnte. Die Echos waren im Großen und Ganzen natürlich von ihm selbst verursacht, doch die Gewölbe und Nischen und Korridorwindungen der Eisburg veränderten sie in ein dumpfes Mahlen und Knirschen und Schleifen, als krachten Treibeisschollen in schwerem Seegang gegeneinander oder als fielen schwere Eis-Tore dröhnend ins Schloss. Das Stöhnen musste vom eisig kalten Wind herrühren, der in den Spitzen dieses Ortes wütete, durch Tonnen und Abertonnen von Eis verstärkt und verzerrt zum Todeskreischen sterbender Ungeheuer.

»Wie sollte ein Mensch, selbst ein Vampir, hier drinnen leben können?«, sprach Shaithis wispernd zu sich selbst, sei es auch nur, um zumindest die Gesellschaft der eigenen Stimme zu haben. »Oder vermag er sich allmählich daran zu gewöhnen? Für eine Weile? Möglicherweise für eine Zeitspanne von hundert Sonnaufs? – Obgleich hier natürlich immer Sonnunter ist ... Nein, nein, schlussendlich wird die Kälte ihn kriegen. Ja, und ich kann sehen, wie es vonstatten gehen wird.

Die schmerzende Eiseskälte kriecht ihm in die Knochen, ganz langsam, bis allmählich selbst das Wamphyri-Fleisch gefriert. Sein Herz schlägt langsamer; pumpt mit Eiskristallen verdicktes Blut durch bebende Venen und Arterien. Langsamer. Immer langsamer. Bis sein ganzer Leib steif wird, er sich nicht mehr zu rühren vermag. Das Eis wächst weiter, über ihn hinweg, zuerst nur in einer dünnen Schicht, doch sie wird dicker und dicker und schließlich so widerstandsfähig wie Stein, und so sitzt er irgendwann in diesem durchscheinenden Stalaktiten auf einem Thron aus Eis und denkt in den eisigen Tiefen seines Gehirns langsame, tiefgefrorene Gedanken.

Als Wamphyri – *sofern* er Wamphyri ist! – wird er nicht sterben. Zumindest nicht, solange das Eis sich nicht verlagert und ihn zerfetzt oder zermalmt. Doch was wäre dies für ein Leben? Meine

Vorfahren richteten ihre Feinde auf dreierlei Arten: Jene, die sie verachteten, begruben sie untot, auf dass sie in ihren Gräbern versteinerten. Jene, die Übles gegen sie im Schilde führten, verbannten sie in die Eislande. Und jene, die sie fürchteten, wurden ins Sphärentor auf Starside getrieben. Wer vermag zu sagen, welche Strafe die schlimmste ist? Die Hölle selbst aufsuchen zu müssen, zu Eis zu werden oder so starr und steif wie ein Stein? Ich für meinen Teil würde mir nicht wünschen, ein Eisblock zu sein!«

All diese Gedanken, laut ausgestoßen, wurden als Geflüster davongerissen und verstärkt in einem Aufruhr aus vielerlei Geräuschen zu ihm zurückgeschleudert. An der hohen, gewölbten Decke begannen Eiszapfen zu klirren – dann zerbarsten sie in tausend Scherben und kamen in einem flirrenden Geschossregen herab. Einige waren sehr, sehr groß, so dass Shaithis beiseite schnellen musste.

Also fasste er, kaum dass sich der Aufruhr ein wenig gelegt hatte, den Entschluss, diesem Ort den Rücken zu kehren – genau in diesem Sekundenbruchteil erklang in seinem telepathischen Verstand eine ferne, schwache, zittrige Stimme: *Seid Ihr das, Shaitan, seid Ihr nach dieser langen Zeit gekommen, mich zu finden und zu vernichten? Dann solltet Ihr wissen, dass ich das willkommen heiße! Hier bin ich, hier oben. Kommt, bringt es hinter Euch. Die eisigen Jahrhunderte haben selbst meine einst so wilden Wamphyri-Leidenschaften erkalten lassen. So kommt, eilt und löscht die nur mehr schwach züngelnde Flamme aus!*

ZWEITES KAPITEL

Verblüfft nahm Shaithis eine geduckte Haltung an, drehte sich lauernd im Kreis und starrte umher. Er sah nur Eis und wusste nun doch mit Sicherheit, dass dieser Ort mehr als nur Eis umfasste. Schließlich, die karmesinroten Augen zu Schlitzen zusammengezogen, konzentrierte er die eigenen Gedanken und fragte: *Wer spricht?*

Was?, erhob sich die schwache, zittrige Stimme erneut in seinem Verstand, und Shaithis spürte ein höhnisches Schnauben. *Bringt mich nicht zum Lachen, Shaitan! Ihr wisst sehr wohl, wer spricht! Oder haben Euch die langen, einsamen Jahre um den Verstand gebracht? Kehrl Lugoz spricht, alter Satan. Gemeinsam wurden wir in die Verbannung geschickt; gemeinsam behausten wir für eine Weile die Höhlen des Vulkankegels; wir waren Gefährten – solange wir Fleisch hatten. Doch so, wie dieses Fleisch zur Neige ging, ging auch unsere Freundschaft dahin. Und ich bin geflohen, solange ich dies noch konnte.*

Kehrl Lugoz? Shaithis runzelte die Stirn, als er sich der Wamphyri-Legenden zu erinnern suchte, die beinahe so alt waren wie das Geschlecht selbst. Und dieser Shaitan, auf den der verborgene Sprecher hinwies: Doch gewiss nicht *der* Shaitan? Abermals runzelte er die Stirn, und als sich sein Verdacht in Wissbegierde wandelte, fragte er: *Wo seid Ihr?*

Wo ich seit ... Ewigkeiten bin – ich weiß nicht mehr, wie lange. Untot konserviert im Eis, das bin ich und dort *bin ich. Träumend existiere ich in meiner frostigen Hölle aus endloser Zeit. Und Ihr, Shaitan? Wie war's für Euch? Hat der Berg Euch warm gehalten, oder sind seine Feuer wieder erstarkt, um Euch zu vertreiben?*

Träumend in einer frostigen Hölle? Exakt dieses grässliche Szenario hatte Shaithis erst vor wenigen Momenten heraufbeschworen! Ja, und er glaubte, dass, wer immer dieser Kehrl Lugoz auch sein mochte, der hier mit ihm in Kontakt geraten war, tatsächlich aus einem Traum heraus zu ihm sprach. Vielleicht hatten die herabkrachenden gewaltigen Eiszapfen ihn aus seinem ewigen Dämmer gerissen.

Ihr täuscht Euch, widersprach er nun und entspannte sich ein wenig, *denn ich bin nicht Shaitan. Ein Sohn seiner Söhne – möglicherweise, doch mein Name ist Shaithis, nicht Shaitan.*

Oh? Ha! Der andere schien seine Worte schmerzlich amüsant zu finden. *Herr der Lügner noch im Angesicht des Endes, was, Shaitan? Verderbt wie eh und je. Ihr wart der Übelste eines üblen Haufens. Doch was für eine Bedeutung hat das in diesen Tagen noch? Kommt und holt mich, wenn Euch danach ist – oder schert Euch fort und überlasst mich meinen Träumen.*

Die Gedankenstimme verblasste wieder; der, dem sie gehörte, tauchte zurück in eisige Traumtiefen; doch Shaithis, indem er seine vampirischen Sinne nun allesamt aufs Höchste konzentrierte, glaubte bereits, den Quell aufgespürt zu haben. *Hier bin ich, hier oben!*, hatte die mentale Stimme ihn ganz am Anfang wissen lassen. Also irgendwo in diesen eisigen Höhen ...

Shaithis befand sich längst im Herzen der ins Eis gemeißelten, windumfauchten Burg. Dort, umschlossen von einer Schicht klaren Frosts, alles in allem gut neunzig Zentimeter dick, konnte er einen massiven zentralen Kern vulkanischen Gesteins ausmachen. Zerfetzt ragte er hoch empor wie der verknöcherte Stumpf eines einst gläsernen Zahns: ein steinerner Auswurf des altehrwürdigen Vulkans. Und an dieser eisigen Hülle zogen sich tatsächlich Stufen empor, gläserne Stufen – zogen sich, in kristallglitzerndes Eis getrieben, in Spiralen rings um das lavasteinerne Fundament der Burg herum hoch und höher und verloren sich schließlich nach endlos scheinenden Windungen in Grotten aus glühender Kälte.

Ihm blieb nichts, als ihnen zu folgen; der Vampir-Lord vertraute sich den frostüberwachsenen Stufen an und erstieg die gezackte Spitze des Felsenkerns, hin zu einer Verwerfung, die gleich einem schwarzen vulkanischen Fangzahn gerade nach oben stieß und so lebendig wirkte, als könne sie die Hülle jeden Moment durchstoßen. Dort war es schließlich, dass Shaithis durch Eis so hart wie Fels starrte – und dem Verursacher der geistigen Botschaften gegenüberstand.

Dort, in einem blau glosenden Herzen aus Eis – in einer Lava-Nische, aufrecht sitzend, die eine Hand so leicht auf einem Felsengrat ruhend, als handle es sich um einen Lieblingssessel – ein Mann, so alt wie die Zeit, müde, welk und unheimlich! Ins Eis eingeschlossen wie eine Fliege in Bernstein! Die Lider hatten sich beizeiten über die Augen gesenkt, sein gefrorener Körper regte sich nicht, seine Meine war so finster wie sein Los. Und doch saß er dort voller Stolz, den dürren Hals gereckt, den Kopf hoch erhoben, und mit jenem gewissen Etwas in der ganzen Erscheinung, das gedämpft, jedoch entschieden von seiner Abstammung kündete: Er war definitiv Wamphyri! Kehrl Lugoz, wer auch immer er gewesen sein mochte –

Nein, wer auch immer er nach wie vor war!

Shaithis streckte eine Hand zu jener Mauer glatten Eises hin, presste sie hart darauf, bis ihm die Handfläche kalt und flach erschien. Eine Minute verging, dann noch eine – bis schließlich: *Poch!*

Es war der schwache Schlag eines Herzens – so furchtbar schwach und scheinbar weit entfernt ... doch er war da. Und nach zwei weiteren Minuten abermals: *Poch!* – und so weiter. Kehrl Lugoz lebte. Ganz gleich, wie zögernd sein Herz auch pumpte, ganz gleich, wie sehr sein Leib schon zu Stein geworden war (und er war beinahe zur Gänze versteinert) – er lebte immer noch. Nur, was war dies für ein Leben, fragte Shaithis sich ein zweites Mal.

Er starrte angestrengt auf das ausgedorrte ... Ding, studierte es durch neunzig Zentimeter dickes Eis, welches, obgleich rein und pur, nichtsdestotrotz alles verzerrte und verlagerte. Und nun glaubte er die Antwort auf jene andere Frage zu kennen, die ihn unlängst ebenfalls beschäftigt hatte: Was war schlimmer – untot begraben, in die Höllenländer geschickt oder hierher verbannt zu sein? Dem Vampir-Lord fröstelte bei dem Gedanken an all die namenlosen Jahrhunderte, die vergangen waren, seit Kehrl Lugoz diesen Ort aufgesucht und sich niedergelassen und darauf gewartet hatte, dass das Eis um ihn her Gestalt annahm.

Poch! Und dieses Mal, da er ganz in seinen eigenen Gedanken verloren gewesen war und somit überrascht wurde, riss Shaithis seine Hand zurück.

Kehrl Lugoz war zu betagt; undenkbar, sein Alter auch nur annähernd richtig zu schätzen. Die Wamphyri alterten, wenn sie denn alterten, so, dass dies nicht notwendigerweise offensichtlich wurde. Shaithis selbst war über fünfhundert Jahre alt, doch er sah nicht älter aus als ein gut erhaltener Fünfzigjähriger. Aber angesichts von Entbehrungen, wie jener hier sie erfahren hatte, gab es nichts mehr geheim zu halten. Lugoz sah wahrhaftig beinahe so alt aus wie die Zeit.

Die Augenbrauen über den geschlossenen, tief in die Höhlen gesunkenen, schräg gestellten Augen waren buschig, weiß, eingefasst in Eis wie sein gesamter Leib. Auch seine Haare waren weiß, ein Heiligenschein aus Schnee über einer verrunzelten, haselnussbraunen Stirn, deren weiße Strähnen sich wild gekräuselt zu schneckenmuschelförmigen Ohren hin ergossen und sie zur Hälfte verbargen. Sein uraltes Antlitz war nicht so sehr runzlig als vielmehr zerfurcht, mumifiziert wie das eines Trogs, der zu lange in seinem Kokon verblieben war und nun wie eine überreife Frucht *verdarb*. Die grauen Wangen waren eingefallen, das Kinn wirkte ausgeprägt; heller Bartflaum deutete sich darauf an. Augenzähne, so groß wie Fangzähne, überragten die welke Unterlippe; sie hatten eine gelbe Färbung angenommen, und einer davon war abgebrochen. In dem gefrorenen Vampir war nicht genügend Kraft verblieben, um einen neuen nachwachsen zu lassen.

Die Nüstern der flachen, gekräuselten Nase (die streng genommen viel eher einer Fledermausschnauze glich als dies bei den allermeisten Wamphyri üblich war), zeigten Spuren von Verfall: eine Krankheit, vermutete Shaithis. Und eine große, purpurne Geschwulst war zu sehen, die sich unter dem Kinn wölbte wie der aufgeblähte Kehllappen eines Sonnseiten-Vogels zur Paarungszeit.

Was Kehrl Lugoz' Kleidung anbelangte: Er trug eine schlichte dunkle Robe, die Kapuze war zurückgeworfen; weite Ärmel umschlotterten die mageren Handgelenke, der Saum ruhte locker auf Hühnerwaden. Nur dass natürlich weder Ärmel noch Saum tatsächlich locker waren – nein, auch sie waren im Griff des Eises erstarrt und hart wie Stein. Lugoz' Hände, die unter der Robe hervorragten, hatten auffallend langgliedrige Finger, und diese wiederum scharfe, spitze Nägel. Am rechten Zeigefinger trug er einen breiten goldenen Ring. Das Siegel vermochte Shaithis nicht auszumachen. Dickes Aderwerk stand weiß – anstatt olivfarben oder purpurn – auf seinem Handrücken hervor. Bevor diese Kreatur zu Eis erstarrt war, hatte sie einen langen, langen Weg ohne Blut zurückgelegt.

Wacht auf!, sandte Shaithis. *Ich will Eure Geschichte hören, Eure Geheimnisse erfahren. In der Tat, denn mir will scheinen, Ihr* seid *Wamphyri-Geschichte! Jener Shaitan, von dem Ihr sprecht: Meint Ihr damit Shaitan den Ungeborenen? Er und seine Jünger wurden in der Dämmernis aller Legenden in die Eislande verbannt. Doch dass er immer noch hier sein soll? Wie? Nein, ich kann's nicht glauben. Wacht auf, Kehrl Lugoz! Beantwortet meine Fragen.*

Es kam keinerlei Reaktion; das alte Geschöpf im Eis war zu seinen Träumen zurückgekehrt; sein geschrumpftes Herz pochte weiterhin Schlag um Schlag, doch wollte es Shaithis so vorkommen, als geschehe dies inzwischen sehr viel langsamer. Lugoz lag im Sterben. Langlebigkeit, selbst der Scheintod, ist nicht Unsterblichkeit.

»Verdammt sollst du sein!«, spie Shaithis laut aus. Von den Eingeweiden der Eisburg hallte sein Fluch zu ihm zurück – gepaart mit anderen Echos? Er wartete, bis das Getuschel verklang und nur mehr das unheimliche Ächzen des Eiswindes verblieb, dann tastete er mit seiner Vampir-Wahrnehmung ringsumher. Befand sich noch jemand hier drinnen?

Nun, wenn dem so war, schirmte er seine Präsenz meisterhaft ab. Es sei denn ...

Plötzlich erinnerte Shaithis sich wieder an den Geflügelten, den er fressend allein zurückgelassen hatte! Falls irgendjemand ihn dort antreffen sollte ...

Sein Geist griff hinaus zu dem Hybriden, fand ihn nach wie vor reißend und schlingend und stieß eine weitere Verwünschung aus, dieses Mal jedoch im Stillen. Unmöglich, die Bestie jetzt in die Lüfte zu bringen! Doch ihn fortschicken von diesem Ort – das zumindest konnte er.

Weg mit dir!, befahl er. *Schnell, schnell, ganz gleich wie – aber verschwinde! Nach Westen, einen Kilometer weit mindestens, und dort versteckst du dich. Egal wie, so gut du kannst.* Sogleich fühlte er in seinem Verstand, wie die stumpfsinnige Kreatur sich in Bewegung setzte.

Befriedigt, dass der Geflügelte nun Distanz zwischen sich und Volses tote Kreatur brachte – und was oder wer auch immer in der Nähe umherschleichen mochte –, wandte Shaithis sich abermals dem ursprünglichen Problem zu. Beim ersten Mal war das alte Ding im Eis durch das Geklirr fallender Eistrümmer erwacht. So sei es!

Der Vampir-Lord begutachtete einen höher gelegenen Sims, ein Gebilde mit zahllosen Auswüchsen und Zacken, das einem binnen eines einzigen Herzschlags gefrorenen Wasserfall gleichkam. Einen der Zacken, gut eineinhalb Meter lang und zwanzig Zentimeter dick, riss er ab und trug ihn zu der eisumschlossenen Leibeshülle von Kehrl Lugoz. Der alte Dummkopf ließ sich mit mentalen Anstrengungen nicht mehr wachrütteln? Nun, dann würde man sehen, wie er auf gewisse physikalische Bemühungen reagierte – wenn diese gewaltige Klinge aus Eis nämlich auf seiner Umhüllung zerbarst.

Voll und ganz von diesem Tun in Anspruch genommen, versäumte Shaithis es, weiterhin darauf zu achten, ob jemand sich über die eisige Treppenflucht heimlich näherte. Er ›brüllte‹ die im Eis thronende Gestalt telepathisch an: KEHRL LUGOZ, WACHT AUF! Dann schwang er das gewaltige Trümmerstück, um es gegen das Antlitz von Lugoz' Umhüllung zu schmettern. Doch den entscheidenden Hieb vermochte er nicht zu führen – etwas, das sich *hinter* ihm befand, hielt seine Waffe fest!

Mit einem Fauchen aus dem tiefsten Grund seiner rot gerippten Kehle, einem Zischen über die glitzernde, vibrierende Wölbung der gespaltenen Zunge hinweg – die Augen hervorquellend und karmesinrot – fuhr er herum; seine kaum mehr menschlichen Gesichtszüge zerflossen instinktiv vollends zu einer Furcht einflößenden *un*menschlichen Wolfsfratze. So stellte Shaithis sich der Gefahr; achtlos ließ er den Eiszacken fallen und griff nach seinem Kampfhandschuh. Im selben Moment fiel ihm eine ungeheure Pranke aufs Handgelenk und raubte ihm jede Bewegungsfreiheit. Hilflos musste Shaithis in die bösartigen, grauen Gesichter zweier Gefährten aus der Schlacht um den Garten des Herrn sehen: Fess Ferenc und Volse Pinescu! Doch nur kurz – dann hatte er die

Hand zurück- und freigerissen und taumelte fort von ihnen. »Verdammt seien Eure Herzen!«, schnappte er keuchend. »Ihr beide habt es gelernt, die Verstohlenheit zu eurer zweiten Natur zu machen!«

»Wir haben noch eine ganze Menge mehr gelernt.« Volse Pinescu stieß diese Worte erstickt durch einen entsetzlich vereiterten Wundschorf hervor, der seine Lippen nahezu versiegelte und ihm so das Reden erschwerte. »Und nicht erst, seit die *unbesiegbare* Vampir-Armee des Shaithis mit Feuer und Tod zerschmettert und in alle Winde zerstreut, ihre Festungen zerstört und ihre Überlebenden wie geprügelte Köter in die zeitlosen Ödlande des Eises verbannt wurden!«

Volses vor Geschwüren strotzendes Gesicht färbte sich purpurn vor Zorn, während er einen schweren, drohenden Schritt auf Shaithis zu machte. Doch Ferenc war weniger kampfeslüstern. Mit seiner ungeheuren Größe und Stärke, seinen entsetzlichen Händen, hatte er es nicht nötig, sich in Rage zu reden. »Wir haben viel verloren, Shaithis«, grollte er. »Seit unserer Ankunft hier dämmert uns mehr und mehr, wie viel. Aye, denn dies ist ein kalter und einsamer Ort.«

»Kalt?«, donnerte Shaithis. »Was bedeutet einem Wamphyri schon Kälte? Ihr werdet Euch daran gewöhnen!«

Volses geballte Faust ruckte aggressiv nach vorn; auf der linken Seite seines Halses zerplatzten Eiterbeulen und versprühten ihren Inhalt übers Eis. »Oh?«, gurgelte er. »So, wie *er* sich daran gewöhnt hat, meint Ihr?« Sein abstoßender Schädel ruckte zu Kehrl Lugoz hin, der reglos wie ein Berg nicht mehr als neunzig undurchdringliche Zentimeter von ihnen entfernt hockte. »Er und all die anderen, die wir gefunden haben, eingekapselt in ihren widerhallenden Festungen aus Eis?«

»Andere?« Shaithis blickte verunsichert von Volse zum Ferenc und wieder zurück.

»Dutzende«, antwortete Fess Ferenc schlussendlich und nickte mit dem großen, ungeheuerlichen Kopf. »Alle im Griff des Eises, und alle fest an den einen Strohhalm geklammert – dass es nur zu warten gelte, bis ihre Zeit wiederkommt, bis ein magisches

Tauwetter diese Ödnis heimsucht und sie alle freilässt in ein Land voller Leben. Oder bis der Tod kommt. Denn die Kälte dieses Ortes ist nicht wie jene von Starside, Shaithis. Hier dauert sie ewig an! Sich daran gewöhnen? Standhalten? – Wie sollen wir uns denn wärmen? Wie könnten wir unser inneres Feuer dagegen schüren? Jedes Feuer braucht Nahrung – Blut ist Leben! Und womit sollen wir uns ernähren, während wir uns daran *gewöhnen?* Blut kühlt ab, Shaithis, Tropfen um Tropfen, Stunde um Stunde. Gliedmaßen werden eisig kalt und steif, und selbst das kräftigste Herz schlägt langsam.«

Volse griff das auf: »Ihr fragt: Was bedeutet einem Wamphyri schon Kälte? *Hah!* Wie oft habt *Ihr* auf Starside schon die Kälte gekostet, Shaithis? Ich sag's Euch: niemals! Die Hitze der Jagd hielt Euch warm, das lodernde Feuer der Schlacht, das heiße Salzblut der Trogs oder Traveller. Euer Bett war warm und einladend bei Sonnauf, genau wie die Brüste und Hinterteile jener starken, gesunden Frauen, die Euch ganz nach Belieben das Mark aus dem Stachel saugten. All das hat Euch warm gehalten. Hat uns alle warm gehalten! Und wir hatten einen *Anführer,* der zu uns sprach: Schließen wir uns zusammen und erobern wir den Garten des Herrn! Und nun, was hat uns dies gebracht?«

Shaithis sah auf den Ferenc. Dieser zuckte die Achseln und sagte: »Wir sind schon viel länger hier als Ihr. Es *ist* kalt, und uns wird immer kälter. Schlimmer noch: Wir haben Hunger ...« Nun war seine Stimme ein Knurren.

Volses Hand berührte den hässlichen Handschuh, der an seiner Hüfte baumelte ... zögernd ... vielleicht in Gedanken ... es konnte alles bedeuten. Und Shaithis wich zurück.

Indes der bedrohte Lord seinerseits blitzartig den Handschuh anlegte, die Finger darin spannte und gleißende Messer, Stacheln und geriffelte Schneiden offenbarte, hob Fess Ferenc eine Augenbraue und polterte: »Zwei gegen einen, Shaithis? Mögt Ihr's wirklich gegen eine solche Übermacht?«

»Nicht besonders«, zischte er, »doch ich versichere Euch, dass Ihr mindestens genauso viel Blut verliert wie Ihr trinkt! Worin also liegt Euer Gewinn?«

Volse grunzte, würgte an gelbem Schleim und spie ihn aus. »Ich – sage – das – Ganze – wird's wert sein!« Er duckte sich, und nun trug er ebenfalls seinen Handschuh.

Doch der Ferenc blieb entspannt; er trat beiseite, zuckte abermals die Achseln und sagte: »Kämpft also, ihr beiden, wenn ihr so versessen darauf seid. Ich für meinen Teil ziehe es vor, zu essen. Ein voller Magen ist weniger grimmig, und ein gut durchblutetes Gehirn eher imstande, gescheit zu planen.« Für einen Menschen mochte seine Lebensregel sich nicht ziemen, doch zu einem Wamphyri passte sie gewiss.

Volse, der nun einsehen musste, dass er alleine stand, überdachte dies noch einmal. »Hah!«, schnaubte er, diesmal an den Ferenc gewandt. »Mir will scheinen, dass *Euer* Verstand sehr wohl auch im hungrigen Zustand Pläne zu schmieden vermag, Fess! Denn falls wir kämpfen, Shaithis und ich, werdet Ihr den Verlierer leer schlürfen – und so dafür sorgen, dass Ihr stärker seid als der Gewinner!« Er zog den Handschuh aus. »Solch ein Dummkopf bin ich nicht!«

Der Ferenc kratzte sich an seinem energisch vorragenden Unterkiefer und grinste, wenn auch grimmig. »Seltsam, doch für *genau* solch einen Dummkopf habe ich Euch stets gehalten ...!«

Shaithis, immer noch auf der Hut, hängte den eigenen Handschuh nun ebenfalls an den Gürtel zurück; schließlich nahm er aus seiner Ledertasche ein purpurnes Herz von der Größe seiner Faust. »Hier, da Ihr so hungrig seid.« Damit warf er es ihm zu. Volse schnappte es sich; geifernde Kiefer schlossen sich darum. Doch der Ferenc schüttelte nur den Kopf.

»Rot und blutspritzend für mich«, sagte er. »Zumindest, solange ich es kriegen kann.«

Shaithis starrte ihn düster an und verengte argwöhnisch die Augen, als der Gigant kehrtmachte und die Eisstufen hinabzustapfen begann. »Was habt Ihr für einen Plan?«, stieß er hervor. »Wen wollt Ihr töten?«

»Nicht wen, sondern was, muss die Frage lauten«, antwortete ihm der Ferenc über die Schulter zurück. »Und ich werde das Es auch nicht töten, bloß ein wenig entleeren ... Man möchte meinen, das liegt auf der Hand.«

Shaithis und Volse eilten ihm rutschend und unsicheren Schrittes hinterdrein. »Was?«, fragte Volse mit vollem Mund. »Was liegt auf der Hand?«

Der Ferenc blickte zu ihm zurück. »Was habt Ihr denn verzehrt, nachdem Euer zu Tode erschöpfter Flügler hier abgestürzt ist?«, sagte er.

»Ah-*hah!*« Volse spie Brocken kalten, dunklen Fleisches aus.

»*Was?*« Shaithis packte die mächtige Schulter des Ferenc'. »Redet Ihr von meinem Geflügelten? Wollt Ihr, dass auch ich für alle Zeiten hier gestrandet bin?«

Der Ferenc zögerte nur kurz, wandte sich um – und sah ihm geradewegs in die Augen. Zwei Stufen tiefer als Shaithis, und *dennoch* sah der Gigant ihm in die Augen. »Und warum nicht?«, erwiderte er. »Oder kommt es nur mir allein so vor, als wärt Ihr der Grund, weshalb wir alle hier gestrandet sind?«

»*Nein!*«, herrschte Shaithis ihn an und ruckte abermals nach seinem Handschuh – und der Ferenc schlug zu und wischte ihn von den Stufen!

Shaithis stürzte. Zu erschöpft und entkräftet, um die Verwandlung in ein Luftgeschöpf zu vollbringen, blieb ihm nichts, als die Zähne zusammenzubeißen und darauf zu warten, dass die Schwerkraft ihr Schlimmstes bewirkte. Auf dem Weg in die Tiefe schlug er mehrmals gegen Eissimse und erlitt doch keine ernsthafte Verletzung – bis er schließlich ganz unten schmetternd auf Schulter und Brust aufkam ... im Schnee! In gnadenvollem Schnee!

Durch eines der gewölbten Eisfenster musste er hereingetrieben sein; die Verwehung, obgleich mit einer dicken Eiskruste überzogen, mochte gut und gern einen Meter zwanzig tief sein. Shaithis krachte hinein, hörte das Knirschen und Knacken des Eises, spürte, wie der Schnee unter seinem Gewicht zusammengedrückt wurde, verrenkte sich die rechte Schulter – und erst kürzlich verheilte Rippen zersplitterten erneut. Dann lag er still in seiner Pein und verfluchte Fess Ferenc aus den tiefsten Tiefen seines schwarzen Herzens!

Meinetwegen verflucht mich, ganz wie's Euch beliebt, Shaithis. Der Ferenc hatte ihn gehört. *Doch ich bezweifle nicht, dass Ihr Euch eines*

Besseren besinnt. Natürlich werdet Ihr das, denn es hieß: Ihr oder Euer Flügler. Volse hätte zweifellos Euch gewählt, denn es lebt ein Vampir in Euch! Ah, die Essenz an sich! Doch ich persönlich halte es für besser, wenn Ihr lebt. Zumindest noch eine kleine Weile.

Shaithis erhob sich, wankte von dannen und hielt Ausschau nach einem Ort, an dem er sich verstecken konnte. Er gestattete dem Schmerz, über ihn hinwegzuwogen; wohl überlegt beschwor er zudem noch die Todesqualen des Absturzes auf Starside herauf, durch den ihm Körper und Gesicht zerschmettert worden waren, und jene des Kampfes mit den Bären. Sie alle fügte er der Pein des Aufpralls hinzu. Und so ließ er den falschen Eindruck, ernsthaft verletzt zu sein, aus sich herausströmen, damit die Vampirsinne der anderen ihn aufschnappten. Volse mochte dies gewiss dankbar zur Kenntnis nehmen – falls er es überhaupt wahrnahm, was Shaithis bezweifelte. Der Eiterfreund war fast so stumpfsinnig wie ein Hybride und viel zu sehr darauf versessen, seine Abszesse und Beulen zu erzeugen.

Was? Der Ferenc schien überrascht, indes auch gleichgültig. *So viel Schmerz? Seid Ihr mit dem Gesicht zuerst gelandet, Shaithis?* Dem ließ er ein bitteres mentales Glucksen folgen. *Nun, jetzt wisst Ihr, wie ich mich die ganze Zeit gefühlt habe, denn der Anblick Eures Gesichts wusste mir stets Schmerzen ohne Ende zuzufügen!*

Shaithis vermochte sich nicht zu zügeln: *Aye, lacht lang und laut, Fess Ferenc! Aber denkt dran: Wer zuletzt lacht ...*

Ferencs Gekicher verstummte, und Shaithis hörte ihn sagen: *Also doch nicht allzu ernstlich verletzt, was? Ein Jammer. Oder vielleicht doch nur heldenhaftes Getue, um das Gesicht zu wahren? Wie auch immer, eine Warnung halte ich für angemessen: Kommt mir nicht in die Quere, Shaithis. Wenn Ihr auch nur daran denkt, Euren Flügler zur Flucht anzuspornen – vergesst es. Denn wenn wir ihn nicht aufspüren, dann, seid versichert, werden wir um Euretwillen zurückkommen. Befehlt der Kreatur, uns anzugreifen, am Ende werden wir doch triumphieren. Denn wie Ihr wohl wisst, geben Flügler armselige Krieger ab, und unsere Gedanken werden ihn wie Pfeile durchbohren. Und* dann *werden wir um Euretwillen zurückkommen! – Lasst also alles seiner Wege gehen und erhebt keinen Protest ... und Ihr werdet ein wenig Zeit gewinnen. Denn letzten Endes werdet auch Ihr wissen, wohin Ihr Euch zu wenden habt, wenn Euch der Hunger plagt. Und solange Euer Geschöpf vorhält – vorausgesetzt, wir sind nicht in der Nähe, wenn Ihr zur Nahrungsstätte kommt ... exakt so lange soll auch Euer Leben andauern, Shaithis von den Wamphyri.*

Im Labyrinth der Eisburg fand Shaithis einen tiefen, schützenden Spalt und verkroch sich darin. Er hüllte sich in seinen Mantel und dämpfte seine pulsierende vampirische Aura, so gut es ging. Nun musste er sich Zeit nehmen, bis er wiederhergestellt war. Vielleicht würde er schlafen und so seine Energien bewahren. Und wenn er erwachte, konnte er gewiss sein, ein letztes, kleineres Bärenherz vorzufinden. Wenn er seine Gedanken nur gut genug abschirmte und seine Träume ebenfalls, würden Volse Pinescu und Fess Ferenc ihn nicht finden.

Doch zuerst galt es noch etwas in Erfahrung zu bringen. *Warum, Fess?*, sandte er eine letzte telepathische Frage aus. *Es wäre Euch ein Leichtes gewesen, mich zu töten, doch Ihr habt mich leben lassen. Und gewiss nicht aus* Herzensgüte. *Warum also?*

Auf halbem Weg die Eisstufen hinab verzog der Ferenc den Mund zu einem breiten Lächeln. *Ihr seid stets ein Denker gewesen, Shaithis,* antwortete er. *Aye, und ein gerissener dazu. Oh, Ihr habt Fehler begangen, gewiss, doch nur wer die Hände in den Schoß legt, macht keine Fehler. Ich sehe die Sache so: Wenn es einen Ausweg von hier gibt, dann werdet Ihr ihn finden. Und wenn Ihr ihn findet, werde ich dicht hinter Euch sein.*

Und wenn nicht?

Der Ferenc übermittelte eine mentale Entsprechung seines Achselzuckens. *Blut ist Blut, Shaithis. Und das Eurige ist edel und kostbar. Lasst Euch eines ganz deutlich gesagt sein: Wenn das Eis unser Schicksal ist, wenn unser aller Weg hier endet ... dann werde zu guter Letzt* ich *derjenige sein, der, von Frost umhüllt, auf das Große Tauwetter wartet. Fess Ferenc und kein anderer. Und ich werde meinem Schicksal keinesfalls hungrig entgegengehen ...*

Zwei verbannte Wamphyri-Lords – grotesk und gewaltig der eine, gewaltig grotesk der andere – verließen die glitzernde Eisburg, kosteten die bittere Luft, nahmen die Witterung von Shaithis' todgeweihter Bestie auf und folgten dieser ätherischen Spur.

Fleisch war üblicherweise nicht die Kost des Geflügelten; seine Mahlzeiten bestanden aus zermahlenen Knochen, dem Gras von Sunside, Honig und anderen süßen Flüssigkeiten – und ein wenig Blut. Da er jedoch selbst aus metamorphem Fleisch bestand, war er imstande, nahezu alles Organische zu sich zu nehmen. So hatte er die Gelegenheit genutzt und das gefrorene Fleisch des anderen Geflügelten in sich hineingeschlungen und musste nun – aufgebläht – ruhen, bis die Nahrung verdaut war. Natürlich fand er sich nicht mehr dort, wo die ehemaligen Lords ihn zum ersten Mal erspäht hatten, neben dem zerfressenen Kadaver von Volses Flügler, sondern gut achthundert Meter westlich davon; dort hatte er, wie von Shaithis befohlen, im Windschatten eines großen Eisblocks Schutz gesucht.

Nun bildete das behäbige, stumpfsinnige Wesen in seinen Flanken große Glotzaugen aus und stierte, während sein rautenförmiger Schädel sachte hin und her pendelte, dem Ferenc und Volse Pinescu entgegen, die sich ihm näherten. Nässende Augen unter schweren Lidern ›sahen‹, was geschah, das Gehirn jedoch vermochte dies kaum zu verarbeiten. Solange dem Geflügelten nicht der Befehl zu handeln erteilt wurde, und dies von seinem rechtmäßigen Meister, Shaithis persönlich, würde er überhaupt nichts tun, nicht einmal denken. Oh, bis zu einem gewissen Grad mochte er danach trachten, sich selbst zu schützen, jedoch niemals dergestalt, dass er dabei einem Wamphyri ein Leid zufügte. Denn die Stacheln konzentrierter Vampir-Telepathie verletzten solche Kreaturen so nachhaltig entsetzlich wie Wurfspieße und hatten sie noch jedes Mal binnen eines Lidschlags zur Unterwerfung gezwungen. Dies hatte zur Folge, dass der Flügler, auch wenn er weder Fess noch Volse irgendwohin fliegen würde, doch zumindest ruhig liegen blieb. Selbst, als sie ihm den warmen Bauch aufschlitzten, die großen Arterien durchtrennten und sich gierig saugend an seinem Blut labten.

In seinem Felsspalt in der Burg aus Eis ›vernahm‹ Shaithis das erste qualvolle mentale Aufplärren der gigantischen Kreatur und war versucht, ihr entsprechende Befehle zu erteilen: *Roll dich zusammen, zermalm diese Männer, die dich plagen! Spring auf und lass dich auf sie niederfallen!* Nach wie vor, selbst aus dieser Entfernung, vermochte er solche Kommandos zu übermitteln und wusste, der Geflügelte würde augenblicklich, instinktiv, Folge leisten. Doch ebenso wusste er, dass, sollte die Bestie die Lords im ersten Ansturm nur verletzen, sie ihnen letztlich niemals mehr den Todesstoß versetzen könnte. Und natürlich erinnerte er sich an Ferencs Warnung. Den Flügler auf sie zu hetzen (und keine Garantien zu haben, dass er sie ganz und gar unschädlich machte), hieße, sich selbst in unmittelbare Gefahr zu bringen. Weshalb er nun zwar mit den Zähnen knirschte, sich ansonsten jedoch still verhielt und nichts unternahm.

Dennoch hielt Shaithis es für eine elementare Verschwendung: Die gute Reit-Kreatur als Nahrung zu verwenden! Insbesondere, da Volses Flügler – buchstäblich zwei Tonnen exzellenten, wenn auch nicht besonders appetitlichen Fleisches – bereits dasselbe Schicksal erlitten hatte und nun gefroren und damit dem Verfall entrissen dort draußen lag ... Und somit für lange Zeit noch als Nahrungslieferant hätte dienen können. Plötzlich wurde Shaithis klar, dass mehr als bloßer Hunger dahinter steckte; der Ferenc führte mehr im Schilde, als sich nur den Wanst voll zu schlagen!

Natürlich würde der Hybride nach dieser ersten gefräßigen ›Heimsuchung‹ seitens Fess' und Volses so ermattet darniederliegen, dass jede weitere Luftreise außer Frage stand; was bedeutete, dass Shaithis nun genau wie die anderen an diesen verdammten Ort gekettet war. Dies mochte Ferencs Art darstellen, ihm sein Versagen in der Schlacht um den Garten des Herrn heimzuzahlen – doch in der Hauptsache musste es um etwas völlig anderes gehen.

Denn Tatsache war und blieb, dass Shaithis wahrhaftig der große Denker gewesen war, mit einer solch genialen Leistungsfähigkeit, wenn es darum ging, Pläne zu schmieden, dass ihn dies abgesondert und weit über jeden anderen seiner Art gestellt hatte – der allumfassend verschlagenen Wamphyri. Wenn es jemandem gelingen mochte, einen Weg aus den Eislanden zu finden, dann nur Shaithis. Eine solche Flucht wiederum würde Fess Ferenc zugute kommen, indem er sich, wie angekündigt, einfach an seine Fersen heftete. Das allein war der Grund, weshalb er Shaithis geschont hatte; damit Shaithis sich aufs Überleben konzentrieren konnte, zum Vorteil aller Verbannten.

Wobei ›alle‹ in diesem Fall natürlich insbesondere Fess Ferenc bedeutete; denn vorausgesetzt, es kam nicht im letzten Moment noch zu einem wahrhaft großen und unvorhergesehenen Meinungsumschwung, so hegte Shaithis keinen Zweifel, dass schließlich auch der ganz und gar widerwärtige Volse Pinescu den Weg allen Fleisches gehen musste. Was zu der Frage führte, warum der Ferenc Volses Gesellschaft überhaupt so lange geduldet hatte. Vielleicht war ihm einfach der Gedanke unerträglich gewesen, dieses *Eiterding* fressen zu müssen! Shaithis gestattete sich ein, wenngleich schmerzliches und bitteres Grinsen, bevor er sich ein weiteres Mal daranmachte, der Frage nach Volses Überleben nachzuspüren. Er dachte an die Einsamkeit dieser eisigen Ödnis, die er bereits überdeutlich als drückende Last empfand, und die daraus resultierende Langeweile. Konnte es sein, dass der gewaltige Fess die Gesellschaft eines anderen benötigte?

Nur, dass dieser Ort so absolut tot und bar jeder nennenswerten Intelligenz war – davon war er noch immer nicht überzeugt. Selbst hier, in seiner Eisnische, während er seine Gedanken allesamt aufs Beste abgeschirmt hielt, selbst hier vermittelte ihm sein vampirisches Wesen das prickelnde Gefühl, den Verdacht, dass ... jemand ihn in seiner Drangsal belauerte? Möglicherweise. Doch etwas zu wissen oder zu vermuten, war eine Sache, es unter Beweis zu stellen eine ganz andere.

Weshalb er nun zu schlafen gedachte. Mochte sein Vampir ihn derweil heilen, so dass er seine Aufmerksamkeit später mit Leib *und* Seele dem Überleben widmen konnte ... Ganz zu schweigen von jener kleinen Angelegenheit, die man Rache nannte.

Indem Shaithis seinen Geist noch intensiver abschottete, ließ er sich nieder und spürte zum ersten Mal die Kälte, und zwar körperlich, wie sie an ihm zu nagen begann. Nun war ihm klar, dass der Ferenc und Volse Pinescu die Wahrheit gesagt hatten; selbst Wamphyri-Fleisch musste einem solchen Eisesschauer schließlich erliegen. Dies konnte er nicht in Abrede stellen, nicht angesichts eines Beweises wie Kehrl Lugoz.

In dem Moment, als Shaithis sich anschickte, das rechte Auge zu schließen (nur das rechte, das linke würde offen bleiben, selbst im Schlaf), schwebte ihm etwas Kleines, Weiches, Weißes für die Dauer eines hastigen Atemzugs geradewegs vors Gesicht – und sauste schnell wie ein Blitz unter winzigem, nahezu unhörbarem schnatterndem Geschrei in die höheren, verborgenen Bereiche dieses Ortes davon. Jedoch nicht schnell genug, als dass Shaithis es nicht erkannt hätte. Blassrot waren sie gewesen, die Augen dieses winzigen Flatterers, die Schwingen kaum mehr als Hautmembranen; verdreht und gleichfalls blassrosa die Schnauze. Eine zwergenhafte Albino-Fledermaus – das brachte Shaithis auf eine Idee.

Mittlerweile mochten Volse Pinescu und der Ferenc völlig in ihr Mahl vertieft sein, vermutlich trunken von der eigenen Unersättlichkeit. Shaithis riskierte es, seinen Geist von neuem zu öffnen. Er griff hinaus und rief die Fledermäuse dieser Burg aus Eis, und schließlich kamen sie zu ihm. Ängstlich zuerst, doch dann ließen sich Einzelne bereits auf ihm nieder – und mehr, immer mehr. Zuletzt begruben sie ihn nahezu unter einer wimmelnden, schneeweichen Decke. Eine ganze Kolonie dieser Kreaturen fand sich ein und versammelte sich in Shaithis' Refugium.

Gewärmt von ihren kleinen Körpern schlief er ein.

Die Lakaien-Fledermäuse von Shaitan dem Ungeborenen (manche nannten ihn auch *den Gefallenen*) wärmten Shaithis nicht nur, während er schlief, sondern beobachteten ihn auch, wie sie es seit seiner Ankunft getan hatten. Auch Fess Ferenc und Volse Pinescu waren von ihnen ausspioniert worden; desgleichen Arkis Leprasohn sowie dessen Sklaven (die er beide binnen einer Zeitspanne von nur zwei Aurora-Morgenröten leer gesaugt und als blutleere Kadaver in einem Gletscher-Kältelager verborgen hatte), wie auch zwei von Menor Malmzahns Stellvertretern, die sich nach der Schlacht um den Garten und Menors Tod so jählings von der Leibeigenschaft erlöst sahen. Sie alle hatten auf ganz eigenen, verschlungenen Wegen hierher gefunden, doch nachdem sie einmal hier weilten, war selbst ihr allergeringstes Tun von den winzigen

Albinos getreulich erfasst und ihrem uralten Meister, Shaitan, berichtet worden.

Die beiden zuletzt erwähnten, von Menor zu Vampiren gemachten ehemaligen Traveller waren die Ersten einer ganzen Reihe neuer Exilanten gewesen, die es hierher verschlagen hatte. Sie hatten den besten Flügler ihres toten Meisters bis zur völligen Erschöpfung angetrieben, und schließlich war er keuchend und ausgedörrt einfach mit ihnen vom Himmel und ins Salzmeer am äußersten Saum der Eisöde gestürzt. Seine Reiter hatten es überlebt und die nächsten fünfzig Kilometer zu Fuß zurückgelegt. Und den Rauch bemerkt, den Shaitan wohl überlegt durch seinen Kamin hatte aufsteigen lassen. Wie besessen schleppten sie sich darauf zu und hofften auf einen warmen Ort. Wie sich herausstellte, war er in der Tat warm genug. Schon bald drehten sie sich langsam an beinernen Haken, die von der niederen Decke eines uralten Lava-Luftlochs in der Westflanke des Vulkans hingen: Shaitans frostiger Speisekammer.

Die Stellvertreter waren leichte Beute gewesen, sie hatten keine Vampire in sich getragen; ihr Verstand und Fleisch waren verwandelt worden, aber Wamphyri waren sie deshalb noch lange nicht. Hundert Jahre mehr an Lebenserfahrung, und sie wären möglicherweise schwerer zu schnappen gewesen. Doch ihre Zeit war abgelaufen – hier und jetzt, zusammen mit all ihrem reichhaltigen roten Blut.

Was die vier Wamphyri-Lords anbelangte, war Shaitan weit argwöhnischer. Sollten sie zuerst gegeneinander kämpfen und sich verschleißen! Das schien ihm nur vernünftig. In seiner Jugend (an die Shaitan sich kaum erinnerte), ah, da wäre es anders gewesen! Da hätte er mit ihnen allen und noch vieren mehr die Klingen gekreuzt. Dreitausendfünfhundert Jahre allerdings sind eine lange Zeit, und die Zeit fordert ihren Tribut stets von mehr als nur der Erinnerung. In der Tat von nahezu allem. Nun war er ... müde? Zugegeben, selbst sein Vampir war müde! Und der war der bei weitem größte Teil von ihm.

Nicht kränklich, schwach oder todmüde – nur ... müde. Der unerbittlichen Kälte müde, die zeitweise gar durch das Vulkangestein geradewegs ins Herz des Berges zu kriechen schien, selbst in die tiefen Luftlöcher und Kavernen in seinem Fundament; der endlosen, dumpfen Routine seiner Existenz; schlicht und einfach der Eintönigkeit und Leere des Daseins in diesen ewigen, zeitlosen Eiswüsten.

Aber keinesfalls seines Lebens müde. Noch nicht ganz.

Gewiss nicht in jenem Maße, dass Shaitan seine Anwesenheit jemandem wie Fess, Volse, Shaithis und Arkis Leprasohn verkünden würde! Nein, denn richtig bedacht, gab es viele bessere Arten zu sterben. Und nun, da die Verbannten hier waren, mochte es auch mehr und bessere Gründe geben, am Leben zu bleiben.

Insbesondere dieser ›Shaithis‹.

In der Tat, mit einem solchen Namen mochte er sich gar als Verwirklichung – als Verkörperung? – einer gänzlich neuen Existenz erweisen. Die Letzte war nur ein Traum Shaitans, das stimmte schon. Aber auch im Verlauf so vieler Jahre, Jahrzehnte, Jahrhunderte war er nicht verblasst. Indes sich alles andere grau verfärbt hatte, erstrahlte sein Traum hell und klar wie ehedem. Und rot.

Ein Traum von Jugend und erneuerter Lebenskraft, von siegreicher Rückkehr nach Starside und Sunside und davon, sie allesamt zu verheeren und sodann die Invasion der jenseitigen Welten voranzutreiben. Aye, dachte Shaitan und spürte eine neue Kampfeslüsternheit die morschen Muskeln und Sehnen spannen. Dieser sein Glaube, seine instinktive Überzeugung, dass es solche Welten gab, hatte ihn in all den monotonen Jahrhunderten des Exils aufrecht erhalten, war ihm Sinngeber und Ziel gewesen.

Doch während der Traum jung und strahlend blieb, war der Träumende alt geworden und ein wenig matt. Nicht im Geiste, doch was den Leib anging. Die menschlichen Teile Shaitans waren nach und nach verrottet und von *nicht*menschlichem Zell- und Muskelgewebe ersetzt worden, die Metamorphose seines Vampirs hatte die Verderbnis des Wirtskörpers bei weitem übertroffen, bis der Menschen-Teil nun beinahe zur Gänze verschwunden und allein Reste vom ursprünglichen Fleisch, den ursprünglichen Organen und deren Beiwerk übrig geblieben war. Der miteinander verschmolzene Verstand von Mensch und Vampir allerdings war sehr wohl erhalten; auch wenn ein großer Teil als vergessen gelten mochte, war die Anhäufung jener Bewusstseinsinhalte, sein Wissen, unermesslich. Und VERDERBT.

Shaitans VERDERBTHEIT gründete im Bodenlosen, und doch war er nicht verrückt. Denn Intelligenz und Verderbtheit sind keinesfalls unvereinbar. In der Tat ergänzen sie einander. Der Mörder braucht Verstand, um ein kluges Alibi zu konstruieren. Ein Idiot vermag niemals eine Atombombe zu bauen.

Die Verderbtheit, das Böse, ist die perverse *Zurückweisung* von Rechtschaffenheit, und Shaitan verkörperte sie absolut. Er war das BÖSE an sich, und als solches mochte er das ganze Universum in Brand setzen, sodann der ausgeglühten Schlacken ansichtig sein und *sie* gut finden! Er war Dunkelheit, die Umkehrung von Licht; man hätte ihn auch das Urdunkel nennen können, welches sich dem ersten Licht widersetzte. Das war auch der Grund, weshalb selbst die Wamphyri ihn verbannt hatten. Doch er wusste, ohne zu wissen, warum er es wusste, dass seine Verbannung schon lange davor ausgesprochen worden war.

Verbannt ... von der Rechtschaffenheit? Von einem wohltätigen Gott? Shaithan hielt zwar nicht viel von einem der Erkenntnis entzogenen Konzept, doch konnte er sich einen solchen durchaus vorstellen. Denn wie mochte das BÖSE existieren ohne das GUTE? Doch einstweilen ...

... fegte er derartige Gedanken beiseite. Er hatte sie lange genug gedacht. Dreieinhalb Jahrtausende sind Zeit genug, über mancherlei Dinge nachzusinnen, von den entlegensten trivialen bis hin zu den unendlich tiefgründigen. Für den Moment war sein Ursprung nicht wichtig, sein Schicksal jedoch sehr wohl. Und sein Schicksal mochte durchaus eng mit demjenigen dieses Mannes verknüpft sein, mit dem Los dieses Wesens namens Shaithis.

In den Alten Zeiten hatten die Wamphyri ihren ›Söhnen‹ auch ihren Namen gegeben. Blutsöhne, Empfänger oder Erben des Eies, gewöhnliche Vampire – sie alle hatten den Namen ihres jeweiligen Vorfahren angenommen. Dieser Brauch hatte sich verändert – doch wurde er niemals völlig aufgegeben. Arkis Leprasohn war empfangender Sohn seines leprösen Vaters Radu Arkis, genannt ›Arkis der Aussätzige‹. Weshalb sein ›Sohn‹ – ein Traveller-Statthalter, dem vor über einem Jahrhundert vor Radus scharlachroten Augen Gnade und Gunst zuteil wurden – nun Arkis Leprasohn hieß. Er trug Radus Ei.

Ähnlich verhielt es sich bei Fess Ferenc: Er war der Blutsohn – der von einer Frau geborene Sohn – des Ion Ferenc; die Traveller-Mutter starb bei der Geburt des Giganten, und seine Größe beeindruckte den Vater so sehr, dass er ihn leben ließ. Das erwies sich als großer Fehler; denn als Fess herangewachsen war, tötete er Ion, öffnete sodann dessen Leib, raubte das Vampir-Ei und verschlang es gierig. Damit stellte er ein für alle Mal sicher, dass Ion es nicht einem anderen übertragen konnte, wodurch seine Feste auf Starside ›natürlich‹ an Fess gehen musste.

Seinerzeit hatte Shaithan auf die unterschiedlichsten Arten für Nachkommen gesorgt. Doch sein Ei war an Shaithar Shaitansohn gegangen, der seinerseits wiederum Vater von Vampiren geworden war. Die Kinder aus Shaitans eigener Blutlinie hatten sich Shaithos, Shailar der Gepeinigte, Shaithag und so weiter genannt. Unter Shaithar Shaitansohns Brut dagegen war einer namens Shailar der Widerliche zu finden und möglicherweise andere mit ähnlich klingenden Namen. Sie waren allesamt von dem einen, ursprünglichen hergeleitet. All dies geschah vor Shaitans Verbannung.

Führte es also zu weit, wenn er sich fragte ... War es zu unwahrscheinlich, dass dreitausend Jahre später dieser eine, dieser Shaithis, nun gerade auftauchte, verbannt wie vor ihm sein Vorfahr? Shaitan dachte: Nein. Aber ein *direkter* Abkömmling? Das Blut ist das Leben, und Blut allein würde die Antwort geben.

Bemächtigt euch seines Blutes, befahl Shaitan deshalb den Winzigsten, die seinem Gebot unterlagen. *Nur einer von euch. Ein Schlückchen nur, ein allerwinzigstes Nippen. Nimm es und bring es mir.* Mehr sagte er nicht.

Und in jenem Spalt im Eis, der ihm als Versteck diente, spürte Shaithis kaum die Zähne, die sich ihm spitz wie Angelhaken ins Ohrläppchen bohrten und sein Blut raubten. Schwach war er sich lediglich eines Geflatters winziger Schwingen bewusst, das sich von ihm entfernte – hinaus ins frostige Labyrinth der Burg und weiter, fort aus diesem erstaunlichen Gebilde und hinein in die sternenklare Nacht der Welt.

Kurz darauf stieß der Albino bereits hinab ins Innerste des fast erloschenen zentralen Vulkankegels auf Shaitans schwefelgelbe Wohnstatt zu; dort angekommen, verharrte er schwebend und erwartete weitere Befehle.

Aus dem Dunkel einer Ecke wisperte es: *Komm, kleiner Verbündeter. Ich werde dich nicht zerquetschen.*

Die winzige Kreatur flog hin zu ihrem Meister Shaitan, faltete die Schwingen und klammerte sich an seine ... *Hand?* Speichel und Schleim wurden hochgewürgt in etwas, was als Handfläche gelten mochte, darunter ein kleiner, heller Spritzer rubinroten Blutes. *Gut!*, lobte Shaitan. *Und jetzt – geh.* Dienstbeflissen wirbelte die Fledermaus von ihrem Meister fort und überließ ihn sich selbst.

Fasziniert bedachte Shaitan das Rubintröpfchen mit einem langen, langen Blick. Es war Blut, und das Blut ist das Leben. Ungeduldig harrte er dessen, was nun geschehen musste: dass das Fleisch seiner Hand sich zu einem winzigen Maul auftat und das Tröpfchen verschlang – eine Selbstverständlichkeit, aus scheußlichem Instinkt geboren, als deren Folge er jedoch wissen würde, ob dies lediglich der Lebenssaft eines normalen Mannes war. Doch auf dieses Resultat wartete er vergebens, denn wie er selbst war auch Shaithis *außergewöhnlich*. Genau wie er selbst.

»Er gehört zu den meinen!«, sagte Shaitan schließlich in einem krächzenden, entzückten Gewisper. »Fleisch von meinem Fleisch!«

Daraufhin erbebte das Tröpfchen und sickerte *durch* die bleiche Haut wie durch einen Schwamm in ihn ein.

DRITTES KAPITEL

Shaithis schlief für eine lange, lange Zeit.

Die Fledermäuse hielten ihn warm (zumindest bewahrten sie ihn davor, in seiner Eisnische gewaltig zu frieren); seine Wunden heilten; seine Gedanken blieben, wie er selbst, sorgfältig verborgen. Bis es schließlich unabdingbar war, dass er sich erhob und zur Tat schritt. Was der Fall war, als sein Versteck entdeckt wurde.

Was!? Wer!? Diese beiden erstaunten, fahrlässigen geistigen Ausrufe rissen Shaithis vollends ins Wachbewusstsein zurück, und noch während sie in seinem Verstand nachhallten, war er bereits auf den Beinen, der Mantel aus Albino-Fledermäusen flatterte in zirpender, kreischender Unordnung empor und umtaumelte ihn gleich einem Gestöber fühlenden Schnees. Ein weiterer Moment verflog, und seine Hand füllte den Kampfhandschuh; er ließ seine Wamphyri-Sinne hinausgreifen – jedoch vorsichtig, zaghaft; es galt lediglich herauszufinden, wer sich in seine Nähe begeben hatte. Wer es auch war, er befand sich *sehr* nahe, sonst hätte er nicht bemerkt, dass Shaithis erwachte.

Während Shaithis geschlafen hatte, waren seine Gedanken allesamt einwärts geströmt, eine Kunst, die er meisterlich beherrschte; seine Träume konnten nicht ›belauscht‹ werden. Doch im Übergang vom tiefen Heilschlaf ins Erwachen waren sie ihm wie der Atem beim Gähnen entflohen, und irgendjemand stand nahe genug, um sie zu vernehmen. Entschieden zu nahe.

Shaithis tastete mit seinem mentalen Fühler nach dem des anderen – und zog ihn unwillkürlich zurück. Der Kontakt war nur kurz gewesen, das Erkennen wechselseitig: ohne irgendwelche Einzelheiten bezüglich der jeweiligen Identität, doch ausführlich genug, dass ein jeder von ihnen wusste, dass der andere da war. Shaithis blickte um sich. Nur ein einziger Weg führte aus diesem Spalt heraus; wenn er hier in der Falle saß, dann für immer – also sei's drum!

Wer da? Seine Fledermausschnauze kostete die eisige Luft. *Seid Ihr das, Fess, kommt Ihr, um Euer Abendmahl zu halten? Oder muss ich meinen guten Handschuh durch Eitermassen stoßen, um das ekelhafte Herz des hassenswerten Volse Pinescu herauszureißen?*

Die Antwort war ein verdutztes Keuchen im Geist des Vampirs: *Hah! Shaithis! Ihr habt die Todesstrahlen im Garten des Herrn also überlebt?*

Arkis Leprasohn! Nun erkannte Shaithis ihn sofort. Erleichtert stieß er die Luft aus, blieb jedoch weiter auf der Hut, während sein Atem sich beruhigte; dann näherte er sich dem Ausgang seines Hortes – und spannte die Muskeln, beugte und streckte die Glieder, atmete tief ein und betastete seine Rippen. Alles schien in Ordnung. *Pah!* Kein Wunder bei diesen geringfügigen Blutergüssen und Kratzern! Solcherlei wiederherzustellen bedeutete einen minimalen Aufwand; keinesfalls war sein Vampir-Fleisch hiervon überfordert. Ein paar Schmerzen hier, ein blauer Fleck da – mehr war nicht geblieben.

Arkis stand nahebei, am Fuß der Wendeltreppe aus Eis. Für einen Wamphyri-Lord war er eigentlich viel zu gedrungen – er maß kaum mehr als einen Meter achtzig, doch, ah, dafür war er auch gut und gerne neunzig Zentimeter breit! Eine Tonne von einem Mann, und seine Körperkraft grenzte ans Wunderbare. Nun jedoch wollte es scheinen, als habe er ein wenig an Gewicht verloren. Shaithis schritt auf ihn zu, verringerte die zwischen ihnen liegende Distanz mit dem beiläufigen, geschmeidigen Gleiten des Vampirs. Auf normale Menschen wirkte dies unheilvoll, doch nach Wamphyri-Maßstäben war es nur selbstverständlich. Im nächsten Moment standen sie sich von Angesicht zu Angesicht gegenüber.

»Und?«, fragte Shaithis. »Kommt Ihr in Frieden? Oder seid auch Ihr zu hungrig, um noch geradeaus denken zu können? Ich gestehe frank und frei: Ich könnte einen Freund gebrauchen. Und bei Eurem Anblick ... *huh!* Der Sachverhalt ist für uns beide derselbe. Die Wahl liegt bei Euch, doch ich weiß, wo Nahrung zu finden ist!«

Die gänzlich instinktive Reaktion des anderen bestand aus einem einzigen Wort, das er hervorpresste: »Nahrung?« Seine Augen weiteten sich, und seine zuckende, geknäuelte Schnauze stieß mit Eiskristallen geschwängerten Atem aus.

Es war deutlich zu sehen: Arkis war am Verhungern. Shaithis

bedachte ihn mit einem grimmigen Schmunzeln, nahm aus seiner Tasche das letzte Stück kaltes Bärenherz, schlang die Hälfte davon mit einem einzigen Bissen hinunter und warf den Rest dem Sohn des Aussätzigen zu – der ihn mit einem nahezu schmerzlichen Aufschrei auffing und ohne Zögern ins Maul stopfte.

Arkis stammte von Morgis Gramschrei ab; ein verwahrlostes Traveller-Mädchen hatte ihn geboren ... ein verwahrlostes, *von Lepra befallenes* Traveller-Mädchen. Als Erstes hatte Morgis sich das Glied infiziert (danach hatten sich seine Lippen, Augen und Ohren nebst anderen Körperteilen abgelöst). Die Krankheit hatte wie ein Feuer in ihm gewütet, und zwar viel schneller, als sein Vampir das verrottende Fleisch zu ersetzen vermochte. Irgendwann hatte Morgis seine Traveller-Odaliske an die eine Hand und einen brennenden Holzscheit in die andere genommen – und sich unter kreischenden Schreien voller Gram, die seinem Namen alle Ehre machten, in eine Jauchegrube gestürzt. Die gewaltige Ansammlung von Methangas hatte den Rest erledigt. Damit war die Zeit des Leidens mit einem Paukenschlag beendet. Morgis' Selbstmord hatte den jungen Arkis zum Lord und Erben eines feinen Horstes gemacht. Das Beste aber war: Arkis litt nicht an der entsetzlichen Krankheit seines Vorfahren! Zumindest noch nicht. Vielleicht würde sie niemals zum Ausbruch kommen. All das lag zahlreiche Sonnunter zurück.

Während Arkis das Bärenherz verschlang, musterte Shaithis ihn.

Von gedrungener Statur, sah sein Schädel kaum besser aus – als sei er von gewaltigen Kräften gequetscht worden. Sein Antlitz wirkte wie zurechtgeknetet, vor allem der Unterkiefer mit seinen Wildschweinhauern, die sich weit über die fleischige Oberlippe hinaufwölbten. Dennoch hatte seine gesamte Erscheinung weniger etwas von einem Borstenvieh an sich als vielmehr etwas Wölfisches, insbesondere wohl wegen der übermäßig langen, pelzbedeckten, spitz zulaufenden Ohren. Irgendwo in seinem Geschlecht hatte es gewiss einmal einen Grauen gegeben!

Mit von der Lust des Fressens noch lodernden, zusammengekniffenen Augen hob er den Blick, um Shaithis anzusehen. Nachdem er auch den letzten Bissen verschlungen hatte, grunzte er: »Ich gebe Euch Recht. Es war nur ein Bissen. Doch war das die Nahrung, die Ihr versprochen habt?«

»Gar nichts habe ich versprochen«, entgegnete Shaithis. »Ich habe eine Tatsache vorgebracht. Ich weiß, wo Nahrung zu finden ist, tonnenweise.«

»Ah!«, grollte der andere – und neigte den Schädel zur Seite. »Volses Flügler, meint Ihr wohl? Aber den bewachen sie gut, Volse und der Ferenc. Es ist eine Mausefalle, Shaithis; nähert Euch ihrer ganz persönlichen Vorratskammer nur weit genug, und Ihr werdet darin enden! Hier draußen zählt keine Ritterlichkeit, mein Freund. Kaltes, kristallisiertes Fleisch kann niemals so wohlschmeckend sein wie roter *Saft,* der aus zerfetzten Adern spritzt! Ein Bettler kann es sich allerdings nicht leisten, wählerisch zu sein. Ich habe es versucht und versagt; sie sind nie allzu weit entfernt; ich weiß, dass sie bereits nach meinem Blut gieren.«

»Ist es mit Euch denn schon so weit gekommen,« – Shaithis hob eine schwarze, borstige Augenbraue – »dass Ihr wie Aasfresser einer den anderen jagt?« Natürlich wusste er, dass ebendies ihrer Natur entsprach und diese wohl bald genug auch bei ihm durchbrechen würde. Die ›Ritterlichkeit‹ der Wahmphyri war bestenfalls ein Mythos. Doch so oder so, seine Beleidigung – indem er das Wort ›Aasfresser‹ gebrauchte – war bei Arkis Leprasohn vergeudet.

»Shaithis«, sprach der andere, »ich bin seit vier, nahezu fünf Sonnuntern an diesen Ort gekettet; fünf Mal habe ich die Aurora sich offenbaren sehen, und das war gewiss viermal zu oft für meinen Geschmack. So weit gesunken, dass einer den anderen hetzt? Lasst Euch gesagt sein, dass ich, sobald ich etwas sehe, was sich *bewegt,* es auch jagen werde! Am Anfang hatte ich eine Hand voll Fledermäuse – ich habe sie zu Brei zerdrückt, so dass sie mir Tropfen für Tropfen in den Mund sanken ... und noch den Brei habe ich verschlungen. Aber jetzt kommen sie mir nicht mehr nahe. Sie haben Verstand, diese winzigen Albinos. Gerade war ich wieder unterwegs und habe den runzligen alten Großvater tiefgefroren im Eis dort oben in der Spitze dieser Burg gesehen. Ich hätte versucht, an ihn heranzukommen ... Man muss nur verzweifelt genug sein, und fürwahr, das bin ich längst! Redet mir nicht vom Herabsinken auf dies oder jenes. Wir sind es längst allesamt, Shaithis, und Ihr nicht weniger als jeder andere auch!«

So hatte Shaithis' Beleidigung ihn letzten Endes wohl doch noch getroffen. Shaithis war einigermaßen überrascht. Der Sohn des Aussätzigen hatte auf ihn stets wie ein Dummkopf gewirkt. Vielleicht hatte die Kälte seine geistigen Fähigkeiten geschärft.

»Arkis«, sagte Shaithis, »wir sind nun zu zweit, und wir haben ein Mahl miteinander geteilt. Das ist gut so, will mir scheinen, denn gemeinsam wird es uns besser ergehen. Ihr seid schon lange hier, also habt Ihr vieles erfahren und gelernt. Ihr kennt eine Menge Fallstricke. Solcherlei Wissen hat seinen Wert. Desgleichen werden der abscheuliche Volse Pinescu und der gigantische Fess Ferenc es sich zweimal überlegen, bevor sie etwas gegen uns beide unternehmen. Was meint Ihr, wollen wir diesem hallenden, eisigen Schneckenhaus den Rücken wenden und uns ein Frühstück suchen?«

Der Sohn des Aussätzigen machte seiner Ungeduld mit einem Seufzen Luft, was Shaithis ein wenig erzürnte: Er war es nicht gewohnt, mit dumpfen Kreaturen, die sich als seinesgleichen aufspielten, nachsichtig umzugehen. »Nun, lasst mich noch einmal zusammenfassen«, grunzte Arkis. »Sie *bewachen* Volses Geflügelten, und sie bewachen ihn gut! Zudem sind ihre Bäuche, im Gegensatz zu den unseren, wohl gefüllt. Und wie Ihr selbst soeben erwähnt habt: Der Ferenc ist ein verdammter Riese!«

Shaithis blähte die Nüstern, und für einen Moment spielte er wahrhaftig mit dem Gedanken, diesen Dummkopf sich selbst zu überlassen. Nur – letztlich würde das darauf hinauslaufen, ihn der heiklen Gnade der anderen zu überlassen. Und Shaithis beanspruchte Arkis längst für sich. Doch dies waren Gedanken, die er einwärts lenkte, damit Arkis sie nicht wahrnahm. »Und?«, erkundigte er sich wie beiläufig. »Können sie *zwei* Bestien zugleich bewachen? Und glaubt Ihr wirklich, ich sei zu Fuß hierher spaziert, Arkis Schrecktod?« (Der andere Name des Idioten.)

Arkis erstarrte. »Eh? Ein weiterer Flügler? Ich habe keinen gesehen. Aber, nun gut, ich wagte mich auch nicht zu weit hinaus ins Eis, damit sie mich nicht erspähen! Wo ist er denn, dieser Flügler?«

»Wohin ich ihn geschickt habe«, antwortete Shaithis. »Immer

noch gut beieinander und frisch und – wartet einen Moment ...« Er sandte einen an die Bestie gerichteten Gedanken aus: *Hörst du mich?* Als Erwiderung spürte er ihr züngelndes Leben; doch war es sehr weit niedergebrannt. »Aye, und noch nicht zu Tode verblutet. Noch nicht ganz.«

»Und dieser große Bottich voller Dreck und der Ferenc, sie wissen, dass er hier irgendwo ist?«

»Natürlich, sonst hätte ich Euren Beistand ja nicht nötig.«

»Hah!«, rief Arkis aus. »Ich hätte es wissen müssen! Gibt es etwas umsonst? Was? Geh in dich, Arkis, mein Freund. Dies ist der Große Lord Shaithis, der zu dir spricht. Oh, lasst uns Freunde sein, Arkis – denn ich bedarf Eurer Hilfe!«

»Sei's drum!« Shaithis zuckte die Achseln. »Ich habe mir nichts vorzuwerfen; die gemeinsame Unternehmung fasste ich ins Auge, weil sie eine gemeinsame Rückkehr ins Leben sichert, das ist alles. Es ist ein Geschäft, das auf Gegenseitigkeit beruht, zu gleichen Teilen. Doch ob es etwas umsonst gibt? Was denn? Meint Ihr, dies ist die Sonnseite bei Sonnunter, mit Massen von traumverloren herumwandernden, wohl schmeckenden Travellern?« Er tat, als wolle er sich abwenden. »Alsdann, gute Jagd ...«

»Wartet!« Der andere rückte einen Schritt näher und sprach in einsichtigerem Ton: »Wie sieht Euer Plan aus?«

»Ich habe keinen Plan«, erwiderte Shaithis. »Nur essen.«

»Eh?«

Nun war es an Shaithis zu stöhnen. »Hört zu, denn nun werde ich für meinen Teil meine Frage wiederholen: Können Volse und der Ferenc zwei Geflügelte bewachen?«

»Gewiss – ein Mann für jeden.«

»Aber wir sind *zwei* Männer!«

»Und wenn sie beide zusammen Wacht halten?«

»Dann ist eine Kreatur unbewacht! Hat der Frost Euer einst so agiles Gehirn verklumpt, Arkis?« (Letzteres war nichts als Schmeichelei, doch ein wenig Honig mochte nicht schaden.)

»Hmmm!« Der Sohn des Aussätzigen überlegte einen Moment, dann verzog sich seine Miene zu einem finsteren Blick, und er stieß einen Finger in Shaithis' Richtung. »Nun gut – aber sobald wir es mit Volse Pinescu selbst zu tun bekommen, töten wir ihn. Und *ich* will sein Herz! Gilt dieser Handel?«

»Er gilt«, antwortete Shaithis. »Wahrhaftig, man sollte meinen, dies sei ohnehin das einzige Stück, das es wert ist, verspeist zu werden.«

»Hah!«, schnaubte Arkis. »Ha, ha! Oh, ha – ha – *haaa!*«, lachte er auf seine ganz eigene Art.

Nur weiter so, lach nur, dachte Shaithis und hielt seine Gedanken im Verborgenen. *Wenn Volse und Fess erledigt sind, wirst du der Nächste sein, Knochenhirn!* Laut sagte er: »Nun hütet Eure Gedanken, wenn wir ins Eis hinausgehen ...«

Volse Pinescus Flügler war überdeckt mit Frost und steif wie ein Brett. Trotzdem hätte sich Arkis Leprasohn auf ihn gestürzt – doch Shaithis belehrte ihn: »Lasst uns unsere kostbare Zeit nicht hier vergeuden. Warum? Weil Ihr an diesem Kadaver nur eure Fangzähne stumpf kaut!«

Arkis wandte ihm das verzerrte Gesicht zu. »Es ist Nahrung, oder?«

»Aye«, bestätigte Shaithis. »Und kaum einen Kilometer weiter gibt es eine ganze Menge mehr – nur dick und rot und mit saftig pulsierenden Adern. Gute Bestien habe ich geschaffen, Arkis, von feinstem Fleisch. Hört mich an: Spürt Ihr unsere Feinde? Nein? Genauso wenig wie ich sie spüre. Allzu wachsam sind sie demnach nicht, richtig?«

Arkis schnüffelte die eisige Luft. »Das bereitet mir Sorgen. Was tun sie, was vermutet Ihr?«

»Nachdem wir uns den Bauch vollgeschlagen haben, bleibt uns noch Zeit genug, Vermutungen anzustellen!« Damit stapfte Shaithis los, hinweg über das elmsfeuerblaue Eis. Arkis Leprasohn schlurfte watschelnd hinter ihm drein, ein Köter, der rasch lernte, bei Fuß zu gehen. Einmal nur sah Shaithis zu ihm zurück und nickte, dann wandte er den Blick wieder nach vorn und grinste so verschlagen wie in den alten Tagen. Shaithis, der Führer, immerdar! Und wie leicht es gewesen war, einmal mehr den Herrschermantel aufzunehmen!

Ein Sturmwind kam auf.

Während Shaithis und Arkis Leprasohn, genannt Schrecktod, in jener Höhlung saßen, die Volse Pinescu und der Ferenc in den Bauch von Shaithis' Geflügelten geschnitten hatten, und die nur mehr schwach pulsenden Säfte der nun empfindungslosen Bestie schlürften, verdunkelten draußen jagende Wolken die strahlenden Sterne. Schnee fauchte in einem kurzlebigen Blizzard übers Land und bescherte dem Eis eine dünne, weiche Decke.

Als der Wind wieder erstarb, war der ausgeschlachtete Flügler tot, und seine Arterien wurden bereits steif. »Ab jetzt nur noch kalte Kost«, kommentierte Shaithis und steckte den Kopf ins Freie hinaus, um die Umgebung zu sichern. Er spähte zu den vulkanischen Gebirgsgraten hin. Und noch einmal, genauer, indem sich seine Augen zu Schlitzen verengten. Unruhe ergriff ihn.

»Arkis, was haltet Ihr davon?«

Arkis stand auf, rülpste und blinzelte in die Richtung, in die Shaithis zeigte. »Eh? Das? Ein Wirbelwind ist das, ein Schneeteufel, das letzte Gewimmel im Gefolge des Sturms. Was hat es mit Eurer großen Faszination für die Natur auf sich, Shaithis?«

»Faszination? Für alles, was nicht natürlichen Ursprungs ist? Die ist wirklich gewaltig groß, das lasst Euch gesagt sein. Insbesondere an einem Ort wie diesem.«

»Nicht natürlich?«

»Gemessen an den gewöhnlichen Maßstäben der Natur, aye, wenn nicht gar nach denen der Wamphyri.« Er fuhr fort, das Phänomen zu beobachten: Eine Wolke heftig kreisenden und brodelnden Schnees, die einen gedrungenen Zylinder formte, gut sechs Meter hoch und weitere sechs im Durchmesser. Etwas schien sich im Innern dieses Gewimmels zu bewegen wie eine Kaulquappe in einem gallertigen Ei, und das Ganze – Gerät? – bewegte sich schnurstracks voran. Es schleuderte Schneeschleier ins weite Rund, die alsbald zu Boden sanken; dennoch verringerte sich seine Hauptmasse nicht.

Shaithis hob ruckartig den Kopf; er wusste nun, was ... oder besser: wer dies war. »Fess Ferenc«, flüsterte er bitter.

»Was, Fess?« Arkis gaffte das Ding mit offenem Mund an – es

war jetzt kaum mehr als hundert Meter entfernt, im schimmernden Eis, und rückte mit Marschgeschwindigkeit, nun ein wenig durchscheinender, immer näher. »Wie meint Ihr das?«

»Das dort ist ein Vampir-Nebel«, sagte Shaithis und zog den Kriegshandschuh an. »Auf der Sternseite würde er einherkriechen, fließend schweben, vor ihm hertreiben. Hier jedoch wird er sofort in Schnee verwandelt! Fess war stets ein guter Nebelmacher ... bedingt durch seine große Körpermasse. Auf der Jagd habe ich einmal gesehen, wie er eine ganze Hügelflanke bedeckt hat.«

Beide warfen sie der unheimlichen, erdgebundenen Wolke ihre Vampir-Sinne entgegen. Es war nur ein Wesen darin; der Ferenc, das stimmte schon, jedoch matt wie nie zuvor. Ihm war kaum die Kraft geblieben, sich zu tarnen. »Ah-*hah!*«, grollte Arkis. »Wir haben ihn!«

»Lasst uns zuerst in Erfahrung bringen, was hier vorgeht«, wies Shaithis ihn an.

»Ist das nicht offensichtlich?« Der Sohn des Aussätzigen blickte schon wieder finster drein. »Er wird es zuletzt nicht mehr ausgehalten haben und ist dieser monströsen Eiterbeule Volse Pinescu an den Kragen gegangen. Solch ein Kampf kann selbst einen wie den da erschöpfen; deshalb ist er jetzt unserer Gnade ausgeliefert, und zumindest ich finde herzlich wenig davon in mir.«

Zwanzig Schritte entfernt fiel die Wolke in einem letzten Gestöber in sich zusammen – und Fess stand vor ihnen, nackt. Splitternackt, und nicht nur seiner Schneewolkenhülle beraubt. Arkis glotzte nur, während Shaithis ausrief: »Nun, Fess, wie das Glück sich wandelt, was?«

»So sieht es aus.« Der Bass des anderen hallte weit über die Eisebene hin. Doch darin eingewoben war ein Schauder; er fror. Dort, unter den Arm geklemmt, trug er seine Kleider in einem Bündel bei sich. Shaithis vermochte den Sinn des Ganzen nicht zu erkennen. Es musste eine Erklärung dafür geben, und er wollte sie hören.

Arkis bemerkte Shaithis' Neugierde sehr wohl. »Ich, für meinen Teil, bin nicht interessiert«, knurrte er. »Ich sage, wir töten ihn gleich jetzt!«

»Ihr redet zu viel«, zischte Shaithis. »Und Ihr denkt nur an Euer momentanes Überleben, ohne den geringsten Gedanken an die Zukunft zu verschwenden. Ich hingegen sinne auf ein *dauerhaftes* Überleben – jetzt und so lange wie nur möglich. Entweder wartet Ihr nun den rechten Moment ab, oder unsere Partnerschaft endet hier.«

»Ihr wollt meinen Tod?« Der Ferenc stand hoch aufgerichtet und blickte Shaithis düster an. »Nun, wenn dem so ist, dann bringt es hinter euch, denn ich verspüre nicht den Wunsch, zum Eisblock zu werden.« Damit ließ er das Kleiderbündel achtlos zu Boden fallen und beugte den Oberkörper ein wenig vor – die Sichelklauen seiner Hände spreizten sich, obzwar noch nicht zum Kampf erhoben, rasiermesserscharf an seinen Seiten.

»Mir scheint, ich bin im Vorteil«, sagte Shaithis. »Und Ihr habt mir nicht wenig Schmerzen beschert.« Der Ferenc antwortete nicht. »Nichtsdestotrotz«, fuhr Shaithis fort, »gibt es vielleicht die Chance zu einer Übereinkunft. Wie Ihr seht, haben Arkis und ich uns zusammengetan: Sicherheit resultiert nicht zuletzt aus einer gewissen Übermacht heraus, wie Ihr Euch erinnern mögt. Doch zwei gegen die Eislande? Schlechte Aussichten. Drei von uns mögen besser reisen.«

»Soll das ein Trick sein?« Fess vermochte ihm nicht zu glauben. Hätte dies mit vertauschten Rollen stattgefunden, Shaithis wäre längst tot gewesen.

»Kein Trick.« Shaithis schüttelte den Kopf. »Wie Schrecktod hier an meiner Seite, besitzt Ihr Wissen über diesen Ort. Und gerade so, wie das Blut das Leben ist, verhält es sich mit Wissen. Dies war stets meine Überzeugung. Gegeneinander zu kämpfen heißt, zu sterben. Wissen zu teilen, unsere Hilfsmittel zu vereinen ... das jedoch mag unser Überleben sicherstellen.«

»Redet weiter«, forderte Fess, und seine Stimme klang zittriger als je zuvor.

»Es gibt nichts mehr zu sagen.« Abermals schüttelte Shaithis den Kopf. »Kommt herein in die Wärme, füllt Euch den Bauch und erzählt uns, was geschehen ist, dass Ihr nackt wie ein Baby in einem geisterhaften und wenig subtilen Nebel verborgen an solch einem Ort unterwegs seid. Aye, und dann mögt Ihr uns über den Verbleib des unschönen Volse Pinescu, Eures vormaligen Gefährten, in Kenntnis setzen.«

Dem Ferenc blieb keine Wahl. Floh er, würden sie ihn einholen, denn sie waren gesättigt und ausgeruht dazu. Blieb er hier stehen und erstarrte zu Eis, würden sie ihn auftauen und fressen. Sich zu ihnen zu gesellen und reden ... Nun, vielleicht konnte er tatsächlich seinen Frieden mit Shaithis machen. Was, soweit es Arkis betraf, ein Thema für sich war.

Also kam er zu ihnen, tauchte in den Windschatten des steif werdenden Flüglers ein, zerrte sich eine Vene aus der Mauer aus Fleisch und biss sie durch. Nichts kam heraus (das Blut der Kreatur neigte sich dem Ende zu oder war in den äußeren Regionen des Körpers zu Eis erstarrt), so dass er das Aderwerk vollends herausfetzte und zu Brei zerkaute. Es war Nahrung – so oder so. Mit vollem Munde kommentierte er: »Vielleicht hätten wir Starside niemals verlassen sollen. Der *Herr des Gartens* hätte uns wenigstens ein schnelles Ende bereitet.«

»Schreibt Ihr mir immer noch die Schuld zu, Fess?« Shaithis stand über ihm und sah zu, wie er sich sättigte. Arkis hatte sich ein Stück entfernt niedergelassen, mit einem düsteren Gesicht, wie immer.

»Ich tadle uns alle«, gab der Ferenc zur Antwort – mehr als nur ein wenig bitter. »Hitzköpfe, die wir waren, stürmten wir wie blind über eine Klippe. Dummköpfe, die wir waren, zogen wir aus, um zu morden, und begaben uns doch nur zur eigenen Schlachtbank. Es war Euer Plan, aye, doch wir alle stimmten ihm zu.« Er richtete sich auf und ging auf das Eis hinaus, um seine Kleider zu holen. Doch zunächst säuberte er sie gründlich mit Schnee. Zumindest eins gab es zugunsten des Riesen zu sagen: Er nahm alles stets sehr genau. – Als er fertig war, kehrte er in die Höhle aus abkühlendem Fleisch zurück und legte seine Kleider aus, damit sie trockneten.

»Irgendeine sonderbare Verunreinigung? Vielleicht gar ein Gift?«, fragte Shaithis laut.

»Das kann man wohl sagen.« Der andere runzelte die ohnehin gekräuselte Schnauze. »Diese stinkenden Flecken sind Volse!« Und indem er fortfuhr zu essen, erzählte er ihnen alles.

»Volse und ich, wir hatten über dem mittleren Vulkan Rauch aufsteigen sehen. Desgleichen war uns dann und wann in einer der höher gelegenen Höhlen eine sonderbare Betriebsamkeit aufgefallen. Wir sagten uns: Wenn in diesem alten Berg noch Wärme vorhanden ist und Feuer, dann mag es nur vernünftig sein, dass jemand sich darin niederlässt. Doch wer? Einfache Menschen? Verbannte der Wamphyri vielleicht? Unmöglich, dies mit Gewissheit zu sagen, es sei denn, man ging hin und fand es heraus. Oh, wir schickten unsere Sonden voraus und spähten und witterten – natürlich. Doch wer oder was auch immer in diesem Vulkan lebt, seine Gedanken behielt er für sich.

Der Weg dorthin ist weiter, als es auf den ersten Blick scheint; vielleicht acht Kilometer bis zum Fuß des Berges, weitere drei die schräge Kegelflanke hinauf. Nahe dem Krater steigt der Weg steiler und steiler an – dort fanden wir die Höhle. Das war der Ort, an dem wir aus der Ferne Lebenszeichen erblickt hatten, als schimmerten Spiegel im Sternenschein. Irgendjemand haust dort, dachten wir uns. Schnee-Trogs oder etwas in der Art. Auf jeden Fall aber Fleisch. Aye, tatsächlich fanden wir dort ... Fleisch.« (Das Gesicht des Ferenc nahm mit einem Mal einen grimmigen Ausdruck an.) »Tonnenweise Fleisch! Aber es wird wohl am Besten sein, wenn ich der Reihe nach berichte, was passiert ist, und nicht vorgreife ...

Also: Wir kamen am Schlund dieser Höhle an. Er war zerfurcht und gelb vor Schwefel. Eine alte Lavarinne, vermutete ich, kaum geeignet als Behausung; und kein bisschen wärmer als irgendein anderer Ort ringsum. Wir schleuderten unsere mentalen Spähersonden voraus; da *war* Leben in den Tiefen dieses Gebirges, eine dumpfe Intelligenz, weit, weit entfernt in den Höhlengängen. Wir fühlten uns nicht bedroht. Es schien uns vielmehr wahrscheinlich, dass dieses einst unter hohem Druck entstandene Loch uns geradewegs mitten durch den Berg zu dessen Kern führen würde. Dort mochte es Wärme geben, und falls ja, würden wir gewiss auch Leben finden.

So drangen wir in den Tunnel ein. Voller Biegungen wand er sich durch den Fels, es war dunkel und roch entsetzlicher als in einer Abfallgrube. Doch was bedeutet Dunkelheit schon für einen Wamphyri?

Volse, der indes die allergrässlichsten Pusteln und Beulen ausgebildet hatte, um seine scheußliche Erscheinung noch Furcht einflößender zu machen, übernahm die Führung. Er streifte seine Jacke ab. Lauter unnatürliche Wucherungen bedeckten seinen Oberkörper.

›Wer oder was auch immer dort wartet‹, sagte er. ›Sollen sie mein Nahen ruhig sehen oder spüren ... damit sie wissen, dass ihnen nichts bleibt, als zu verzagen und darauf zu hoffen, dies sei nur ein schlimmer Traum!‹ Ich war davon überzeugt, dass er das Richtige tat, und hatte keinerlei Einwände dagegen, ihm den Vortritt zu lassen.

Dann ... *Ah ...!«* Fess zuckte zusammen, als er eine winzig kleine Albino-Fledermaus über sich im gewaltigen Leib des toten Flüglers schweben sah. Schnell wie ein Blitz hieb er danach; silbern gleißende Krallen zersichelten das Geschöpf mitten im Flug in zwei Hälften. »Ah ... ja!«, sagte er. »Vielleicht sollte ich erwähnen, dass wir, Volse und ich, den ganzen Weg über Gesellschaft hatten. Diese verdammten Fledermäuse! Sie waren überall!«

»Warum seid Ihr so hart zu ihnen?«, warf Shaithis ein. »Auf Starside waren sie unsere kleinen Vertrauten.«

»Diese hier sind anders!« Fess schüttelte seinen großen Kopf. »Es mangelt ihnen an Gehorsam.«

Shaithis runzelte die Stirn. Ihm hatten sie gehorcht – oder etwa nicht?

»Kümmert Euch nicht um die Fledermäuse«, grollte Arkis, »sondern beendet lieber Eure Geschichte. Sie interessiert mich.«

Bis zu einem gewissen Grad gesättigt und davon gestärkt, legte der Ferenc jedoch erst seine Kleidung an und steigerte seine Körpertemperatur, um sie vollends zu trocknen. Auch darin war er, wie im Nebelmachen, ein Meister. Während er sich anzog, berichtete er weiter: »Volse ging also voran ins Herz dieses durchlöcherten Felsens; und ich will ehrlich sein, wir dachten wohl längst beide, dass dort nichts zu finden wäre. Zumindest nichts, was uns beunruhigen müsste oder eine Bedrohung darstellen könnte. Und doch spürte ich, dass wir uns in dem Bild, das wir uns von diesem Ort und seinem mutmaßlichen Bewohner oder den Bewohnern machten, womöglich täuschten. Es wollte mir so vorkommen, als werde mein Verstand selbst *belauert* – obwohl es mir nicht gelang, den Lauscher auszumachen. Aber je tiefer wir in den Berg vorstießen, desto mehr wuchs in mir die Überzeugung, dass unser Tun aufs Sorgfältigste überwacht wurde und wir uns mit jedem Schritt etwas Fürchterlichem näherten. Dass etwas Böses ausgeheckt worden war und dies alles einen grässlichen Ausgang nehmen werde. Kurz: Ich ahnte einen Hinterhalt!«

Arkis grunzte und wiegte den Kopf. »Genauso habe ich mich auch jedes Mal gefühlt«, murmelte er düster, »wenn ich mich an Volses Flügler herangepirscht habe, um einen Happen zwischen die Zähne zu bekommen.«

»Und zu Recht«, erwiderte Fess, ohne Anstoß zu nehmen, indes er wohl bewusst darauf verzichtete, in Arkis' Verlautbarung auch nur die geringste Anschuldigung zu entdecken. »Und ich lernte etwas Neues kennen ... *Angst?* Nun – gewiss nicht, nicht Angst, denn unseresgleichen ist nicht in dieser Art und Weise erzogen. Sagen wir also einfach, ich lernte eine neue Empfindung kennen, die wahrlich nicht angenehm war. So wenig wie jene üble Vorahnung, die scheinbar jeder Grundlage entbehrte und doch nur allzu berechtigt war, wie sich herausstellen sollte. Unablässig folgten uns diese verdammten Albinos, bis ihr Geflatter und Gefiepe nicht mehr zu ertragen war und ich ein wenig zurückblieb, um blindlings in die über uns kreisende und wirbelnde Masse hineinzuschlagen. Was mir wahrscheinlich das Leben rettete.

Vor mir setzte Volse seinen Weg unbeirrt fort. Doch er muss wohl im selben Moment wie ich gespürt haben, dass etwas auf uns zukam, und er sprach nur ein einziges Wort aus, bevor auch schon der Angriff erfolgte. Dies eine Wort lautete: *Was?* – Ja, es war eine Frage, aber alles ging so schnell, dass er niemals eine Antwort erhielt. Er hat nicht einmal gemerkt, was ihn gefällt hat.«

»Erklärt!«, forderte Arkis atemlos, und auch Shaithis hing gespannt an Ferencs Lippen.

Fess hob die mächtigen Schultern. Er war wieder zur Gänze

bekleidet und säbelte sich Fleischstücke aus den ausgefächerten Rippenbögen des Geflügelten, die er eines nach dem anderen hinunterschlang. »Schwer, dies zu erläutern«, schnaufte er nach einer Weile. »Das Ding war *schnell.* Und groß. Ohne Verstand. Grässlich! Ich habe gesehen, was es Volse antat, und entschied, dass ich so nicht enden wollte. Der *Herr des Gartens* und die furchtbaren Verwüstungen, die er im Verlauf der Schlacht um seinen Garten anrichtete – das war eine Sache; damals gab es nur noch den Rückzug. Von dieser Schmach abgesehen, bin ich noch nie im Leben vor irgendetwas davongelaufen. Doch ich floh vor diesem ... Etwas.

Es schimmerte weiß. Es war jedoch kein gesundes Weiß. Ein Weiß, wie es daher kommt, wenn man sich zu lange an Orten versteckt hält, die viel zu dunkel sind ... einige Höhlenpilze sehen so aus. Es hatte Beine – verteufelt viele Beine, meine ich mich zu entsinnen – und an den Füßen Klauen und Schwimmhäute. Sein Leib kam mir fischähnlich vor, der Schädel ebenso, mit wahrlich grausamen Kiefern! Und die Waffe, die es führte ...«

»Eine Waffe?« Arkis ruckte den Kopf nach vorn. »Aber Ihr habt doch gesagt, dieses Ding sei ohne Verstand! Und nun ... ist es gescheit genug, eine Waffe zu tragen?«

Der Ferenc starrte ihn spöttisch an, dann hob er die eigenen Klauenhände. »Und? Sind das hier keine Waffen? Die Waffen des Dings waren *Teil* seines Körpers, Dummkopf, gerade so, wie Eure Wildschwein-Hauer Teil des Euren sind!«

»Ja, ja, ich verstehe«, räumte Shaithis ungeduldig ein. »Sprecht weiter!«

Fess ließ sich wieder in die Hocke nieder, doch seine geweiteten Augen bewegten sich unruhig in den Höhlen seines massigen, missgebildeten Gesichts. »Seine Waffe war ein Dolch, ein Schwert, eine Lanze. Mit dornengleichen Zinken über die gesamte Länge von der schemenhaften Schnauze bis zu den Fingerspitzen hin. Eine stachelige Knute, ein mit Zacken bewehrter Arm, ich kann es nicht sagen; doch eins war klar – war man als Opfer erst von diesem Ding durchbohrt, so gab es keine Chance mehr, jemals wieder davon freizukommen ... es sei denn, man riss sich das eigene Fleisch weit auf! Und dann – diese Zwillings-Höhlungen am oberen Ende des knochengepanzerten Rammsporns! Höhlungen wie Nüstern. Doch diese hier waren nicht zum Atmen da ...« Er verstummte.

»Wozu dann?!«, drängte Arkis, der nicht an sich halten konnte.

»Zum Saugen«, stieß der Ferenc hervor.

»Ein Vampir-Ding«, gab Shaithis sich überzeugt. »Ein Krieger, jedoch außer Kontrolle, ohne rechtmäßigen Meister. Eine Kreatur, geschaffen von einem Wamphyri-Lord, der hierher verbannt wurde – und augenscheinlich hat sie ihren Schöpfer überdauert.« Er *sagte* dies zwar, aber er glaubte nicht unbedingt daran. Nein, er äußerte es laut, um die wahre Natur seiner Gedanken zu tarnen, die in eine ganz andere Richtung gingen.

Fess zumindest fiel auf Shaithis' List herein. »Aye, das mag schon sein«, sagte der Gigant. »Verstohlen und gerissen wie ein Fuchs und völlig unerwartet erschien es wie aus dem Nichts aus einem Seitentunnel; es krabbelte und wirbelte und huschte, doch als es zuschlug – *ah!* – es war schneller als der Blitz! Es glitt in Sicht, und dieser Rammsporn fuhr dreimal auf Volse herab. Der erste Stich knirschte durch Beulen und Geschwüre und all dies Zeug, und sein verdammter Eiter spritzte über mich und die Höhlenwände hinweg; ah, und welche Massen, das war schon erstaunlich. Er war eine einzige große Pustel, und nun zerplatzte er und nässte alles mit seinem abscheulichen Ausfluss. Der zweite Stich traf ihn, während er noch unter dem ersten wankte; er fegte ihm beinahe den Kopf von den Schultern. Der dritte senkte sich tief in ihn hinein – mitten ins Herz – und dann begann ein aberwitziges Schlürfen und Schmatzen wie von einer übergroßen Pumpe! Und dieses Ding hielt ihn immer noch aufrecht auf diese Waffe gespießt und gegen die Wand gepresst und saugte an ihm und saugte und schmatzte, während die untertassengroßen Augen des Wesens bereits mich anstarrten, so dass ich wusste, ich war der Nächste.

Das war der Moment, in dem ich mich herumwarf und das Weite suchte.« Allein die Erinnerung daran machte Fess von neuem schaudern – was Shaithis durchaus bemerkenswert fand.

»Ihr konntet ihn nicht retten?«, höhnte Arkis und stellte damit Fess' Mannhaftigkeit in Frage; bestenfalls mochte es noch als höchst gefährliche Art der Erkundigung durchgehen.

Der andere jedoch nahm die Stichelei abermals gelassen. »Ich sage Euch, Volse war ein Todeskandidat! Warum? Weil seine Körpersäfte beinahe schon zur Gänze *abgezapft* waren. Sein Schädel baumelte halb abgehauen nur mehr an ein paar dünnen Fleischfetzen, und dieser ungeheure Saugstachel schlürfte und schmatzte immer noch an ihm und leerte ihn weiter. Ihn retten? Und was wäre aus mir geworden? Ihr, Schrecktod, habt diese Kreatur nicht *gesehen!* Ich versichere Euch: Selbst Lesk der Vielfraß – in welcher Hölle er auch immer schmoren mag – hätte sich nicht in die Nähe eines solchen Monstrums gewagt! Nein, ich habe gemacht, dass ich wegkam.

Auf dem ganzen Weg durch diesen langen, langen Tunnel konnte ich das Gesabber des Dings hören, konnte hören, wie es Volses Säfte hinunterschlang. Dann blendete mich unvermittelt helles Licht, ich atmete frische Luft – und dennoch bildete ich mir ein, das Sabbern nur immer lauter zu hören, was nichts anderes bedeuten mochte, als dass es schon dicht hinter mir war. In einiger Panik – ja, ich gebe es zu! – ließ ich einen Nebel entstehen und stürzte ins Freie hinaus und das steinige Gefälle hinab, der Ebene aus Schnee und Eis entgegen. Dort entkleidete ich mich, denn Volses Eiter war das reine Gift, und ohne weiteres Zögern hastete ich hierher ... und stieß auf Euch beide. Damit ist meine Geschichte erzählt ...«

Arkis und Shaithis lehnten sich zurück, die Augen zu Schlitzen verengt. Shaithis rieb sich das Kinn; wie stets behielt er seine Gedanken hauptsächlich für sich (obwohl, um der Wahrheit die Ehre zu geben, diesmal nichts sonderlich Unheilvolles oder gar Rachsüchtiges darin lag); nur Schrecktod, der sehr wohl spürte, dass der Ferenc sich im Moment in einer nicht gerade günstigen Lage befand, genoss die Situation und wollte den Riesen nicht so einfach davonkommen lassen.

»Die Zeiten und das Glück ändern sich jäh«, sagte der Sohn des Aussätzigen schließlich. »Ich war am Verhungern – tatsächlich am Verhungern und fürchtete um mein Leben, als Ihr und die große Geschwulst die Oberhand hattet. Doch nun ... seid Ihr nichts als ein Mann gegen mich und den Lord Shaithis.«

»Das stimmt«, antwortete Fess, erhob und streckte sich und spreizte die gewaltigen Klauen, die seine Finger waren. »Doch wisst Ihr was – ich kann nicht umhin, mich zu fragen, was Lord Shaithis an Euch findet, Sohn des Aussätzigen! Denn mir will es so vorkommen, dass Ihr ungefähr genauso sehr von Nutzen seid wie jener mächtige Beutel voller Unrat namens Volse Pinescu! Außerdem, und nun, da ich darüber nachdenke, staune ich umso mehr, habe ich eine lange Zeit alle schmerzlichen Kränkungen und Beleidigungen still ertragen und zudem noch meine Geschichte erzählt. Natürlich, ich hatte Hunger und mir war zu Tode kalt, und ein Mann will so lange wie möglich sitzen, wenn sich die Chance bietet, den Bauch vollzuschlagen. Aber das ist nun geschehen, und mir ist auch wieder warm ... Ich denke, Ihr tut deshalb gut daran, Euch ab jetzt zurückzuhalten, Schrecktod. Oder Ihr werdet ein Ende nehmen, wie es Euer Name nahe legt.«

»Aye«, fuhr Shaithis dazwischen und nickte rasch. »Genug davon! Sehen wir vielmehr den Tatsachen ins Auge: Die Eislande an sich machen uns schon genug zu schaffen – auch ohne dass wir uns gegenseitig an den Kragen gehen.« Er packte ihre Arme mit festem Griff, setzte sich und zog sie mit sich nieder. »Nun erzählt mir von den Geheimnissen dieser Eislande! Denn schließlich bin ich der Neuankömmling hier, wohingegen Ihr beide sie bereits zur Genüge durchstreift und erforscht habt! Je eher ich alles erfahre, was ihr wisst, desto schneller werden wir imstande sein, unseren nächsten Schritt zu überlegen.«

Shaithis ließ seinen Blick vom einen zum anderen wandern, bis er ihn schließlich auf Arkis' dunkler und zuckender Miene, den derben Lippen und den elfenbeingelben Hauern zur Ruhe brachte. »Also, wie steht's mit Euch, Arkis«, fragte er. »Ihr habt weniger Bewegungsfreiheit genossen als Fess, das stimmt wohl, trotzdem habt Ihr es vollbracht, einige Eisburgen zu erkunden. Nun, der Ferenc hat uns seine Geschichte vom Grauen in den Tiefen des Vulkans zum Besten gegeben, deshalb meine ich nun, dass Ihr mit Eurem Bericht an der Reihe seid. Was hat es mit diesen Eistürmen auf sich? Was mit diesen uralten, im Exil und im Eis gleichermaßen schmachtenden Wamphyri-Lords?«

Arkis musterte ihn finster. »Ihr wollt also etwas von den Gefrorenen erfahren?«

»Je zügiger allen alles bekannt ist«, versicherte Shaithis nickend, »desto schneller mögen wir Fortschritte machen.«

Arkis atmete tief durch; sein Widerwille war offensichtlich. »Damit habe ich keine Probleme«, versicherte er endlich. »Also ... Ihr wollt wissen, was ich getan, gesehen, erfahren habe? Meine Erzählung wird nicht lange dauern, das verspreche ich Euch!«

»Erzählt einfach«, drängte Shaithis, »und wir werden sehen, was wir damit anfangen können.«

Abermals holte Arkis tief Luft. »So sei es«, willigte er ein.

VIERTES KAPITEL

»Nach dem Chaos im Garten des Herrn«, begann Arkis, »als abzusehen war, wie allumfassend der Bewohner und sein höllenländischer Vater unsere Armeen vernichtet und unsere jahrhundertealten Felsentürme und Horste in Schutt und Asche gelegt hatten, schien es keinen Ausweg mehr als die Flucht zu geben. Der *Herr des Gartens* hatte Tatsachen geschaffen; die Wamphyri waren gefallen. An Ort und Stelle in den Ruinen von Starside zu verharren, hieße, die Großen Feinde gewisslich einzuladen, ein letztes Mal über uns zu kommen, um uns endgültig den Garaus zu machen.

Wie auch immer, seit undenklichen Zeiten ist es das Recht des Gestürzten und Besiegten, Starside aufzugeben und sich nach den Eislanden durchzuschlagen. Folglich war in der Ruhe nach dem Sturm und der Zerstörung unserer Festungen alles Handeln klar: Jene Überlebenden, die die Flucht im Sinn hatten, entsagten ihren uralten Territorien und wandten sich nordwärts. Aye, und ich war ein solcher Überlebender.

Gemeinsam mit zwei aufstrebenden Leutnants – ehemaligen Traveller-Sklaven von mir, Zwillingsbrüdern mit Namen Goram und Belart Largazi, welche miteinander um mein Ei wetteiferten – räumte ich die Trümmer meines gefallenen Turms vom tief begrabenen Einlass zu den unterirdischen Werkstätten und befreite einen Geflügelten und einen Krieger, die ich beide in sicherer Reserve gehalten hatte für den Fall einer solchen Katastrophe wie der Niederlage im Garten des Herrn. Diese Bestien sattelten wir; ich selbst nahm den Krieger, eine übellaunige Kreatur, von mir persönlich ganz nach meinem Geschmack abgerichtet. Wir saßen auf und flohen, fort vom Verderben und den Ruinen unserer Horste durch unwirtliches Gelände dem Norden zu.

Unser Ziel lag nicht exakt im Norden – ein wenig mehr dem Westen oder Osten zu, was machte das schon? Das Dach der Welt ist das Dach der Welt; zur Linken oder zur Rechten, es ist und bleibt das Dach. Nur ein einziges Mal legten wir eine Pause ein, als wir einen Schwarm großer, blau schillernder Fische erblickten, die in einer Untiefe des Eismeers in der Falle saßen. Dort stillten wir unseren Hunger, bevor wir weiterzogen.

Nicht lange darauf war der Hybride, der mit den Gebrüdern Largazi gleich eine doppelte Last zu tragen hatte, am Ende seiner Kräfte. Er stürzte am seichten Ufer des Eismeers ab und hinterließ zwei ums Leben strampelnde Gesellen. Ich zwang meine Kriegerkreatur nach unten und hieß sie am gefrorenen Strand landen und, kaum dass ich abgesessen war, die Largazis aus den Fluten retten; der Krieger fand sie ohne Mühe und schleppte sie an Land.

So fanden wir uns an einem äußerst wunderlichen Ort wieder. Heiße Luftlöcher färbten den Schnee gelb; blubbernde Geysire nährten warme Tümpel im alterslosen Eis. Seevögel stießen ins schäumende Wogen des Ozeans herab, um sich an kleinen Fischen gütlich zu tun, die ihren Laich an dessen Saum ausgesät hatten. So weit also reichten die Ausläufer des Vulkangebirges, mit dem wir es auch hier zu tun hatten, bis in jene unheimlichen westlichen Grenzlande.

Nachdem die Largazis wieder sicheren Boden unter den Füßen hatten und sich trockneten, hielt ich nach einem Startplatz Ausschau und entdeckte einen Gletscher, der zum Ozean hin in einer steilen Klippe endete. Dorthin aufs Eis befahl ich den Kriegerkoloss; aye, denn nun war auch meine Kreatur schlimm ermattet. Ihre kühnen Anstrengungen, die Zwillinge vor dem Ertrinken zu retten, hatten ihr die Lebenskraft erheblich gestutzt. Ihr wisst selbst: Eine Kriegerkreatur muss töten und große Mengen roten Fleisches fressen, ansonsten schwindet sie rapide dahin. Deshalb dachte ich mir: Was wird mir in den Eislanden eher von Nutzen sein? Ein mächtiger Krieger oder ein Paar unwichtiger, zänkischer, ewig hungriger Sklaven? *Hah!* Die Entscheidung fiel nicht schwer.

Ich spielte mit dem Gedanken, einen der Brüder gleich auf der Stelle zu schlachten und ihn an meinen Krieger zu verfüttern. Jedoch ... nun, ich gebe zu: Da hatte ich diese beiden feinen Wamphyri-Anwärter gehörig unterschätzt. Auch sie hatten eifrig die Vor- und Nachteile erwogen und waren ebenfalls zu dem Schluss gelangt, dass ich meiner Kampfbestie den Vorzug geben würde. So legten sie eine sichere Distanz zwischen sich und mich und kletterten hinab in tiefe, enge Gletscherspalten, in denen ich sie weder bedrohen noch dazu bringen konnte, sich mir wieder zu nähern. Diese aufrührerischen Hunde! Also gut: Sollten sie doch erfrieren! Sollten sie verhungern! Sollten sie *beide* sterben!

Ich stieg in den Sattel und spornte die Kreatur zu einem schlitternden, rutschenden Sturmlauf den Gletscherhang hinab, bis sie sich endlich abstieß und hinausschwebte über die weite See. Und gerade noch beizeiten: Der Start des erschöpften Biestes wäre um Haaresbreite fehlgeschlagen, fast hätte ich die salzige Gischt der Wellen aus nächster Nähe zu schmecken bekommen. Jedoch, nun war ich durch die Lüfte unterwegs.

Ich wandte mich dem Landesinnern zu, schwebte hoch über den treulosen Largazi-Zwillingen, die sich doch noch aus ihrem Eisversteck hervorgewagt hatten und mit erhobenen Gesichtern zu mir heraufgafften; ich winkte ihnen ein verächtliches Lebewohl zu und befahl dem Geflügelten Kurs auf eine ferne Bergkette, deren düstere Silhouette sich vor dem Himmelsgespinst der pulsierenden Aurora abzeichnete. Dieselben Gipfel, die in diesem Moment hinter uns aufragen, mit ihrem Vulkankegel in der Mitte, dessen Lavaadern – zumindest dem Ferenc nach – von Monstren mit stacheligen Knochenrüsseln bewacht werden. Aye, genau dorthin nahm ich Kurs.

Ich will Fess in dieser Angelegenheit keinen Lügner heißen, kann es auch nicht; dass Volse von jenem fremden, grausamen Geschöpf getötet wurde, spricht ja schon für sich – doch hinzu kommt, dass mein Krieger zweifellos ein ähnlich trauriges und Verdacht erregendes Ende fand. Wer weiß, vielleicht fielen Volse und mein armer ermatteter Krieger ja ein- und derselben Blutbestie zum Opfer?

Ich sage Euch, wie es geschah: Mein Krieger war zu Tode erschöpft ... nun, vielleicht nicht *gar* so sehr, denn wie Ihr wohl wisst, sterben sie nicht einfach so dahin, und selten an Erschöpfung! Aber an den Kräften des Wesens *war* Raubbau betrieben worden, und so keuchte es und klagte seine Pein hinaus. Meine Blicke schweiften über das Land tief drunten, und tatsächlich, auf den höheren Hängen des vulkanischen Kegels vermochte ich

Lavaströme zu erkennen: eine schöne, glatte Startrampe, falls der Krieger sich jemals wieder erholen und in die Lüfte erheben sollte.

Doch, ach, leider war die Landung ein einziger Schrecken. Die Bestie warf mich ab, während ihre Rückenpanzerung zerbarst und sie sich noch im Schwung den Flügel verrenkte und eine für jedwedes luftige Fortbewegen wichtige Körperdrüse an einer scharfkantigen Lavawucherung zerfetzte. Ganze Gallonen wertvoller Körpersäfte gingen verloren, bevor das metamorphe Fleisch eine feine Membran über die klaffende Wunde legte und sie so versiegelte. Meine Verletzungen waren nur gering, ich ignorierte sie; doch mein Ärger war so groß, dass ich außer mir war und fluchte und dem Krieger ein paar Tritte verpasste, was ihn vollends zur knurrenden, speienden Furie machte. Also zwang ich ihn derb unter meine geistige Kontrolle und trieb ihn an, sich im Schlund eines Höhlentunnels zu verbergen, der mir sehr ähnlich – vielleicht gar identisch? – erscheinen will mit dem der kränklich weißen Blutbestie, die der Ferenc uns beschrieben hat. Denn auch dieser Tunnel war ein uralter Lavaausfluss des einst geschmolzenen Kerns, und vielleicht hätte ich sein Inneres eine gewisse Strecke weit erkunden sollen. Aber zu dieser Zeit gab es um den zentralen Kegelberg herum noch keinerlei Hinweis auf etwas Verdächtiges.

Ich wies den Krieger an, sich selbst zu heilen, und ließ ihn dort im Höhleneingang zurück. Längst hatte meine Neugier obsiegt, und so suchte ich zu Fuß jene Ebene mit den schimmernden Eisburgen auf. Nichts in der Welt hätte mich zurückhalten können – ich wollte wissen, was darin zu finden war. Denn wie Euch beiden gewiss auch aufgefallen ist, sehen sie allesamt wie aus Eis geformte Wamphyri-Säulen oder – Horste aus. Was ich dort entdeckte? Eine äußerst befremdliche, äußerst Furcht einflößende, in der Tat beängstigende Sache!

Expatriierte Lords ruhten darin in Särgen aus Eis, allesamt wie mitten in der Bewegung gefroren, von massivem Frost umschlossen. Ziemlich viele von ihnen waren tot, zermalmt oder zerrissen vom sich verlagernden Eis; aber es gab auch einige – zu viele, ging es mir damals durch den Sinn, die den verschiedensten ... nun, ich will es *Krankheiten* nennen, erlegen waren. Andere waren konserviert, sie schliefen reglos hinter undurchdringlichen Wällen aus Eis so hart wie Stahl; ihr vampirischer Stoffwechsel hatte sich so sehr verlangsamt, dass sie über die langen Jahrhunderte hinweg doch kaum verändert schienen. Ah, dieser Eindruck war falsch; ihre Träume waren so schwach, und sie verblassten immer mehr, flüchtiger Stoff, nichts als Erinnerungen an jenes Leben, das sie in den Alten Zeiten geführt hatten, als die Ersten der Wamphyri auf Starside ihre Türme errichteten und ihre territorialen Kriege führten.

Die ehemaligen Lords lagen alle im Sterben; ah, mit ihnen ging es langsam bergab, so langsam, aber nichtsdestotrotz war es ein Sterben. Natürlich, was denn sonst? Das Blut ist das Leben, ihnen aber war für unzählige Jahrhunderte nichts als Eis geblieben ...!«

»Einigen von ihnen!«, unterbrach ihn Fess Ferenc. »Den meisten, aye. Doch einer zumindest war nicht leer ausgegangen. Zu dieser Schlussfolgerung gelangten Volse Pinescu und ich, als wir die hohen, frostglitzernden Eisburgen durchsuchten.«

Shaithis blickte erst ihn an, dann Arkis. »Kann mir das einer von Euch näher erläutern?«

Arkis kratzte sich verlegen am Kinn. »Ich nehme an, der Ferenc spielt darauf an, dass einige dieser Eissärge aufgebrochen waren ... und auf die leeren Eisthrone. Vielleicht war ich nicht deutlich genug. Jemand hat einige dieser gefrorenen Behältnisse und Bollwerke – in der Tat sogar ziemlich viele – aufgebrochen und die hilflosen, erstarrten Schläfer daraus entfernt. Doch wer das war und wohin er sie gebracht hat ... und wozu ...?«

Der große, ungeschlachte Ferenc unterbrach ihn ein weiteres Mal: »Ich habe gewisse Überlegungen angestellt, was diese Dinge betrifft. Lasst mich reden.«

Arkis Leprasohn neigte andeutungsweise auffordernd den Kopf. »Wenn Ihr Licht in dieses Geheimnis bringen könnt, unbedingt.«

»Aye, redet«, sagte Shaitis.

Der Ferenc nickte und fuhr fort: »Wie Ihr bemerkt haben werdet, beläuft sich die Anzahl der Eisburgen auf fünfzig bis sechzig. Sie bilden konzentrische Kreise um den erloschenen Vulkan, der somit ihr Zentrum darstellt. Jedoch: Ist der Vulkan wirklich erloschen?

Und wenn, wie kommt es dann, dass noch immer eine kleine Rauchfahne aus jenem uralten, eisverkrusteten Krater aufsteigt? Des Weiteren: Wir haben gesehen – was mich betrifft, viel zu deutlich – dass darin wenigstens eine monströse Kriegerkreatur lebt und den Zugang zu den tiefen Tunneln des Berges bewacht. Ah, doch was oder besser *wen* bewacht sie da?«

Der Ferenc schwieg vielsagend. Doch als sein Schweigen allzu lange währte, räusperte Shaithis sich. »Fahrt bitte fort!«, sagte er drängend, nicht ohne feine Ironie. »Ihr habt uns in der Hand, Fess. Wir sind ganz und gar fasziniert!«

»Wahrhaftig?« Der Ferenc fühlte sich ein wenig geschmeichelt. Einen nach dem anderen ließ er, sehr bedächtig und sehr laut, die Knöchel seiner Klauenhände knacken. »Fasziniert, was? Nun, zu Recht. Ihr seht, Shaithis, Ihr seid nicht der einzige Denker, der den Zorn des Herrn des Gartens überlebt hat, eh?«

Shaithis brummte etwas durch die gekräuselte Nase, vielleicht ein wenig unschlüssig, wiegte den Kopf hin und her und erwiderte schließlich: »Ich zolle Ehre, wem Ehre gebührt – *wenn* ich das ganze Bild vor Augen habe.«

»Wohlan«, gab sich der Ferenc zufrieden. »Ich will Euch sagen, was *ich* gesehen habe und was für Schlüsse ich daraus ziehe. Ich und dieser stinkende Eiterherd Volse Pinescu, wir erforschten die Eissäulen des innersten Rings und machten dabei die Entdeckung, dass eine wie die andere ausgeplündert war! Woraus folgt – insbesondere jetzt, da Volse tot ist, ausgesaugt bis auf die Knochen von diesem Ding im Lavatunnel: Es müsste ein Leichtes sein, Stück für Stück dessen zusammenzufügen, was genau dort vorgegangen ist.

Wie ich das Ganze sehe, residiert ein uraltes Wamphyri-Wesen, gleich ob Lord oder Lady, als Meister in jenem schlummernden Vulkan. In vergangenen Zeitaltern und wann immer verstoßene Vampire des Wegs gekommen sind, sah er oder sie sich veranlasst, den Besitz zu verteidigen und die Eindringlinge abzuwehren. In den Tiefen des Berges muss nämlich genügend Glut am Leben sein, um für behagliche Wärme zu sorgen. Irgendwann mögen die Vampire damit begonnen haben, einen Belagerungsring nach dem anderen zu errichten. Doch letzten Endes mussten sie der Kälte erliegen, und so haben sie sich mit letzter Kraft in eine Art Winterschlaf gerettet ... und der listige Herr des Vulkans konnte sich von Zeit zu Zeit hervorwagen, die Eiskammern plündern und sich an ihrem tiefgefrorenen Fleisch gütlich tun. Genau genommen sind die Eisburgen nichts anderes als seine Speisekammern!«

»Hah!« Arkis schlug sich auf den massigen Oberschenkel. »Jetzt wird mir alles klar!«

Der Ferenc nickte mit seinem verquollenen, grotesk proportionierten Schädel. »Dann stimmt Ihr also mit meinen Folgerungen überein?«

»Ich wüsste keine bessere Erklärung!«, bestätigte Arkis. »Was sagt Ihr, Shaithis?«

Shaithis sah ihn ganz sonderbar an. »Ich sage, Ihr blast wie der Wind in jedes Horn, mal hierhin, mal dorthin. Erst wollt Ihr den Ferenc töten, jetzt stimmt Ihr Wort für Wort mit ihm überein. Ist Eure Meinung wahrhaft so leicht zu beinflussen?«

Der Sohn des Aussätzigen fletschte die Zähne. »Ich erkenne die Wahrheit, wenn ich sie zu hören kriege«, murrte er. »Außerdem sehe ich, wenn etwas vernünftig ist. Was der Ferenc sich über die Angelegenheit zusammenreimt, klingt in meinen Ohren richtig. Hinzu kommt Eure Bitte, wir sollen um unserer wechselseitigen Sicherheit willen zusammenstehen – auch das scheint mir weise zu sein. Warum also seid Ihr so aufgebracht, Shaithis? Ich dachte, Ihr wolltet uns zu Freunden zusammenschmieden?«

»Das will ich immer noch«, erwiderte Shaithis. »Gerade deshalb bereitet mir der allzu rasche Wechsel in der Aussaat Eurer Loyalitäten gewisse Sorgen. Aber gut. Würdet nun Ihr Eure Geschichte zu einem Ende bringen? Zuletzt haben wir gehört, wie der verletzte Krieger im Schlund des Lavakanals zurückgelassen wurde und Ihr Euch zur Ebene hinabbegeben habt, um Euch die Eisburgen anzusehen.«

»Ja, und dort habe ich alles genauso vorgefunden, wie der Ferenc es beschrieben hat: die eisumschlossenen Throne all dieser unbekannten, der Zeit entrückten Wamphyri-Lords ... aufgebrochen und leer wie ihres Honigs beraubte Bienenstöcke auf Sunside. Aye, und in jenen Burgen, die in größerer Entfernung vom zentralen Kegelberg emporragten, fanden sich weitere Beweise versuchten Raubes, nur, dass hier in vielen Fällen das Eis zu dick gewesen war und die im Lauf der Äonen in sich zusammengeschrumpften Lords in Sicherheit und körperlich unversehrt darin ruhten.

Schließlich wurde ich müde von meinem schaurigen Erkundungsgang. Ich war hungrig und außerstande, in diese alten, ewig frostigen Vorratskammern einzubrechen. Die kleinen Albino-Fledermäuse trauten mir schon lange nicht mehr und mieden meine malmenden Hände. Sollten allerdings meine einstigen Sklaven, die Largazis, noch leben, so mussten sie es inzwischen zur Hälfte hierher geschafft haben. Gewiss hatten sie sich gleichermaßen erschöpft und waren somit nicht in der Lage, mir noch einmal zu entkommen. Ah, war *das* ein Gedanke! Es war Zeit, zu meiner Kriegerkreatur zurückzukehren und nachzusehen, wie sie sich hielt. Also stieg ich zu jener Kaverne hoch, wo ich das Biest verborgen hatte.

Nur – dass es nicht mehr da war! Das heißt, einige kleine, blutige Stücke fanden sich noch – das war alles.«

»Das Sauger-Ding ... Die Blutbestie mit diesem furchtbaren Stachelrüssel.«

Shaithis war sich da nicht so sicher. »Dass eine Bestie ohne Verstand einen Mann oder, falls ihr genügend Zeit bleibt, selbst einen Krieger leer saugt, kann ich nachvollziehen. Doch warum sollte sie den Kadaver einer so gewaltigen Kreatur in kleine Stücke hauen und sie eins nach dem anderen davonschleppen ...?«

Der Ferenc hob nur die Schultern. »Das hier sind die Eislande«, gab er zu bedenken. »Zufluchtsort befremdlicher Kreaturen mit befremdlichen Angewohnheiten, und Nahrung ist hier knapp. Bedenkt: Hätten wir uns in Starside jemals träumen lassen, einmal auf den zähen Arterien eines Flüglers herumzukauen? Wo wir Trogs als Dörrfleischvorrat hatten und Herden von Travellern gleich hinter den Bergen? Undenkbar! Aber hier? *Hah!* Wir haben schnell gelernt. Oh, wie haben wir demütig den Blick gesenkt! Und das wollen wir den anderen Geschöpfen, die wir in diesen frostigen Weiten ja nur vermuten, absprechen? Womöglich haben sie ihr ganzes Leben hier verbracht? Wenn diese widerliche weiße Blutbestie nur für sich jagt, dann mag sie irgendwo ihre eigene Speisekammer haben. Und wenn sie es für einen Meister tut?« Abermals zuckte er die Achseln. »Ich halte es jedenfalls für möglich, dass sie Arkis' Krieger abgeschlachtet und in Happen weggeschleppt hat.«

Shaithis behielt seine Gedanken für sich und verbarg sie vor den anderen: *Ein Meister, aye, wie richtig du damit liegst, Fess! Ein Meister des Bösen – der schiere Quell des Bösen – in Gestalt eines unvergänglichen Vampir-Lords; in der Tat einer der ersten wahren Lords. Der dunkle Lord Shaitan! Shaitan der Ungeborene! Shaitan der Gefallene!*

»Nun?«, brachte sich Arkis Leprasohn in Erinnerung. »Macht das Sinn, was der Ferenc gesagt hat, oder nicht? Wenn ja, was machen wir als Nächstes?«

»Was der Ferenc gesagt hat, ergibt möglicherweise einen Sinn«, antwortete Shaithis zurückhaltend. Im Geheimen dachte er: *Natürlich ergibt es einen Sinn, selbst wenn ein missgebildeter Tölpel wie er es äußert! Doch er weilt viel länger hier als ich. Möglich, dass dies trotzdem nicht das jähe Knospen einer Intelligenz ist, die ich dieser riesigen Missgeburt bislang gar nicht zugetraut hätte, sondern schlicht und einfach der Tatsache zuzuschreiben, dass er Shaitans Einfluss um so vieles länger ausgesetzt war ... diesen uralten Augen ausgeliefert – in Gestalt von Myriaden von Albino-Lakaien!*

»Also? Was nun, Shaithis? Habt Ihr einen Plan?«, wiederholte der Ferenc Arkis' Frage.

Einen Plan? Oh, ja, einen Plan! Mehr über diesen Shaitan in Erfahrung bringen; ihn aufsuchen und zu wissen begehren, warum er mir gestattet hat, mich mit der Wärme seiner Albinos zu umhüllen. Hauptsächlich jedoch, um ihm die eine Frage zu stellen: Was *hat es auf sich mit dieser unheimlichen Anziehungskraft, die mich zu einem Wesen hinzieht, das ich nur aus gemurmelten Mythen und Legenden kenne.*

Laut dagegen antwortete er: »Einen Plan, aye.« Mit gewohnter, nahezu beiläufiger Schärfe dachte er nach und ersann aus dem Nichts, gänzlich der Eingebung des Augenblicks folgend, einen Plan – der, wie er hoffte, seine Vampir-Gefährten zufrieden stellen würde, vor allem jedoch ihm selbst gefiel. »Zuerst schneiden wir uns ein gutes Maß Fleisch aus diesem Geflügelten heraus«, sagte er, »so viel wir bequem tragen können; danach müsst Ihr mir auf dem Weg zum zentralen Bergkegel einige der gefrorenen Lords zeigen. Bisher habe ich nur einen zu Gesicht bekommen« *(Kehrl Lugoz nämlich, der in der Morgendämmerung der Wamphyri-Tyrannei gemeinsam mit Shaitan hierher verbannt wurde).* – »Und das genügt nicht, um mir ein eigenes Bild zu machen. Im inneren Kreis der Eisfesten will ich dann auch die zertrümmerten Schreine sehen, aus denen die Körper gewisser Lords geraubt worden sind. Das sollte für den Anfang reichen.« *Den Rest werde ich mir unterwegs einfallen lassen.*

Arkis schien nicht überzeugt. »Eh? Was soll das denn für ein Plan sein? Wir besuchen, mit Fleisch beladen, eine Hand voll verschrumpelter, prähistorischer Lords, denen das Eis zum Schicksal wurde? Und die geplünderten, das heißt leeren, Grabkammern anderer Altehrwürdiger, deren Los wir nur erraten können?«

»Auf unserem Weg zum Vulkan, ja«, bestätigte Shaithis.

»Und dann?«, fragte der Ferenc.

»Vernichten wir vielleicht den, der darin wohnt«, antwortete Shaithis, »und nehmen uns seine Geheimnisse, seine Bestien und Besitztümer. Wer weiß, womöglich finden wir Mittel und Wege, diese grässlich langweiligen und kalten Ödlande zu verlassen.«

Der Ferenc nickte mit seinem grotesken Kopf. »Nach meinem Dafürhalten hört sich das gut an. Alsdann, schreiten wir zur Tat.« Er machte sich daran, Streifen gefrorenen Fleisches aus dem gewölbten Brustkorb des Flüglers zu schneiden und stopfte sich die Taschen damit voll.

Arkis folgte, wenn auch widerwillig, seinem Beispiel. »Fleisch ist Fleisch, ich weiß«, grollte er. »Aber das gefrorene Fleisch eines Hybriden? Huh! Das Blut *war* das Leben!«

Shaithis schnippte mit den Fingern und sagte: »Ah, ja! Ich wusste, dass da noch etwas war, Schrecktod. Wollt Ihr mir nicht erzählen, was aus Euren Zwillings-Sklaven wurde, den Gebrüdern Largazi? Folgten Sie Euch tatsächlich aus dem Westen hierher? Von jenen vulkanischen Dampfquellen und sprudelnden Geysiren und schwefligen Tümpeln? Und haben sie es überlebt? Oder sind sie unterwegs ums Leben gekommen?«

»Aye, sie sind ums Leben gekommen«, bestätigte der andere und lächelte ein überhebliches, wissendes Lächeln. Seine Wildschwein-Hauer schimmerten matt. »Allerdings nicht unterwegs. Sie sind ums Leben gekommen, als sie *hier* ankamen und ich sie erschöpft und zitternd im hohlen Kern der am weitesten westlich gelegenen Eisburg fand. Ah, wie sie gebettelt haben und mich um Vergebung anflehten! Und was, meint ihr, habe ich getan? Ihnen meine Absolution erteilt? Natürlich, natürlich wurde ihnen vergeben! ›Goram!‹, rief ich aus, ›Belart! Meine getreuen Sklaven! Meine bewährten Leutnants! Zu guter Letzt seid Ihr doch an den Busen Eures Mentors zurückgekehrt!‹ Oh, wie sie sich an mich klammerten! Und wie ich, meinerseits, sie packte und ihnen um den Hals fiel – *und die Schlagadern aufriss!«*

Shaithis seufzte, und es klang in der Tat ein wenig bedauernd. »Ihr habt Euch an beiden gesättigt? Zugleich? Ohne jeden Gedanken ans Morgen?«

Arkis zuckte die Achseln, während er immer noch mehr Fleisch in seine Taschen stopfte. »Mir war kalt und ich hatte Hunger gehabt – mehr als zwei Nordlichtperioden lang«, sagte er schlicht. »Und das Blut der Largazis war heiß und kräftigend. Vielleicht hätte ich mir wirklich ein wenig mehr Zurückhaltung auferlegen und mir einen in Reserve halten müssen ... aber dann ... vielleicht auch wieder nicht. Weil ich Fess und Volse ankommen sah. So ersparte ich mir wohl die Enttäuschung, mit ansehen zu müssen, wie sie mir meinen Sklaven abknöpften. Was ihre Leichen betrifft: Ich lagerte sie im Innern eines Gletschers. Aber leider nahmen sie denselben Weg wie mein Krieger! Etwas schaffte sie heimlich fort, während ich im Eis meine Erkundungen anstellte.«

Aus schmalen Augenschlitzen spähte Shaithis hinüber zum Ferenc. Der schüttelte den Kopf. »Ich war's nicht!«, bestritt er den unausgesprochenen Vorwurf. »Ich nicht, und Volse auch nicht. Wir wussten ja gar nichts davon, dass Arkis seine Sklaven auf Eis gelegt hatte. Hätten wir es gewusst, wäre die ganze Geschichte vielleicht anders verlaufen.«

Damit verließ er murrend den Schutz, den der übel zugerichtete Flügler bot, und richtete sich draußen im Schein der Sterne und der Aurora zu seiner ganzen gigantischen Körpergröße auf. »Wohlan, seid Ihr soweit?«

Shaithis und Arkis gesellten sich zu ihm; alle drei wandten sie die Gesichter dem zentralen Bergkegel zu. Geradewegs zwischen dem monströsen Trio und dem einstigen Vulkan ragte eine Feste aus Eis auf. In unermesslichen Jahrhunderten hatte sie sich um den vulkanischen Felsenkern herum kristallisiert und war höher und höher emporgewachsen. Als erstes Ziel mochte sie so geeignet sein wie jede andere. Shaithis nahm den Anblick des trostlosen, windüberfauchten bleichen Landes in sich auf; dann, nach einem kurzen Blick in die Scharlachaugen seiner beiden Gefährten, nickte er bejahend. »Ich bin bereit! Brechen wir auf und sehen wir uns diese seit Äonen gefrorenen Exilanten an.«

Gemeinsam und zumindest in diesem Augenblick geeint, schritten die Vampire über die Schneefelder und funkelnden Eisverwerfungen voran, während die unheimlichen Terrassen, die schimmernden Zinnen und Brustwehren drohend größer und immer größer wurden, je näher sie ihrem Ziel kamen. Ab und zu trieben Rauchfetzen aus dem schwärenden Schemen des vorgeblich erloschenen Vulkans – jenes dunklen Herzens inmitten der glitzernden, konzentrischen Kreise aus hochgetürmten Eisburgen.

Shaithis entdeckte bald, dass eine Burg der anderen gleichkam. Diese hier zum Beispiel, massiv und bizarr, ob ihrer Höhe schwankend, mochte genauso gut die Heimstatt des Kehrl Lugoz sein; doch natürlich war es letzten Endes ein anderer Lord, der untot – oder sterbend – in seinem Schutz gewährenden eisigen Schrein dem Ende der Zeiten entgegenträumte. Bei genauerer Überprüfung stellte sich heraus, dass, wer immer er zu Lebzeiten gewesen war, sein Dämmerschlaf bereits vor langem ein Ende gefunden hatte und er nun gänzlich tot war. Eine Eismumie – erfroren, verhungert, aller Körpersäfte beraubt, bis nur mehr Knochen und ausgedörrtes Fleisch, Haarsträhnen und Haut übrig geblieben waren.

Nachdenklich betrachtete Shaithis ihn durch das verzerrende Flirren der unzähligen Eisschichten hindurch und kam zu dem Schluss: *Wer immer er war, vielleicht ist es besser, dass der Tod ihn ereilt hat.* Denn seine Gedanken, wären sie noch zu erwecken gewesen, hätten Arkis und dem Ferenc von Geheimnissen wispern können, die Shaithis ihnen lieber vorenthielt ... beispielsweise warum er dort, auf einen skelettierten Ellbogen gestützt, auf seinem Eisblock ruhte, eine Klauenhand vors Gesicht erhoben, als wolle er etwas Furchtbares abwehren. Und erst die Augen! Die Zeit hatte das scharlachrote Feuer in ihnen ausgebleicht, nicht jedoch das namenlose Grauen darin. Selbst dieser Angehörige der alten Wamphyri war zutiefst entsetzt! Vor etwas oder jemandem, der genau da gestanden hatte, wo Shaithis jetzt stand.

»Was haltet Ihr davon?« Das jähe, wiederhallende Gepolter von Ferencs Stimme ließ Shaithis zusammenzucken. Sein Blick folgte der Klauenhand des Giganten, die auf ein bislang unbemerkt gebliebenes kreisrundes Loch im Eis wies. Knapp achtzehn Zentimeter im Durchmesser, führte eine Bohrung, ein Tunnel pfeilgerade auf die für alle Ewigkeiten konservierten sterblichen Überreste des Wamphyri auf seiner Liegestatt zu.

»Ein Bohrloch!« Shaithis' Gesicht verzerrte sich.

»Aye.« Der Ferenc nickte. »Wie von einem ungeheuerlichen Wurm. Aber gibt es hier solche Wesen? Eiswürmer?« Er kniete sich nieder und stieß Hand und Arm fast bis zur Schulter hinein. Als er sich wieder aufrichtete und in das Bohrloch spähte, fügte er hinzu: »Es führt direkt auf sein Herz zu!«

»Da drüben gibt's noch mehr solcher Löcher«, rief Arkis aus einiger Entfernung von der anderen Seite des Eisblocks her. »Und mir kommt es so vor, als seien sie allesamt mit einem Bohrer gemacht worden. Seht Ihr diese Eisspäne dort auf dem Boden?«

Shaithis zuckte es durchs Hirn: *Und genau diese kleinen Details sind es, die ihr schon lange kennt, meine törichten Freunde, und die euch aufmerken ließen.* Auch er umrundete den Schrein und begab sich zu Arkis, der sich diese neuen Löcher eingehend besah – oder vielmehr diese *neu entdeckten* Löcher, denn nüchtern betrachtet konnten sie ebenso gut vor hundert wie vor zweihundert Jahren gebohrt worden sein. Als Shaithis wie zuvor der Ferenc durch sie hindurchspähte, fiel ihm auf, dass die perfekt kreisförmigen Röhrengänge zwar anscheinend zielsicher zur Hauptmasse des vom Eis umschlossenen Mumienkörpers führten, ihn jedoch nicht erreichten.

Bei sich dachte er: *Röhren, aye,* und kniff die Augen ein wenig zusammen, als er diesen Gedanken eingehender prüfte. Er war in den Siedlungen der fahrenden *Szgany*-Metallwirker östlich der großen Bergkette gewesen, welche Starside von Sunside trennte. Sie waren die *Schmiede,* die die Furcht erregenden Kriegshandschuhe der Wamphyri entwarfen und herstellten. Shaithis hatte zugesehen, wie die farbenfrohen Traveller flüssigen Stahl in tönerne Röhren gossen oder durch irdene Rinnen in Gussformen strömen ließen. Diese Bohrlöcher hier erinnerten ihn ebendaran – strömende Flüssigkeiten. Nur dass alle diese Röhren ein sanftes Gefälle aufwiesen, was anzeigte, dass sie nicht geschaffen worden waren, um etwas zu dem toten Lord *hin* zu befördern. Dann also von ihm weg? Shaithis fröstelte; er begann diese Nachforschungen, insbesondere die Schlüsse, die sie nahe legten, abscheulich zu finden.

In der Tat umgab die gesamte Szenerie etwas, was selbst Shaithis' Vampirherz nichts Gutes ahnen ließ; etwas Bedrückendes, Schicksalsschweres. Schließlich war es Fess Ferenc, der seine Gedanken in Worte fasste: »Ich und der pustelige Volse, wir sahen Eisgehäuse, deren Mauern nicht ganz so dick waren. Durch sie konnten die Bohrlöcher geradewegs bis ins Zentrum dringen. Ein jämmerliches Bündel Lumpen, Haut und Knochen war alles, was darin übrig war.«

»Was?« Shaithis starrte ihn stirnrunzelnd an.

Fess nickte. »Als seien die *Bewohner* der Schreine, die Schläfer in diesen eisigen Hüllen, *ganz und gar* durch diese Bohrlöcher *herausgesaugt* worden ... mit Ausnahme ihrer festeren Bestandteile.«

Exakt dies war auch Shaithis' Eindruck. »Doch wie?«, flüsterte er. »Wie, da sie doch gefroren waren? Ich meine, wie *bewerkstelligt* man das, einen zur Gänze gefrorenen Körper durch ein Loch zu ziehen, in dem ansonsten nicht einmal der Schädel dieses Körpers Platz findet?«

»Ich weiß es nicht.« Der Ferenc schüttelte seinen missgestalteten Kopf. »Aber ich denke, dass es genau das ist, wovor dieser alte Bursche sich so entsetzlich geängstigt hat. Mehr noch: Ich denke, er ist vor lauter Angst gestorben.«

Später, dem mittleren Bergkegel eineinhalb Kilometer näher, betraten sie eine der Burgen des inneren Rings.

»In dieser hier bin ich noch nicht gewesen«, stellte der Ferenc fest. »Aber so nah, wie sie bei dem alten Vulkan liegt, gehe ich jede Wette ein, dass nichts darin zu finden ist.«

»Ach?« Shaithis blickte ihn auffordernd an.

»Überhaupt nichts!«, erwiderte der Ferenc wissend. »Nur über Lavablöcken zerhauenes Eis und eine leere Höhlung da, wo ein altehrwürdiger Lord hinfortgestohlen wurde.«

Er behielt Recht. Als sie den hohen Thron schließlich aufspürten, war er tatsächlich leer. Die Eismauern des Schreins lagen in zerschmetterten Scherben- und Trümmerhaufen am Boden. Einige wenige Stofffetzen waren zurückgelassen worden, so uralt und steif, dass sie zerfielen, wenn man sie berührte. Das war alles.

Shaithis ließ sich neben den Trümmern auf ein Knie nieder und begutachtete die zerschrundete Oberfläche. Alsbald entdeckte er, wonach er suchte: die abgerundeten Ränder zahlreicher Bohrlöcher, die, fügte man die Brocken zusammen, insgesamt das Muster eines aufgespannten Fächers ergaben. Er schaute zu Fess und Arkis hoch und nickte grimmig. »Das ist eine scheußliche Sache ... Der Täter hätte den Schläfer jederzeit aus seinem Schrein heraussaugen können – so mühelos, als schlürfe er den Dotter aus einem Ei. Doch das war dieses Mal gar nicht nötig; die Eishülle war höchstens fünfundsiebzig Zentimeter dick. Also bohrte er ringsum diese Löcher, bis das Eis gelockert war, dann riss er die Brocken und Scherben beiseite und kam umso schneller an seine erstarrte Beute.«

Fess sagte: »Habe ich richtig verstanden? Sagtet Ihr *scheußliche Sache?*«

Shaithis hielt seinem und Arkis' Blick stand. »Ich bin Wamphyri«, grollte er tief in der Kehle. »Ihr kennt mich gut. An mir gibt es nichts Weiches. Ich bin stolz auf meine Kraft, meine Wildheit und Leidenschaft, meinen Hunger und meine Gier. Auch wenn dies hier das Werk eines Mannes ist – selbst eines meiner eigenen Art – so nenne ich es dennoch scheußlich. Das Entsetzliche liegt im Vorgehen des Mörders begründet – in seinem heimlichen, verstohlenen Wirken, seiner hämischen Verderbtheit. Er weidet sich an der Verzweiflung seiner Opfer. Ja, ich bin Wamphyri! Und falls ich wahrhaftig in diesen Eislanden festsitzen sollte, werde ich mir zweifelsohne auch gewisse Methoden einfallen lassen, um mein Leben zu sichern. Natürlich werde ich mir eine Feste erobern und über subtilen Verteidigungsstrategien brüten und mir meine Nahrungsquellen erschließen. Auch ich wäre so heimlichtuerisch und Angst einflößend wie nötig. Aber seht Ihr denn nicht? Irgendjemand hat all diese Winkelzüge bereits getan! In dieser Ödnis aus Frost und Schnee sind wir in das Hoheitsgebiet von jemandem geraten, der die Wamphyri selbst peinigt und terrorisiert! Das meinte ich, als ich von einer *scheußlichen* Sache sprach. Selbst die Atmosphäre dieses Ortes brodelt vor Verderbtheit. Und noch etwas: Mir scheint, er ist böse allein um des Bösen willen!«

Danach ... hätte Shaithis sich am liebsten die gespaltene Zunge abgebissen. Doch zu spät; er hatte längst viel zu viel angedeutet. Allerdings wog die drückende Last dieses Ortes so schwer auf allen seinen vampirischen Sinnen – so ungeheuerlich loderte die psychische Anspannung bis in seine Nervenenden ... dass er wusste, dass die anderen es ebenfalls spürten.

Seit Shaithis zum Sprechen angesetzt hatte, stand Arkis der Mund offen. Nun schloss er ihn und grunzte. »*Huh!* Ihr wart stets der Gewandteste, was die Ausdrucksweise anbelangt, Shaithis. Aber tatsächlich – auch ich habe die bedrohliche, unheilvolle Aura dieses Ortes wahrgenommen. Ich habe sie gespürt, als ich diese paar jämmerlichen blutverschmierten Splitter vom gepanzerten Rückenschild meines Kriegers in jener hohen Höhle fand; und auch als mir die blutleeren, nichtsdestotrotz noch fleischigen Kadaver der Largazis abhanden kamen. Oft habe ich gedacht: *Wer ist es, der mich so aus nächster Nähe beobachtet und jeden meiner Schritte kennt? Ist er gar in meinem Verstand? Oder haben diese Eisburgen selbst Augen und Ohren?*«

Nun war es für den Ferenc an der Zeit, zu sprechen. »Ich will nicht leugnen, dass auch ich das Mysterium dieses Ortes gespürt habe. Ich denke allerdings, es steckt ein Dämon dahinter, vielleicht der Geist eines Verstorbenen, verirrt in Raum und Zeit. Das Echo von etwas, das einmal war und nicht mehr ist. Seht Euch doch um und fragt Euch eins: Ist irgendetwas von dem, was wir zu sehen bekommen haben, jüngeren Ursprungs? Die Antwort lautet: nein. Gleich, welch widerwärtige Handlungen hier vorgenommen wurden, es geschah vor langer Zeit.«

Arkis schnaubte wieder. »Und meine Kriegerkreatur? Und die Largazi-Zwillinge?«

Fess atmete tief ein und gab ihm zur Antwort: »Gestohlen von einer diebischen Eis-Bestie. Vielleicht ein Cousin des bleichen Höhlenbehausers, mit dem ich und Volse es zu tun hatten.«

Shaithis hatte den kurzen Anflug von Melancholie abgeschüttelt, die befremdliche, verhängnisschwangere Vorahnung zerstreut, die gleich einer Nebelbank über ihn gekommen war. Er gab sich mit der Antwort des Ferenc zufrieden. Er war nicht derselben Meinung – nicht völlig, doch sie stellte ihn zufrieden, da sie die beiden auf eine falsche Fährte lockte. »Wenn es in diesem grausamen Spiel wahrhaftig keine gerissene Intelligenz gibt«, überlegte er halblaut, »oder nicht mehr gibt, was ja der Fall sein mag ... dann sagt mir: Welchen Sinn macht es dann, zum Vulkan zu marschieren?«

Wie so oft zuckte Fess die Schultern. »Am besten, man geht auf Nummer sicher, was?«, brummte er wie ein altkluges Traveller-Kind. »Und wenn hier eine *gerissene Intelligenz* am Werke war, wenngleich vor langer, langer Zeit, so mag deren Heimstatt nun für uns verfügbar sein, tief drunten, im Herzen des Vulkans. So oder so, eines ist sicher: Wir werden es nicht wissen, solange wir es nicht mit eigenen Augen sehen.«

»Nun?« Arkis Leprasohn war ungeduldig.

Doch Shaithis mahnte: »Ich bin dafür, dass wir erst darüber schlafen. Ich für meinen Teil habe vom Wandern im Moment genug, danke, und würde es vorziehen, den Bergkegel frisch ausgeruht und mit einem ordentlichen Frühstück im Leib anzugehen. Wie dem auch sei, mir ist aufgefallen, dass das Nordlicht wieder stärker wird. Was ein gutes Zeichen ist. Soll uns der lodernde Himmel den Weg erhellen.«

»Ich schließe mich Eurer Meinung an, Shaithis«, polterte der Ferenc. »Aber wo sollen wir unser Lager aufschlagen?«

»Warum nicht einfach hier?«, antwortete Shaithis. »In Rufweite, doch jeder von uns sicher in seiner eigenen Nische.«

Arkis nickte. »Damit bin ich zufrieden.«

Sie trennten sich und stiegen in riskanten Kletterpartien über schieres Eis zu ihren separaten Nischen und Gesimsen, im sicheren Wissen darum, dass niemand sie dort ungehört oder unbemerkt erreichen konnte. Alsdann legte ein jeder sich an seinem Platz schlafen. Shaithis spielte kurz mit dem Gedanken, sich eine warme, lebende Decke aus Albinos herbeizurufen, verwarf ihn jedoch wieder. Fess und Arkis würden nur Verdacht schöpfen, wenn die Fledermäuse kamen. Warum sollte Shaithis Macht über die Tiere haben und sie nicht? In der Tat, warum? Es war eine Frage, auf die er keine Antwort wusste. Jedenfalls noch nicht.

Er schlang den Mantel aus schwarzem Fledermauspelz eng um sich und kaute Hybridenfleisch. Es reichte kaum, ihn satt zu machen, doch es füllte den Bauch. Ein Auge offen, entschlossen, den großen Eisdom scharf im Blick zu behalten und mit ihm die Refugien von Fess und Arkis, dachte Shaithis: *Ah, sei's drum, es* ist *Fleisch, es ist Nahrung, und der Hauptgang wird eben später folgen müssen!*

Der Hauptgang, ganz recht: Fess und Arkis höchstselbst. Die über ihn mit Sicherheit dasselbe dachten.

So schlief Shaithis ein; er begann tiefer zu atmen, während sein scharlachrotes Auge die Höhle bewachte ... und ganz langsam kamen die Träume ...

FÜNFTES KAPITEL

Shaithis von den Wamphyri träumte einen wunderbaren Traum. Wie es Träume so an sich haben, setzte auch dieser sich aus vielen Szenen und Bildern zusammen, für die es nur wenige oder gar keine Erklärungen gab – außer derjenigen vielleicht, dass sie allesamt ein Widerhall dessen waren, wonach er im Wachzustand strebte. Das Traumbild war ganz von selbst bereits seit einiger Zeit in den dunkleren Kammern seines Unterbewusstseins herangereift, bevor es sich nun jählings zu einer geordneten, jedoch an Raserei grenzenden Abfolge von Bildern, Szenarien und Gefühlen verfestigte:

Es war Shaithis' Galaempfang, sein Triumph, der Moment seines Ruhms. Die Lady Karen kniete nackt zwischen seinen gespreizten Schenkeln und schürte das Feuer seiner mächtigen Hoden, liebkoste die blassrote runde Spitze seines gewaltig angeschwollenen Phallus, knabberte (*sehr* behutsam) daran und hielt in ihrem Tun nur gelegentlich inne, um das pulsierende Fleisch ein wenig zwischen ihren perfekten Brüsten zu beruhigen. Shaithis fühlte sich aufs Wunderbarste behaglich und lehnte sich auf Dramal Schicksalsleibs hoch emporragendem Knochenthron zurück. Er befand sich in Karens Felsenhorst – jenem Letzten der großen Felsentürme der Wamphyri, den er nun endlich mit dem Recht des Eroberers sein Eigen nannte – und besah sich alle Personen, Kreaturen und Besitztümer, die nun ebenfalls sein waren, ihm ausgeliefert, sie zu missbrauchen oder zu vernichten, ob, wann und wie auch immer es ihm beliebte.

Über den kilometerhohen Strebepfeilern der Festung, jenseits ihrer Brustwehren und Balkons aus versteinerten Knochen, Fels, Haut und Knorpel gesellten sich neue Sterne jenen zu, die sich bereits am dunkler werdenden Himmel zeigten. Die Sonne versank hinter Sunside und fächerte zum letzten Mal einen goldenen Strahlenkranz übers Land. Für atemlose Momente zeichnete sich die Gebirgsbarriere als massiver, gezackter Schattenriss ab, während sich die gleißenden Spitzen ihrer Gipfel erst purpurn und schließlich grau färbten.

Dann ... glitt der sich rapide ausdehnende Schatten der Berge wie ein ungeheurer schwarzer Fleck über die Findlingsebenen Starsides und hüllte sie in Dunkelheit. Zuletzt war jenes Sonnunter gekommen, das Shaithis so lange herbeigesehnt hatte: die Stunde seines größten Triumphes – und seiner Rache.

Auf ein Zeichen hin zogen seine Leutnants die schweren Gobelins von den Fenstern, schnitten Karens Siegel heraus und ließen sie hinab in die Abgründe der Finsternis wirbeln. Sodann wurden die längeren, spitz zulaufenden Flaggen mit Shaithis' neuem Wappen entrollt – einem stahlstrotzenden Wamphyri-Kampfhandschuh, der sich drohend über jener grell leuchtenden Sphäre erhob, die Starsides Portal zu den Höllenländern darstellte; wurden entrollt und ins Freie hinaus den dünnen, böig-wogenden Luftströmungen über den hohen Brustwehren anvertraut.

»Das war mein Wille!«, grollte er, »und so ist es gekommen.« Er besah sich alles und jeden und forderte sie mit seinem Blick heraus, nur das Mindeste in Abrede zu stellen – falls sie es denn wagten. Doch zugleich wusste Shaithis tief im Innern, dass der Sieg nicht allein ihm gehörte, jedenfalls nicht in Gänze. Dass er nicht einmal für sich beanspruchen konnte, ihn allein errungen oder die fremden Mächte und Zauberwaffen des Bewohners aus eigener Kraft zerschlagen zu haben ... Nein, dies alles hatte erst ein dunkler Handel möglich gemacht.

Shaithis konnte sich nicht genau daran erinnern, wie die Schlacht gewonnen worden war; dass er allerdings einen mächtigen Verbündeten zur Seite gehabt hatte und immer noch hatte, wusste er sehr wohl, selbst in diesem Moment. Doch was für einen Unterschied machte das schon? Schließlich schien er der Einzige zu sein, der diesen Anderen wahrnehmen konnte, und er allein war von allen Männern für würdig befunden worden, das oberste Kommando zu führen und sich zum Kriegsherrn der Neuen Wamphyri zu proklamieren. Ein Gespenst vermochte einen Mann nicht vom Thron zu stoßen.

Er verengte die Augen und starrte nach rechts und ein wenig dem Hintergrund zu (unauffällig, damit niemand es mitbekam), und tatsächlich erspähte er das Finstere Ding im schwarzen Kapuzenmantel auf Anhieb: Es stand nahebei und beobachtete interessiert das Treiben. Es war ein düsteres, böses Ding, unsichtbar, und niemand außer Shaithis bemerkte es. Es war die Kreatur, die die Eroberung Starsides ermöglicht hatte. Shaithis jedoch empfand keinerlei Dankbarkeit. Im Gegenteil – er schaute finster drein, denn plötzlich war ihm klar geworden, dass sein geheimer, gesichtsloser Verbündeter, sein unsichtbarer Vertrauter, hier in Wirklichkeit der Meister war und er selbst bloß eine Gallionsfigur. Das ärgerte ihn und ließ den Sieg bitter schmecken. Denn war er nicht Wamphyri? War dies nicht sein ureigenstes Territorium? Weder in dieser noch in einer anderen Welt war Platz für *zwei* Kriegsherren.

Die eisige Glut einer unermesslichen Enttäuschung trieb Shaithis jählings auf die Füße. Die niedergeworfenen Sklaven und knienden Aufseher-Leutnants erhoben sich mit ihm (und alle, ganz gleich ob Herren oder Lakaien, wichen unter der Strenge seines Blickes zurück); vier kleinere Kriegerkreaturen in matt schimmernder Panzerung fauchten warnend ob des hektischen Gedränges, blieben jedoch gehorsam in den fernen Ecken des großen Saales stehen.

Zu Shaithis' Füßen kroch die Lady Karen von ihrem Herrn und Meister weg. Ihr Scharlachblick flackerte; zum Teil lag Verehrung darin (na ja, sie war so hinterhältig wie eh und je), doch die pure Angst überwog bei weitem. Mit einem Tritt, der sie der Länge nach zu Boden schleuderte, scheuchte er sie aus dem Weg und trat allein an die hohen Bogenfenster. Dort draußen, in schwindelnder, luftiger Höhe war die Nacht nun mit ganzen Kolonien rauchgrau bepelzter *Desmodus*-Fledermäuse lebendig geworden. Aufgeregten, blitzschnell hierhin und dorthin wogenden Mückenwolken gleich wimmelten sie um Shaithis' gigantische, den Himmel durchkämmende Kriegerkreaturen herum. Reihe um Reihe schwebten mantaförmige Flügler im reich geschmückten, dekorativen Staatsgeschirr einher, stolz befehligt von Leutnants und hochrangigen Leibeigenen. Shaithis' neues Siegel prangte auf ihren Sätteln. Im Gefolge seines größten Sieges war dies eine wahrhaft luftige Zurschaustellung seiner Macht. Die Hände in die Seiten gestemmt, den Kopf hoch erhoben, blieb er einen Moment dort stehen und sah der Parade zu ... ein General, der seine Truppen inspiziert. Dann wandte er die blutroten, von schweren Lidern überschatteten Augen ab und blickte westwärts – wo der Garten des Herrn lag oder vielmehr der hohe Grat in den Grauen Bergen, auf dem sich dieses blühende Paradies einst befunden hatte. Ah, doch das war gestern gewesen, und heute ... züngelten dort Flammen, schwarzer Qualm wogte himmelwärts, und die Bäuche der über die Gipfel jagenden Wolken schimmerten rötlich im Widerschein des unter ihnen tobenden Infernos. Shaithis hatte einen Schwur geleistet, und nun war er Wirklichkeit geworden! Der Garten brannte und seine Verteidiger waren ... tot?

Nein, nicht alle. Noch nicht.

»Bringt sie zu mir«, ordnete Shaithis, tief in seinen Traum verstrickt, an. »Ich werde mich mit ihnen befassen – und zwar sofort.« Mindestens sechs Leutnants hasteten los, seinen Befehl auszuführen, und binnen kürzester Zeit kehrten sie mit zwei Gefangenen wieder und stießen sie vor ihren Meister. Wuchtig ragte er vor ihnen auf. Natürlich, schließlich war er ein Lord der Wamphyri: Er beherbergte einen Vampir in seinem Körper und Gehirn, während seine Gefangenen lediglich Menschen waren. Oder etwa nicht? Selbst in diesem Moment haftete ihrem Benehmen etwas Herausforderndes an; etwas, das, für sich genommen, nahezu ... *Wamphyri* sein mochte? Dann sah Shaithis in ihre Augen und erkannte die erstaunliche Wahrheit.

Ah! Was *das* für seine Rache bedeutete! Für einen Vampir gibt es nichts Köstlicheres, als einen Artgenossen zu martern und zu foltern und von seinen Lebenssäften zu kosten. »Bewohner ...«, sagte Shaithis, und die Drohung in seiner Stimme war so sanft, dass er beinahe flüsterte. »Bewohner oder *Herr des Gartens,* ganz gleich, wie es dir beliebt ... Komm, nimm deine goldene Maske ab. Denn ich kenne dich nun, wie ich dich von Anbeginn an hätte kennen sollen. Nur deine *Magie* hat mich zum Narren gehalten, wie einen jeden von uns. Magie? *Hah!* Nichts dergleichen – stattdessen jedoch die wahre Kunst eines großen Vampirs! Denn wer außer einem Meister eines jeden Wamphyri-Talents – aye, oder doch zumindest des einen oder anderen! – würde es wagen, einen Ein-

Mann-Krieg gegen alle großen Lords dieser Welt zu führen? Und wer außer dem Allerlistigsten – ah, dem *Allergerissensten* – aller Vampire hätte einen solchen Krieg gewinnen können?«

Der Bewohner gab keine Antwort; er stand einfach nur da in seinen fließenden Gewändern und der Goldmaske, hinter deren Augenschlitzen es feuerrot flammte. Shaithis, der in jenen halb verborgenen Augen die nackte Angst zu sehen glaubte, lächelte grimmig. Oh ja, und ob er sich in diesem Moment nun täuschte oder nicht, so wusste er doch eines – er würde diese Empfindung zu sehen bekommen, und zwar schon bald.

Was den anderen Gefangenen betraf: Den würde Shaithis *niemals* vergessen! Nicht nur, dass er aus den Höllenländern stammte, er war auch der Vater des Bewohners und hatte in der verheerenden Schlacht um den Garten, als die Wamphyri aus Starsides Himmeln stürzten und wie Mücken zertreten wurden, getreu an der Seite seines Sohnes gestanden. Mehr noch – als das Kämpfen und Sterben schließlich ein Ende fand und die großen Felsenhorste der Wamphyri dem Erdboden gleichgemacht waren (alle, bis auf den der Hündin Karen), da hatte er diesen Mann mit ebendieser *Lady* in ihren persönlichen Gemächern überrascht und sich gefragt: *Sind sie etwa Liebende?*

Nun, vielleicht waren sie das, vielleicht auch nicht. Genauso gut mochten sie einfach Alliierte gewesen sein im Kampf gegen Shaithis und seine Armee aus Wamphyri-Lords, und als Belohnung für ihre Rolle in diesem mörderischen, gegen ihn gerichteten Intrigenspiel hatte man ihre Feste verschont; jedoch nur, damit sie, wenn die Zeit erfüllt war, in Shaithis' Hände geriet, wie überhaupt alles weit und breit. Ob sie sich liebten oder nicht, machte keinen Unterschied. Dennoch reizte es ihn aus einem unerfindlichen Grund, zu erfahren, ob dieser Mann aus den Höllenlanden Karen gekannt hatte und in ihr gewesen war oder nicht. Nun, diese Frage ließ sich zweifelsohne klären.

Sie lag hingestreckt, wo er sie verlassen hatte: neben dem Knochenthron. Nun rief er aus: »Karen, herbei mit dir!« Sie machte Anstalten, aufzustehen, doch er fügte eilig hinzu: »Nein, krieche zu mir!«

Sie war von Kopf bis Fuß eingeölt. Im unsteten Licht der Fackeln schimmerte sie wie Gold. Nur mit ihren goldenen Armringen und Ketten angetan, um ihren Körper zu bedecken, den der Vampir in ihr unwiderstehlich gemacht hatte, gehorchte sie. Ihre Schamhaare waren ein kupfernes Feuer; die Brüste so prall und schwer und sacht baumelnd, mit weiten, dunklen Höfen und erregt versteiften Warzen; selbst in einer so würdelosen Bewegung, wie Shaithis sie verlangte, ließ sich die animalische, geschmeidige Anmut dieser Frau nicht leugnen.

Kaum war sie nahe genug, griff Shaithis blitzartig hinab, packte die Flut ihrer roten Haare mit einer Hand, zwang ihren Kopf in den Nacken und riss sie auf die Füße. Sie gab nicht den geringsten Laut von sich, sie gab keine Widerrede. Doch *der Herr des Gartens* beugte sich ein wenig nach vorn, so dass er eine sonderbare Körperhaltung einnahm – wie ein Hund, der sich auf den Hinterläufen aufrichtet, und Shaithis meinte ein tiefes Grollen hinter der Maske zu vernehmen. Hatte er die Leidenschaften des Herrn wachgerüttelt? Wenn dem so war, wie stand es um diejenigen seines Höllenländer-Vaters?

Shaithis hielt Karen noch immer aufrecht, so dass sie gezwungen war, auf den Zehenspitzen zu balancieren, und blickte vom Herrn des Gartens hinüber in die wunderlichen, traurigen Augen seines schwächlich wirkenden Vaters. Shaithis legte den Kopf fragend zur Seite. »Du bist also der Höllenländer, der mir im Garten so viel Ärger bereitet hat, was? Nun, kleiner Mann, ich habe den Eindruck, dass ihr beide, du und dein Sohn, damals Glück gehabt habt. Wenn du der Beste bist, den sie drüben hinter dem Sphärentor haben, wird es für die Wamphyri höchste Zeit, endlich hinüber in die Höllenländer zu gehen und ihnen zu zeigen, wozu *wir* imstande sind. Doch ... ich muss zugeben: Es gibt etwas, was mir nicht ganz in den Kopf geht. Ich meine, eine Kreatur wie du – so klein, so zart und kümmerlich, mit dem schlaffen Ding eines kleinen Jungen ... und du willst mir weismachen, dass du die da gehabt hast?« Er krallte seine riesige Faust fester in Lady Karens Haar, zog sie höher und höher, bis sie auf den Zehenspitzen tänzeln musste. »Und es überlebt hast, um damit prahlen zu können?«

Shaithis' Hohngelächter zischte wie ein heißes Eisen beim Abkühlen.

Der Mann aus den Höllenlanden versteifte sich. Seine Scharlachaugen wurden geringfügig größer; um seine Mundwinkel zuckte es, sein blasses Gesicht wurde noch blasser. Doch er fand die Kraft, die kalte Wut niederzukämpfen, die Shaithis' Gespött einen Augenblick lang in ihm geweckt hatte. Schließlich entgegnete er mit leiser, ruhiger Stimme: »Du kannst glauben, was du willst. Ich sage weder ja noch nein zu irgendetwas.«

So ein Fehlschlag! Shaithis nahm es als Eingeständnis für die Impotenz des Höllenländers. Denn wären er und Karen tatsächlich ein Liebespaar gewesen, hätte er mit Vergnügen davon getönt, wie er ihr den Laufpass gegeben hatte ... ganz nach Art der Wamphyri! Worauf Shaithis ihn natürlich der Anmaßung bezichtigt und ihm mit einer stumpfen Klinge die Eingeweide aus dem Leib geholt hätte, um sie noch dampfend vor seinen Augen den Kriegern zum Fraß vorzuwerfen! Doch ganz gleich, ob er nun impotent war oder nicht – die Frage des Vampir-Meisters blieb unbeantwortet.

»Nun gut.« Shaithis zuckte die Schultern. »Dann werde ich eben davon ausgehen, dass sie dir nichts bedeutet. Wäre das Gegenteil der Fall, würde ich dir auf der Stelle die Lider von den Augen schneiden, damit du sie nie wieder schließen könntest, und dich in silbernen Ketten an die Wand meines Schlafgemaches hängen, so dass dir keine andere Wahl bliebe, als jede noch so kleine Muskelregung und Nuance unseres Liebesspiels zu beobachten ... so lange, bis sie daran stirbt!«

In dem Moment, als er das aussprach, hörte er ein Raunen: *Nein, tu's nicht!*

Die Warnung hallte wie ein Gongschlag in Shaithis' Verstand wider. Er wusste sofort, woher sie kam. Er starrte quer durch den Saal auf das Finstere Ding, sah, dass dort, wo bisher nur undurchdringliche, granitene Schwärze unter der Kapuze gewesen war, sich nun schweflige Augenhöhlen andeuteten und mittendrin, wie Nadelstiche, zwei scharlachrote Augen glühten – und ohne zu blinzeln ihre Botschaft in seinen Verstand hineinbrannten: *Treib es nicht auf die Spitze! Ich halte sie unterjocht, ihre Kräfte niedergedrückt. Doch wenn du sie reizt, ist es, als würdest du einem Krieger angespitzte Stöcke unter die Schuppen rammen! Es macht sie unberechenbar, es durchfährt sie wie Feuer und schwächt den Griff, in dem ich sie halte.*

Aber sie sind doch überwältigt, unterworfen, wie Hunde geschlagen!, empörte Shaithis sich. *Niemand weiß das besser als Ihr; denn Ihr haltet doch ihren Geist einer Weintraube gleich in Händen –ganz nach Belieben könnt Ihr entscheiden: zieht man ihr vorher noch die Haut ab oder zerquetscht man sie gleich. Außerdem habe ich hier überall meine Krieger und meine zahlreichen Leutnants und Sklaven. Aye, dazu meine Kreaturen da draußen, die in Scharen den Nachtwind bevölkern. Deshalb ersuche ich Euch – sagt mir, was habe ich zu fürchten?*

Nur deine Gier, mein Sohn, und deinen Stolz, gab der andere zurück. *Aber hast du eben wirklich von* deinen *Kriegern, Leutnants und Sklaven gesprochen? Von den deinen? Nicht den unsren? Habe ich denn keinen Anteil an deinem Triumph? Es gibt dich und mich, Shaithis, wir sind zu zweit, denk dran. Und doch redest du allein von* dir, *wenn du nur* uns *meinen kannst. Ein Ausrutscher der Zunge, offenbar. Ah, sei's drum: Die Zungen aller Wamphyri sind gespalten, hab ich Recht?*

Shaithis' Antwort glich einem Zischen: *Was wollt Ihr von mir?*

Nichts weiter, als dass du deinen Hochmut zügelst, sagte das Finstere Ding zu ihm. *Denn zu meiner Zeit war auch ich voller Hochmut, nur um zu erfahren, dass er tatsächlich vor dem Fall kommt.*

Nun war alles zu viel. Sage einer einem Vampir, er solle nicht stolz sein! Wage es einer, die übersteigerten Emotionen eines Geschöpfes wie Shaithis auch nur versuchsweise an die Kandare zu nehmen! Er war Wamphyri! Darum herrschte er das unter seiner Kapuze verborgene Finstere Ding an: *Ich habe ein Gelübde abgelegt, Karen mit eigenen Händen zu töten, noch dazu auf eine ganz bestimmte Art, in meinem Bett. Mein Triumph wird nicht vollständig sein, bis das getan ist – auf meine Weise oder dem so nahe wie irgend möglich. Außerdem sind der Herr des Gartens und sein Vater Todfeinde von mir. Sie müssen sterben!*

Dann töte sie!, versetzte der andere. Seine Augen blitzten auf und weiteten sich. Es war, als brenne in ihnen ein Feuer. *Töte sie auf der Stelle, aber peinige sie nicht. Denn wenn du sie dazu treibst, könnten sie ...*

Ja?

Ich denke, nicht einmal sie selbst wissen um ihre wahre Stärke und ihre Macht.

Das überraschte Shaithis. *Ihre Stärke? Aber könnt Ihr denn nicht sehen, dass sie Schwächlinge sind? Ihre Macht? Ganz offensichtlich stehen sie doch völlig* ohnmächtig *da! Aye, und ich werde es Euch beweisen!*

Damit gab er Karens Haare frei, und sie brach ihm zu Füßen zusammen. Im Traum wandte Shaithis sich abermals den beiden Gefangenen zu, die, während er mit dem Finsteren Ding gesprochen hatte, im sicheren Griff der Sklaven wie eingefroren dagestanden hatten. »Es gab eine Zeit«, sprach er die beiden an, »da die Hure Karen ihren rechtmäßigen Meister betrogen hat – nämlich mich, und mit mir alle Wamphyri überhaupt. Was sage ich? Betrogen? Nein, ihre Niedertracht hätte uns beinahe vernichtet! Damals habe ich feierlich geschworen, dass, sollten sich die Zeiten und das Glück ändern, sie durch meine Hand sterben würde! Einen goldenen Strohhalm wollte ich ihr ins lebende Herz stoßen und ihr Blut trinken, Tropfen um Tropfen. Und desgleichen sie mit meinem Fleisch ausfüllen, während ich sie ihrer Körpersäfte beraube. Eine doppelte Ekstase also für eine unwürdige Lady. So lautet mein Gelübde, und so sei es!«

Zu seinem persönlichen Statthalter sagte er: »Geht und bringt mir meine Liegestatt, mit schwarzen, seidenen Betttüchern überworfen, und den dünnen, spitzen, goldenen Strohhalm, der auf meinem Kopfkissen zu finden sein muss.«

Es geschah, wie er befohlen hatte: Die Liegestatt wurde von sechs kräftigen Sklaven hereingetragen; ein katzbuckelnder Leutnant brachte auf einem seidenen Polster den goldenen Halm, in dessen trichterförmigem Mundstück sich der lodernde Fackelschein spiegelte. Shaithis ergriff dieses Werkzeug seiner Rache, warf die Robe ab und winkte Karen, sich auf die Liegestatt zu begeben. Als er jedoch Anstalten machte, sich zu ihr zu legen ... wurde abermals jenes Grollen tief in der Kehle des Bewohners laut, und abermals fiel Shaithis diese seltsam nach vorn gebeugte, *drohende* Körperhaltung auf.

Der Vampir-Lord hielt einen Moment inne, neigte wie fragend spöttisch den Kopf, ein eindeutig unmenschliches Lächeln huschte über seine Züge – dann ließ er sich neben der offensichtlich in seinem Bann stehenden Karen nieder. Ausgestreckt lag sie da, geistesabwesend und wie gelähmt, die scharlachroten Augen auf ihn geheftet. Ihr Atem ging schwach und stoßweise aus Angst vor dem, was kommen würde. Auf ihrer Stirn glänzten Schweißperlen. Shaithis griff nach ihrer linken Brust, hob sie leicht an und besah sich den bleichen Brustkorb darunter ... Dann stieß er ihr die Spitze des goldenen Strohhalms genau zwischen zwei Rippen ins Fleisch und schob sie behutsam auf das pochende Zentrum ihres Körpers zu.

Sobald die erste schaumige Blase ihres dunkelroten Blutes aus dem Mundstück quoll, kannte Shaithis' vampirische Wollust kein Halten mehr. Er bekam eine gewaltige Erektion, gab den zum Großteil eingeführten Trinkhalm frei, stattdessen packte seine große Hand die Innenseite von Karens rechtem Schenkel und drückte zu, um ihr zu bedeuten, dass sie sich ihm öffnen solle ...

Dabei spürte er zum ersten Mal, dass sie sich seinem Willen zaghaft zu widersetzen trachtete – dass andere sie in diesem Entschluss unterstützten ... und sich die Brennpunkte mehrerer bislang unerwarteter Kräfte einander annäherten. Das Finstere Ding spürte es ebenfalls und kreischte in Shaithis' Verstand auf: *Ich habe dich gewarnt!* Doch es war zu spät, denn die Wunschvorstellungen des Vampir-Lords verwandelten sich bereits in den reinsten Albtraum.

Zum dritten Mal vernahm Shaithis das nun unmissverständlich *tierhafte* Grollen des Herrn des Gartens und blickte ihn aus geweiteten Augen an; gerade noch rechtzeitig, um zu sehen, wie er sich mühelos dem fesselnden Griff seiner Wachen entwand, sodann emporgriff und sich die goldene Maske vom Gesicht riss. Doch ... was auch immer Shaithis erwartet hatte, befand sich nicht unter dieser Maske. Das Gesicht, das dort *war,* hatte nichts auch nur im Entferntesten Menschliches an sich. Shaithis sah borstiges Fell und flach angelegte Ohren – die Fratze eines großen grauen Wolfs. Nur die blutgetränkten Augen waren nach wie vor jene eines Wamphyri!

Von der gekräuselten, bebenden Schnauze schäumte und troff Geifer herab; Zähne wie Sichelklingen blitzten in wildem Gefletsche, und im nächsten Moment ruckte die Bestie (war das wirklich der *Herr des Gartens?*) herum und schnappte nach einem der völlig verdutzten Wächter. Noch während Shaithis keuchte, schlossen sich die Kiefer des Dings wie Fangeisen um den Arm des Leutnants und trennten ihn knapp unter dem Ellenbogen ab.

Von da an versank alles im Irrsinn.

Während sich die Verwandlung der gewaltigen, aufrecht gehenden Kreatur in ein grau bepelztes, wolfsartiges Etwas in rasender Schnelle vollzog, zerplatzten die weiten Gewänder wie verrotteter alter Stoff und enthüllten die wahre Größe des Körpers. Es war ein Wolf, ja, doch so groß wie ein hoch gewachsener Mann! Shaithis' Sklaven, allesamt längst Zeugen der blitzartigen Schnelligkeit und ungezügelten Kraft des Monstrums, wichen zurück – umso schneller, als der große Wolf sich auf alle viere niederließ und dem Nächststehenden entgegenschnellte. Unter malmenden Kiefern zerbarst knirschend ein menschlicher Kopf.

Dem Vampir-Lord wurde auf seiner Liegestatt nur allzu deutlich bewusst, dass das Glück sich wieder gewendet hatte und in eine andere, noch nicht absehbare Richtung umschwang. Nichtsdestotrotz entschied er, dass er zumindest *etwas* von seinem Traum haben wollte. Mit einem Arm umklammerte er Karen, während er mit der freien Hand nach dem goldenen Strohhalm tastete und sich bereitmachte, ihn endgültig ins Ziel zu stoßen.

Kaum, dass er das Mundstück berührte ... riss er die Hand bebend zurück! Denn eine *zweite* Verwandlung vollzog sich nun mit Karen, und diese verlief kaum weniger schnell und Furcht einflößend als jene des Bewohners in einen Wolf. Dafür war sie um einiges abscheulicher!

Als habe Shaithis' Trinkhalm sie vergiftet und einen unglaublichen Alterungsprozess in Gang gesetzt, zerfiel Karen vor den Augen des Vampir-Meisters! Ihre Arme verwandelten sich in gelb geäderte Stöcke, von denen die Armbänder klirrend zu Boden fielen; die Scharlachaugen sanken krankhaft tief in ihre Höhlen, bis sie unter den verfilzten Wimpern kaum mehr vorhanden waren; ihre Haut legte sich in Falten und wurde runzliger als Dörrobst.

»Was?«, krächzte er, als ihre verheerten Lippen sich zum Zerrbild eines Lächelns öffneten und ihm die weißliche, gespaltene Zunge, das verkümmerte Zahnfleisch und die lockeren, faulenden Zähne offenbarten. »Was?« Eigentlich war es keine Frage, doch sie antwortete ihm trotzdem. Ihre Stimme war ein widernatürliches Gackern, während sie mit ihren Mumienklauen nach seiner schrumpfenden Männlichkeit griff: »Nun, mein Lord! Ich bin bereit für dich!«

Wie ein Wahnsinniger schlug Shaithis mit der flachen Hand auf das Mundstück des Strohhalms und trieb es ihr tief in den Leib – doch nichts als ein gurgelnder Strom stinkenden Eiters spritzte ihm daraus entgegen und blieb an seinem schaudernden Fleisch haften! Mit einem unverständlichen Aufschrei taumelte er auf die Füße, deutete auf das sich auflösende, verflüssigende Ding auf der Liegestatt und befahl: »Vernichtet es! Entfernt es – weg damit, auf der Stelle! In die Abfallgrube!« Doch niemand schien auf ihn zu hören. Shaithis' Statthalter, seine Leutnants und Sklaven liefen blindlings durcheinander. Der *Herr des Gartens* wütete mit seinen Wolfsklauen unter ihnen wie ein Fuchs im Hühnerstall; und was seinen Vater aus den Höllenlanden betraf, mochte der Vampir-Fürst kaum seinen Augen trauen!

Die beiden ungeschlachten Wamphyri-Aspiranten, die diesen kleinen, unscheinbaren Menschen hergeschleift hatten, lagen ihm nun als schwelende Häufchen, aus denen Blut über die Steinplatten des Bodens sickerte, zu Füßen. Und der Hexer (oh ja, das konnte nur Hexerei sein!), der sie eingeäschert hatte, stand am Fenster und ließ seinen vernichtenden Blick über Starsides nächtlichen Himmel und die von Trümmern gezeichnete Ebene schweifen. Sein Blick war tödlich, denn wohin er auch fiel, loderte es auf, und noch mehr Verwüstungen waren das Ergebnis. Über den gesamten Himmel explodierten in der sich vertiefenden Düsternis von Sonnunter Shaithis' neue Wamphyri-Horden. Ihre Überreste stürzten in brennenden Fetzen auf die zerschmetterten Felsentürme ihrer Vorfahren hinab.

Shaithis brüllte vor Wut und Enttäuschung und fand sich im nächsten Moment angekleidet wieder, den Kampfhandschuh an der Hüfte. Er wusste, was zu tun war. Ihm war klar, dass er als

Einziger dem Herrn des Gartens und seinem Vater gewachsen war. Hastig fuhr seine Rechte in den Handschuh, und ganz wie es der Tradition der alten Wamphyri entsprach, stürzte er sich auf seine Feinde, um sie niederzustrecken. Warum auch nicht? Schließlich bestanden sie ja auch nur aus Fleisch und Blut, nicht anders als die mächtigen weißen Bären der Eislande. Und alles Fleisch ist schwach, wie der Vampir-Lord nur zu gut wusste. Selbst Wamphyri-Fleisch, unter den richtigen Umständen.

Das Finstere Ding hörte die sich überstürzenden, bluttriefenden Gedanken des Vampirs und wisperte: *Elender Narr!* – Aber Shaithis hörte nicht zu.

Er kam über den Höllenländer und schwang den Kampfhandschuh – der mitten in der Luft gefror, als sei die Zeit selbst stehen geblieben. Doch dann begriff Shaithis, dass die Zeit einfach wie Hefeteig gedehnt worden war und der schreckliche Kampfhandschuh die verbleibende Distanz in einem Schneckentempo zu überwinden hatte, das ihn verrückt machte. Der Vater des Bewohners sah den Hieb kommen und wandte ihm langsam, ganz langsam die sonderbar traurigen, brennenden Augen zu. Die Scharlachaugen seines Sohnes, des Wechselbalg-Wolfes, waren ebenfalls auf Shaithis gerichtet. Die geifernde Kreatur schwebte auf dem höchsten Punkt ihres Sprungs frei in der Luft.

Nach Art der Wamphyri drangen die Gedanken der beiden direkt in Shaithis' tobsüchtigen, blutdurchtränkten Verstand; und nicht nur sie, auch das Finstere Ding tuschelte und wisperte auf ihn ein. Sie sagten alle dasselbe: *Du hast uns alle in die Vernichtung getrieben mit deinem Ehrgeiz, deiner Leidenschaft, deinem Stolz!*

Sterbt!, fauchte Shaithis, indem die ersten Klingen seines Handschuhs nach und nach in den Kopf des Höllenländers fuhren und dessen hellen Kern zerfleischten.

Ganz recht, hell! Strahlend, blendend hell und tödlich wie ein Schmelzofen, wie die Sonne selbst! Denn da war kein Blut, kein Knochen, kein graues, breiiges Gehirn im Schädel des Hexers – nichts außer goldenem Feuer. Das siedende, tobende Feuer der Sonne.

In der Tat *war* es die Sonne, die ihm nun in einem endlosen

Aufglühen aus der vergleichsweise geringen Wunde des Höllenländers entgegenschlug und ihn umhüllte und wie alles andere ... vernichtete!

Shaithis ruckte hoch, spürte das Eis unter sich und meinte für einen Moment sengendes, goldenes Feuer zu sehen. Er schrie auf, und Tausende zarter Eisgewächse splitterten, zerbarsten und wirbelten in einem klirrenden Inferno von der fantastischen Decke der Eisburg herab. Kaum einen Lidschlag später hatte der Vampir erfasst, wo er sich befand, und sich erinnert, was er hier tat. Der Albtraum wich und die Wirklichkeit verfestigte sich wieder um ihn her, so dass sein Atem und das wilde Pochen seines Herzens allmählich zur Ruhe kamen. Dann ...

... spähte er über die gefrorene Weite der Eisburg und machte die dunklen Gestalten von Fess Ferenc und Arkis Leprasohn in ihren Nischen aus. Er sah, dass der Erstere ebenfalls wach war. Zugleich traf Ferencs Blick über das glitzernde Gewölbe hinweg den seinen.

»Wart Ihr am träumen, Shaithis?«, rief der Ferenc ihm zu, dass seine Worte sich in der bitterkalten, weithin tragenden Luft dieses Ortes hallend umherjagten. »Ein Omen vielleicht? Ihr habt geschrien, und mir wollte scheinen, Ihr hattet Angst.«

Shaithis fragte sich, ob der Traum sicher genug gewesen war wie sonst seine *einwärts* gerichteten Gedanken, oder ob Fess ihn hatte *belauschen* können. Er hasste die Vorstellung, ausspioniert zu werden, noch dazu im Unterbewussten, wo die Samen seines Ehrgeizes – in der Tat all seine Pläne – im Dunkeln ruhten und auf ihr Keimen warteten. »Ein Omen?«, antwortete er schließlich, jedoch bedächtig, und tarnte so den noch immer nachklingenden Aufruhr. »Nein, ich glaube nicht. Keine ominösen Andeutungen, Fess. Nur ein angenehmer Traum, das ist alles, von Weiberfleisch und süßem Traveller-Blut.« *Von der Lady Karen, und wie ihr Leib auf meiner Liegestatt verrottet, und davon, wie das gesamte Wamphyri-Geschlecht ausgelöscht wird von einer Sonneneruption aus einem fremdartigen Verstand!*

»Huh!«, grunzte der andere. »Mir träumte nur von Eis! Mir träumte, ich sei in einem Eis-Schrein eingeschlossen, und von draußen machte sich ein unheimliches Ding mit Feuerkrallen daran zu schaffen, und das Eis begann bereits zu schmelzen ...«

»Dann war es ja wohl gut, dass ich vor Lust geschrien und Euch damit aufgeweckt habe!«, stellte Shaithis fest.

»Aye, trotzdem ist es noch zu früh«, brummte der Ferenc. »Schaut Euch nur den Sohn des Aussätzigen an, der schläft noch. Darin ist er schlauer als wir. Lassen wir also ebenfalls noch ein paar Stunden verstreichen, ehe wir uns erheben und weiterziehen.«

Dem stimmte Shaithis zu. Dankbar, dass der Riese nicht in seinen Gedanken umhergeschnüffelt hatte, ließ auch er sich wieder nieder und schloss ein Auge ...

Abermals sank er in einen tiefen Traum. Nur dass er diesmal noch eher als beim letzten genau wusste, dass es mehr war als ein gewöhnlicher Traum. Darin begegnete er jenem Wesen, das als Shaitan der Gefallene bekannt war. In ihm erkannte er sofort das Finstere Ding, jenen düsteren, sorgenvollen Vertrauten – vielleicht gar sein anderes Ich – aus dem Albtraum von seiner durchkreuzten Rache.

Er wusste, dass das Ding da war. Als Schatten unter lichteren Schatten stand es ihm in einer Höhle aus schwarzem Felsgestein gegenüber, unscheinbar bis auf das rote Glühen der Augen, die in schweflig angedeuteten Höhlen schwebten. Was er, Shaithis, an einem solchen Ort zu suchen hatte, vermochte er nicht zu sagen. Es kam ihm allerdings so vor, dass jemand ihn hierher gerufen hatte. Ja, genauso war es: Er befand sich nicht ganz aus freien Stücken hier, sondern hauptsächlich deshalb, weil er dem Ruf dieses rätselhaften Wesens gefolgt war.

Als bräuchte dieser Gedanke eine Bestätigung, sagte das Finstere Ding aus der Schwärze unter seiner Kapuze hervor: »Shaithis, mein Sohn.« Seine wahre Stimme klang tiefer und dunkler, und vermutlich war sie auch trügerischer als jede andere, die er bisher vernommen hatte. »So hast du mir also doch noch geantwortet. Es ist nicht gerade leicht, durch deinen raffinierten Gedankenschild zu dir durchzudringen, mein Sohn; sonst hätte ich dich schon vor langer Zeit erkannt und hergerufen.«

Shaithis' Wamphyri-Augen und – Wahrnehmung gewöhnten sich an das Dämmerlicht, das hier herrschte. In der Tat sah und spürte er so gut wie eh und je, genau genommen also *ungeheuer* gut, wie eine Katze in der Nacht oder eine Fledermaus im Flug. Ob es dunkel war oder nicht, machte für ihn keinen Unterschied; so bestätigte die Finsternis nur seine erste Mutmaßung, dass er sich in einer natürlichen Felsenkammer tief im Bauch des schlummernden Vulkans befand. Was bedeuten mochte, dass Shaitan der Herr dieser unterirdischen Regionen war.

In so unmittelbarer Nähe las der andere seine Gedanken, als hätte Shaithis sie laut ausgesprochen, und gab ihm zur Antwort: »Aber natürlich, und so ist es seit ... oh, langer, langer Zeit.«

Shaithis spähte noch aufmerksamer zu den karmesinroten Augen des Schattens hinüber. Es war sonderbar; trotz all seiner scharfen Vampir-Sinne nahm er nach wie vor kaum mehr als den Umriss des anderen wahr. Das lag keineswegs an ihm. Seiner Wahrnehmung mangelte es an nichts; Shaitan musste seine körperliche Erscheinung also in einer Art und Weise abschirmen, wie gemeinhin er selbst seine persönlichsten Gedanken. Doch ... Shaitan der Gefallene? Konnte es denn sein – war es *wirklich* möglich, dass ein Geschöpf so lange lebte? Er entschied sich für ein *Ja,* denn stand er ihm nicht leibhaftig gegenüber?

»Das ist nicht nur ein Traum«, stellte Shaithis daraufhin mit einem Kopfschütteln fest. »Ich kann Eure Gegenwart spüren und *weiß,* dass Ihr Wirklichkeit seid: derselbe Shaitan, vor dem Kehrl Lugoz eine Todesangst hatte, immer noch hat; jenes uralte Wesen aus den ersten Annalen der Wamphyri-Legenden. In grauer Vorzeit hat man Euch hierher verbannt, und Ihr lebt noch immer hier.«

»Das stimmt schon«, gestand der andere, und dort, wo er stand, regte sich die Dunkelheit, als habe er nachlässig mit einer Schulter gezuckt. »Ich bin dieser Shaitan, den sie den Ungeborenen nennen, der Nämliche, der seit undenklichen Zeiten dein Ahnherr ist.«

»Ah!«, entfuhr es Shaithis, als ihm die Wahrheit dämmerte. »Dann sind wir also vom selben Blut?«

»In der Tat, ist das nicht offensichtlich? Du hebst dich von den anderen ab wie ein feuriger Meteor, der durch reglose Sternenmassen jagt. Ich war genauso – damals, in jenen fernen Tagen, als ich hinabfiel zur Erde. Und auch der Ehrgeiz ist derselbe, aye, und die Klugheit. Ich bin dein Ursprung, Shaithis – und deine Zukunft. Und du die meine.«

»Unsere Zukunft ist miteinander verknüpft?«

»Unauflöslich!«

»Ihr meint – fernab dieser Eislande? An zivilisierteren Stätten?«

»Auf Starside und in Welten, die jenseits davon liegen.«

»Was?« Für die Dauer eines Lidschlags war Shaithis sprachlos, denn hier begegnete ihm etwas mit dem Beigeschmack des früheren Traumes. »Welten – jenseits von Starside? Ihr meint die Höllenlande?«

»Sie machen nur den Anfang.«

»Und Ihr wisst von solchen Orten?«

»Es gab eine Zeit, da habe ich an einem solchen Ort gelebt. Doch das war, bevor ich zur Erde niederfiel – beziehungsweise gestürzt wurde.«

»Und Ihr erinnert Euch daran?«

»*An nichts davon* erinnere ich mich!«, gab das Finstere Ding mit einem Grollen zurück. Dabei bewegte es sich geringfügig näher. Diese Bewegung allein war wie ein Gewisper von Botschaften – als sei dieses *Fließen* bereits empfindungsfähig, als wohne ihm Intelligenz inne. Was Shaithis wiederum veranlasste, einen Schritt zurückzuweichen. »Meine Erinnerungen wurden mir allesamt genommen, als sie mich vertrieben haben.«

»Kein Andenken ist übrig geblieben an das, was Ihr gemacht habt, wer und wie Ihr wart?«

Abermals glitt das Ding näher, und abermals wich Shaithis einen Schritt zurück, allerdings keinen allzu großen, weil er fürchtete, aus dem eigenen Traum herauszutreten. »Nur mein Name ist mir geblieben, und das Wissen darum, dass ich eitel, stolz und schön war«, sprach Shaitan weiter und beschwor weitere Echos aus dem vorherigen Traum herauf. »Doch das war vor langer Zeit, mein Sohn, und mit der Zeit verändert sich alles. Auch ich habe mich verändert.«

»Verändert?« Shaithis bemühte sich, zu verstehen, was er meinte.

»Ihr seid also nicht mehr eitel und stolz? Wo doch selbst der Geringste der Wamphyri ebendiese Laster kennt – und sie genießt. So wird es auch immer bleiben.«

Bedächtig schüttelte Shaitan seinen von der Kapuze verhüllten Kopf. Shaithis erkannte das lediglich an der Bewegung der karmesinroten Augen in ihren schwefligen Höhlen – den einzigen *Körperteilen* der Kreatur, die nicht hinter dem schlammigen, tintenschwarzen, undurchdringlichen mentalen Schutzschild verschwanden. »Ich bin nicht länger schön«, sagte Shaitan.

»Aber so ergeht es uns doch allen«, erwiderte Shaithis. »Wir alle wissen, dass wir nicht schön anzusehen sind, und akzeptieren es. Und überhaupt, was hat Schönheit, was unsere Macht nicht aufwiegt? Einige von uns pflegen gar ihr widerwärtiges Äußeres und verklären es so geradehin zum Maßstab unserer Macht!« Völlig unbeabsichtigt dachte er dabei an Volse Pinescu.

Shaitan erblickte dieses Bild klar und deutlich in seinem Verstand. »Aye, der *war* ekelhaft. Doch immerhin hat er es so gewollt. Ich wollte es nicht. Und mögen die Wamphyri an Körper und Geist auch schrecklich sein, so sind sie vergleichsweise dennoch *schön*.« Ein drittes Mal rückte er näher.

Doch nun blieb Shaithis stehen, nur seine Rechte tastete nach dem Handschuh. Es war ein Traum, zugegeben, trotzdem wollte er nicht jede Kontrolle aufgeben. »Habt Ihr vor, mir Schaden zuzufügen?«, fragte er geradeheraus.

»Im Gegenteil!«, antwortete der andere, »denn es liegt ein langer Weg vor uns, den wir gemeinsam gehen müssen. Aber diese meine Kunst ist doch sehr anstrengend. Es wäre leichter für mich, wenn du mich sehen könntest, wie ich bin.«

»Also zeigt Euch mir.«

»Ich bin dabei, dich darauf vorzubereiten«, sagte Shaitan.

»Genug damit!«, rief Shaithis. »Ich bin vorbereitet!«

»So sei es!«, sagte sein Ahn und lockerte seinen hypnotischen Griff.

Was Shaithis dann erblickte, traf ihn wie ein Schock. Zum zweiten Mal erwachte er aus seinem Schlaf, und es kam ihm so vor, als habe der Vulkan selbst sich unter ihm aufgetan. Keuchend sprang er in seiner Nische auf, die Augen geweitet und nach dem düsteren Traum überrascht von der Helligkeit, die in der Eisburg herrschte. Er fröstelte innerlich – weit mehr von dem, was das Finstere Ding ihm in seiner felsigen Höhle offenbart hatte als von jeder äußeren, rein körperlichen Ursache. Und weil dieser Traum mehr als nur ein Traum gewesen war, eine Heimsuchung nämlich, verblasste er auch nicht und kehrte nicht zurück in irgendeinen Vorhof seines Unterbewusstseins, sondern stand so klar und deutlich vor seinem geistigen Auge wie die Siegel auf den Bannern und Wimpeln, die von einer Felsenfeste flattern.

Shaithis, selbst ein Ungeheuer in jeder Beziehung, war keinesfalls leicht zu erschrecken. Was die Wamphyri betraf, so galten Begriffe wie *Angst* oder *Grauen* wenig mehr als nichts; für sie waren es leere, hohle Worte, und pure Raserei machte sie allesamt wett. Selten wurde im Organismus eines Vampirs Adrenalin freigesetzt, um ihn zur Flucht zu ermutigen oder zu befähigen; üblicherweise löste dieses Hormon nur seine animalischen Leidenschaften aus, so dass er sich stets zum Kampf stellte – und zwar bösartig und brutal. In den langen Jahrhunderten ihrer Souveränität hatte sich unter den Vampiren Starsides das Bewusstsein ihrer Überlegenheit ausgebreitet; denn es war schlicht und einfach unstrittig, dass sie von allen Geschöpfen ihrer Welt die bei weitem dominanteste Spezies darstellten. Gerade so, wie der normale Mensch seine Welt dominierte.

Doch blieb die Tatsache bestehen, dass Shaithis einst ein normaler Mensch gewesen *war* – ein Traveller, von Shaidar Shaigisgezücht vampirisiert und mit einem neuen Namen versehen. Damit hatte dieser ihn zu seinem obersten Statthalter oder *Sohn* gemacht und ihm sein Ei gegeben – und die ultimative Erfahrung, was wirkliche Angst bedeutet. Selbst heute, ein halbes Jahrtausend danach, erinnerte er sich noch daran, wenn auch nur im Schlaf. Denn ganz gleich, wie grässlich sich ein Mensch entwickeln mag, die Dinge, die ihn als Jugendlichen geängstigt haben, werden ihn bis in alle Ewigkeit in seinen Träumen heimsuchen. Was war es nun, was Shaithis in jenen frühen Tagen nach seiner Entführung aus Sunside das Fürchten gelehrt hatte? In einer Zeit, die fünfhundert

Jahre in der Vergangenheit lag, bevor Lord Shaidar ihm hustend und würgend das scharlachrote Ei in die Gurgel spie und sein Leben damit für immer veränderte? Die größte Angst hatten ihm zweifellos die zahlreichen abnormen *Monstrositäten* in Shaidars Felsenhorst eingejagt! Die knorpeligen Kreaturen und Gas-Bestien, die unvorstellbaren menschlichen Wasserleitungen, die riesengroßen Bottiche in den unteren Stockwerken der Feste, in denen Trogs und Travellers gleichermaßen zu Flüglern oder Kriegern gemacht wurden oder zu noch weit grässlicheren Auswüchsen von Shaidars Experimenten. Denn dieser Vampir-Meister hatte sein Vergnügen darin gefunden, Shaithis (zu jener Zeit noch ein junger, unschuldiger Traveller) auch die albtraumhaftesten Schöpfungen vorzuführen und ihn mit der halbgaren Drohung zu quälen, dass eines Tages auch er ein schuppengepanzerter, rautenschädliger Flieger sein mochte oder gar eine schwammig-breiige menschliche Wasserleitung.

In seinen frühen Tagen als Wamphyri-Anwärter waren derartige Entstellungen und Abnormitäten stets Vorboten von Shaithis' schlimmsten Albträumen gewesen. Doch während er bis in den Thronsaal der Felsenburg aufstieg, lernte er, solche Ängste zu verdrängen. Zudem waren sie dem Vampir in ihm unterlegen, der ihm recht bald anbot, selbst Monstren herzustellen – eine Kunst, in der er sich hervortun sollte. Seine geflügelten Bestien wurden als die sonderbarsten und graziösesten gerühmt, seine Kriegerkreaturen waren wild und unvorstellbar grausam, und seine anderen Schöpfungen und Experimente waren ... mannigfaltig. Nur in den Träumen, die aus seiner Jugend stammten, erinnerte er sich noch seiner Angst. Doch selbst die lebhaftesten und furchtbarsten darunter waren *nichts* im Vergleich zu dem, was ihm das Finstere Ding gezeigt hatte.

»Hässlich«, hatte Shaitan sich selbst genannt, doch hässlich ist nicht gleich *hässlich*. Und was Kreuzungen anbetraf ...

Shaithis hatte das *Ding* vor Augen, das ihm gegenüberstand, kaum dass sein Vorfahr den hypnotischen Zwang gelockert hatte, um sich ihm zu zeigen, wie er wirklich war: eine Scheußlichkeit, die nicht einmal der widernatürlichste oder irrsinnigste Wamphyri für möglich gehalten hätte ... umso entsetzlicher, als sie wirklich existierte. Es war ... *was?* Eine Schnecke, ein Blutegel – jedoch so groß wie ein Mensch! Eine runzlige, glänzende Schwärze, hier und da grau-grün gesprenkelt; und aufrecht stehend. Ein Vampir, ja, wie er sich aus einem Ei in einem Mann oder einer Frau entwickeln würde ... jedoch über jedes vernünftige Maß hinaus gewachsen – nein ... gewuchert. So dass Shaithis sich unwillkürlich gefragt hatte: *Aber – wenn dies in einem menschlichen Wirt herangewachsen ist – was ist dann aus dem Unglücklichen geworden?!*

Noch während das bizarre, jedoch hauptsächlich vage Abbild des Dings (vage *gemacht* durch die Ekel erregende, schwer zu beschreibende Zusammenstellung) sich in seinen Verstand einbrannte, fiel ihm die eine oder andere Einzelheit auf, die allein genügt hätte, ihn im nächsten Moment schreiend aus dem Schlaf zu reißen.

Das Ding (nein, er durfte es nicht nur als Ding ansehen, schließlich handelte es sich doch auch um Shaitan, seinen Vorfahren!) ... hatte gallertartige Gliedmaßen. *Einige* davon endeten in zuckenden, mit Saugkolben versehenen Tentakeln, andere wiederum in verkümmerten menschlichen oder tierischen Teilen: mumifizierten Händen und dürren, verzerrten Füßen und sogar einer schimmernden Knochenklaue. Ebendiese Gliedmaßen wie auch Shaitans flaches Gesicht und der entsetzliche, schaufelförmige Kobraschädel widerten Shaithis am meisten an und ließen seine lange vergessene Angst wieder aufleben.

Denn er wusste, das Zwitterwesen, das er hier vor Augen hatte, war nicht den Experimenten eines Wamphyri-Lords entsprungen, sondern der Natur selbst; oder vielmehr der *un*natürlichen Zähigkeit des Vampirs, seiner Entschlossenheit, sich ans Leben zu klammern, ganz gleich, wie hoffnungslos die Umstände, wie groß die Seelenqualen über unzählige Zeitalter hinweg auch sein mochten. Der Lord Shaitan war schlicht *zu alt* geworden, als dass sterbliches menschliches Fleisch ihn noch versorgen könnte, und so war sein ursprünglicher Leib wohl Stück um Stück verrottet und vom metamorphen Organismus des in ihm wohnenden Vampirs ersetzt worden. Der er nun in der Tat *war.*

Hässlich? Das Resultat war furchtbar; insbesondere, da Shaithis es im Traum gesehen hatte – wo es endgültig zur Verkörperung eines jeden Albtraums seiner Adeptenjahre wurde.

Nun wusste er also, welches Schicksal Shaitan in seiner Eisamkeit im Eis ereilt hatte – er wusste um Shaitans Evolution, nein, Degeneration vom Menschen-Vampir oder Wamphyri zum reinen Vampir. All das stand in den ungeheuer wissenden, hasslodernden, abgrundtief bösen, niemals blinzelnden Scharlachaugen des Blutegel-Dings unter der Kobra-*Kapuze*.

Und dieser Hass ...! Nicht der zügellose, unbeseelte Hass im siedenden Blick einer Kriegerkreatur oder im leeren, lidlosen Starren der gewaltigen, stets nickenden Flügler, und gewiss nicht derjenige der wässrig-öde glotzenden menschlichen Leitungen. Nein, hier offenbarte sich eine böse, verderbte *Intelligenz* – und sie hatte ihn wissen lassen: Dies war keinem morbiden Experiment entsprungen, sondern eine echte Mutation.

Ebenso hatte er gewusst, dass dies hier *wahrhaftig* Shaitan der Ungeborene war, genannt der Gefallene. Der, von dem es in allen Wamphyri-Legenden hieß, seine Bösartigkeit übersteige die aller anderen Menschen und Kreaturen bei weitem ...

SECHSTES KAPITEL

Shaithis hatte seine mentale Abschirmung fallen lassen, sein Verstand war offen zugänglich, als er nun vollends aus dem Schlaf erwachte. Und etwas Dunkles wartete darauf, seine Verwirrung auszunutzen. Es war Shaitan, natürlich; selbst aus dieser Entfernung war die glucksende, gehässige Stimme nicht zu verkennen.

Bösartig heißt du mich? Nein, Unrecht geschah mir. Unrecht seitens der Wamphyri, meiner eigenen Art! Denn ich war stärker als sie, und so fürchteten sie mich. Und du, Sohn meiner Söhne? Fürchtest du mich auch? Sieh nur, wie du allein wegen meiner Stimme ins Wachsein schreckst, als sei ich ein VERHÄNGNIS, das auf dich herabzubrechen scheint, und nicht deine Erlösung.

Shaithis suchte seinen Verstand abzuschotten ... und zögerte. Sein scheußlicher Vorfahr war der Herr des erloschenen Vulkans, oder etwa nicht? Welchen Schaden konnte er ihm von dort aus wohl zufügen? Vielleicht war dies die perfekte Gelegenheit, mehr über ihn zu erfahren, ohne dass die anderen etwas davon mitbekamen.

Shaithan las diese Gedanken in Shaithis' Verstand und gluckste einmal mehr. *Aye,* gurgelte seine mentale Stimme, *es würde nichts taugen, sie an unseren Geheimnissen teilhaben zu lassen. Nicht, bevor es zu spät ist. Zumindest für sie.*

Shaithis legte sich zurück, verengte die Augen zu Schlitzen, warf einen kritisch forschenden Blick über das glitzernde Innere der Eisburg und ließ ihn schließlich auf den zusammengekrümmten Gestalten von Fess Ferenc und Arkis Leprasohn ruhen. Mit seinem Wamphyri-Sinn rührte er vorsichtig an die schwachen mentalen Barrieren, die sie um ihren schlafenden Verstand herum aufgetürmt hatten, und überzeugte sich davon, dass sie tatsächlich schliefen.

Nun endlich antwortete er jener düsteren Intelligenz, die von sich selbst behauptete, sein Ahn zu sein: *Ich denke, ich bevorzuge die Art, wie es im Moment vonstatten geht, Shaitan – geradeheraus, aye, und nicht von Träumen umhüllt. Nichtsdestotrotz war es klug von Euch, Euch derart Zugang zu meinem Innersten zu verschaffen. Niemals wäre dies einem meiner so genannten Ebenbürtigen unter den Wamphyri gelungen.*

Sie sind nicht von deinem Blut, antwortete Shaitan. *Oder nicht von meinem. Dein und mein Geist sind miteinander verflochten, Shaithis, wie die von Zwillingsbrüdern. Es ist ein Zeichen dafür, dass du ein wahrer Sohn meiner Söhne bist, so dass wir wie einer sind. Es ist* bestimmt, *dass wir wie einer sind und über alles Missgeschick triumphieren, bevor wir uns weiteren, noch unvorstellbaren Siegen zuwenden.*

Aye, stimmte Shaithis mit einem Nicken zu und fragte: *In dieser und in anderen Welten, wie Ihr angedeutet habt. Ich denke, es könnte interessant sein, mehr darüber zu erfahren. In der Tat reizt es mich außerordentlich, Starside von den fremden Feinden zurückzuerobern, die nun dort hausen, und mich an ihnen zu rächen. Darum lasst mich an Euren Gedanken teilhaben. Ihr habt erwähnt, es gebe einen Weg für uns beide, dieser Ödnis zu entkommen. Habt Ihr unsere ersten Schritte bereits geplant? Und wie kann ich Euch trauen? Die alten Legenden sprechen nicht für Euch. Selbst unter den Wamphyri, die man nun gewiss nicht für ihr ehrliches Verhalten rühmt, seid Ihr berüchtigt.*

Abermals musste er Shaithans abscheuliches Gegluckse ertragen. *Mein Sohn, du wirst mir vertrauen, weil dir gar keine andere Wahl bleibt – weil du ohne mich hier gestrandet bist; und ich, ich werde dir aus demselben Grund trauen müssen. Doch falls du einen Beweis meines guten Willens brauchst: Hast du davon nicht schon mehr als einen bekommen? Wer war es denn, der dir die kleinen Albino-Fledermäuse sandte, um deine wunden Knochen zur Schlafenszeit warm zu halten? Und wer war es, der dir einen jener Feinde vom Leibe nahm, dessen Absichten höchst feindselig waren, um das Mindeste zu sagen?*

Welchen Feind? Shaithis hob eine Augenbraue.

Der andere schien einen Augenblick lang sprachlos. *Du kennst ihn doch sehr wohl! Von dem Abscheulichen spreche ich, der es vorzog, sich mit Geschwüren zu maskieren und der Gefährte des Ferenc war. Weshalb er dem grotesken Giganten immer wieder zusetzte, dich aufs Korn zu nehmen und zu töten.*

Shaithis nickte. *Dies entspräche ganz Volses Art, das steht fest. Ich gehörte nie zu jenen, denen er gewogen war. Andersrum verhielt es sich genauso; auch ich habe ihn nie gemocht, diesen monströsen Hanswurst. Wären seine Geschwulste geistige Fähigkeiten gewesen, hätte er uns alle in den Schatten gestellt! Also war es Eure Bestie, die ihn getötet hat, eh?*

Natürlich, natürlich. Shaitans Gedankenstimme senkte sich zu einem tiefen Flüstern. *Glaubst du wirklich, dich könnte ich nicht genauso töten? Ah, das könnte ich, mein Sohn, das könnte ich ... doch trachte ich nicht danach.* Im nächsten Moment hatte seine Stimme wieder ihre normale Tonlage. *Nein, denn ich spüre, dass wir gut daran tun, wie Einer vorzugehen. Und da ich meinen guten Willen bereits auf verschiedenste Art unter Beweis gestellt habe, ist es nun an dir, einen Schritt zu tun.*

Einen Schritt?, knurrte Shaithis finster zurück. *Was verlangt Ihr von mir?*

Einen Schritt hin zum Gelingen des Plans, erläuterte Shaitan. *Oder soll mir allein alles Tun überlassen bleiben, indes du später den Ruhm und die Ehre für dich beanspruchst?*

Erklärt mir, was zu tun ist.

Aber da gibt es nichts zu erklären! Es gilt lediglich, deinem eigenen Plan gemäß fortzufahren – genauso wie du ihn entworfen hast! Das wird genügen. Kurz gesagt: Bring sie zu mir, mein Sohn, so dass ich mit ihnen auf meine Art und Weise verfahren kann.

Fess und den Sohn des Aussätzigen? Und Ihr werdet sie töten? Und dann wohl auch noch mich? Vielleicht tue ich besser daran, mit ihnen gegen Euch verbündet zu bleiben? Der Teufel, den man kennt, heißt es, ist allemal der bessere Verbündete.

Dieses Mal erforderte es Geduld, bis eine Erwiderung kam: *Teufel? Das ist ein Wort, das mir nicht sonderlich lieb ist,* flüsterte Shaitan. *Ich weiß nicht, warum, aber ich mag es nicht. Lass dir eins gesagt sein: Verwende es mir gegenüber niemals wieder, nicht einmal andeutungsweise!*

Shaithis zuckte die Achseln. *Wie Ihr wünscht.* Plötzlich, noch bevor Shaithis irgendetwas sagen oder fragen konnte, zischte Shaitan: *Sie wachen auf! Die Kröte und der Riese, beide! Am besten, ich verlasse dich jetzt, um dich nicht in Gefahr zu bringen. Bring sie einfach nur zu mir, Shaithis! Davon hängt einiges ab.*

Mit einem Mal war Shaithis wieder allein. Gerade noch rechtzeitig!

»Shaithis?« Die polternde Stimme des Ferenc hallte in der kalten Luft wider. »Ich spüre doch, dass Ihr wach seid. *Hah!* Es ist das schlechte Gewissen, das einen Mann so wenig zur Ruhe kommen lässt wie Euch! Ihr werdet Euch bessern müssen!« Er lachte schallend. Die Burg aus Eis erbebte davon; eine Kaskade zersplitterter Eiszapfen brauste in die Tiefe – wodurch wiederum Arkis endgültig erwachte.

Blinzelnd und sich kratzend blickte er umher und verlangte zu wissen: »Was ist das für ein Getöse?«

»Zeit, aufzustehen«, rief Shaithis ihm zu. »Wir haben lange genug geschlafen. Wir frühstücken – wenn auch nur armselige Kost, und dann machen wir uns auf den Weg. Was oder wer auch immer in dem Vulkan dort draußen haust, sein Fleisch ist noch heute unser. Und bei der Gelegenheit sollen auch alle seine Schätze die unsrigen werden!«

»Große Worte, Shaithis«, räumte der andere ein. »Zuerst müssen wir an dieser bleichen Bestie vorbeigelangen!«

»Diesmal bekommt sie es mit dreien von uns zu tun«, sagte Shaithis, »und vorgewarnt sein, heißt gewappnet sein. Wie auch immer, Fess kennt das Versteck der Bestie. Wir schlagen einen weiten Bogen darum und suchen uns einen anderen Weg ins Innere.«

Der Ferenc kaute bereits auf kaltem Fleisch und bahnte sich einen Weg zum Boden des weiten Saales hinab. »Ich für meinen Teil bin bereit für dieses Ding«, behauptete er. »Niemand lebt ewig – nicht einmal ein Wamphyri-Lord, wie wir gesehen haben; und ich will verdammt sein, wenn ich an Langeweile sterbe oder eingeschlossen in einem Schrein aus Eis, starr vor Angst, irgendetwas könnte mich dort aufspüren und mich kurzerhand ausgraben.«

Oh? Shaithis wahrte seine Gedanken gut. *Solche Gedanken über Leben und Tod? Und es soll niemanden geben, der ewig lebt? Nun ... einen gibt es schon, zumindest ist er dem ziemlich nahe gekommen. Falls man ein Wesen wie Shaitan überhaupt als Beispiel heranziehen darf. Sollte das allein nicht Grund genug für mich sein, mit dem Uralten vereint zu marschieren: um die Geheimnisse seiner Langlebigkeit zu erfahren? Natürlich!*

Was Arkis und den Ferenc betraf, wusste Shaithis, dass er früher oder später genötigt sein würde, es mit ihnen auszutragen – warum also die Angelegenheit verschleppen? Umso besser, wenn Shaitan dabei mit Hand anlegen wollte.

Mit diesen und ähnlichen Gedanken (immer wohl geschützt,

insbesondere im Augenblick) schloss Shaithis sich seinen Gefährten an, die sich bereitmachten, die Burg aus Eis zu verlassen. Bald darauf befanden sich die drei auf dem langen, langsamen Aufstieg einen gefrorenen Hang hinauf – der erst noch zu jenem zentralen Bergkegel hinführte, der gut vierhundertfünfzig Meter über ihnen aufragte. Ein schwarzes, geducktes Bollwerk aus vulkanischem Gestein, erwartete der düstere Berg sie unter dem zuckenden Nordlicht und seinem Baldachin aus kalten Sternen ...

Shaitans winzige Albino-Fledermäuse geleiteten sie nahezu unsichtbar vor dem Eis- und Schnee-Geglitzer, ein niemals endendes Gefolge, dessen Angehörige wirbelnd und flatternd kamen und gingen und alles ihrem undenklich alten Meister berichteten. So blieb er über das Vordringen der drei stets informiert und stellte befriedigt fest, dass sie einer wunderbaren Route folgten – einer, die sie geradewegs in eine seiner zahlreichen Fallen führte. Ein Hinterhalt, aye, nur, dass es dieses Mal kein Töten geben würde.

Nein, denn mit Männern wie Fess Ferenc und Arkis Leprasohn konnte man Anderes, Besseres anstellen, als sie abzuschlachten. Gutes, starkes Wamphyri-Fleisch wie das Ihrige! Und sie trugen ihre Vampire in sich, nicht wahr? Gerade wie Volse Pinescu ...

Ah, *das* war ein Fest gewesen!

Volse und sein monströses Äußeres – wohl wahr, mit all diesen Pusteln und Beulen, Wucherungen und anderen Auswüchsen; doch nur eineinhalb Zentimeter unter der Schneckenhaut hatte es Fettschichten und gutes, starkes Fleisch in Massen gegeben, alles aufgehängt an einem Gerüst aus Knochen wie bei jedem anderen Menschen. Nur, weil Wamphyri, war an ihm noch weitaus mehr, denn tief in seinem Innern versteckte sich sein Vampir. So dass, nachdem Shaithans *Saugschlinger* ihm das Blut abgezapft und die zerschmetterte Hülle vor seinen Meister geschleift hatte ...

Es war die reinste Wonne gewesen, Volses bleichen Leib zu öffnen und den Blutegel aufzustöbern, den lebenden Vampir, der mit seinem Geschlängel so überaus gerissen dem Saugrüssel des Schlingers entkommen war, jedoch, was Shaitan anbetraf, keinerlei Chance hatte. Dieses Ding schließlich zu enthaupten und von seinem Nektar zu trinken, nachdem zuvor selbstverständlich das glitschige Ei aus ihm herausgeschnitten und in ein Gefäss mit Volses zu Brei zerstampftem Hirn eingelagert worden war – ein Leckerbissen für später. Ah, *ja* – für einen Wamphyri bedeutete das ein Festmahl!

Selbst danach war Shaitan noch nicht ganz fertig gewesen mit seinem Opfer. Denn Extrakte von Volses Fleisch (das aufgrund der Verwandlungsfähigkeit seines Vampirs noch immer nicht tot war) mochten sich ihm bei seinen Experimenten als nützlich erweisen, bei der Erschaffung solcher Hybriden-Kreaturen wie dem Schlinger nämlich, und anderen nützlichen Gesellen. Deshalb waren die gehäuteten, entleerten, ausgeweideten, jedoch nichtsdestotrotz *lebenden* Überreste des Volse Pinescu zur späteren Verwendung ins Lager zu Shaitans anderen Materialien geschafft worden.

Aye, und auch die Überbleibsel des Riesen Ferenc und der Kröte Arkis Leprasohn würden eingelagert werden, wenn alles wie geplant verlief. Doch was Shaithis anbelangte ... nun, es gab Pläne und Pläne.

Shaithis entstammte Shaitans Blutlinie – und von allen Wamphyri konnte er als schönster gelten. Nicht nach menschlichen, wohl aber nach Shaitans Maßstäben. Er war schön und stark – und sprühte nur so vor Leben! Ah, und dennoch – das Blut *ist* das Leben! Wenn Shaitan über diese Dinge nachdachte, hielt er seine Gedanken genauso verborgen wie sein gerissener Abkömmling.

In der Zwischenzeit berichteten die kleinen Albinos ihm weiter über die Fortschritte des Trios. Nach einer Weile merkte er, dass sie ein Stück weit von ihrem Pfad abgekommen waren und er ihnen den Weg weisen musste. Dazu musste er zunächst einmal mit Shaithis Kontakt aufnehmen, der sich in diesem Augenblick einen mit vulkanischen Schlacken geschotterten Steilhang empor zur Westflanke des Berges schleppte. Die beiden anderen waren nur einen Steinwurf weit entfernt, konzentrierten sich jedoch auf ihren Weg.

Shaitan sandte einen knappen, machtvollen Gedanken mitten in Shaithis' Verstand: *Sohn meiner Söhne, du bist ein wenig vom Weg abgekommen. Deine Route bedarf einer kleinen Korrektur.*

Shaithis war nur einen Augenblick lang überrascht, dann hatte er den Aufruhr in seinen Gedanken wieder unter Kontrolle. Doch nicht schnell genug: Fess Ferenc musste etwas mitbekommen haben.

»Was?«, rief er über den abschüssigen, nackten Fels hinweg. »Beunruhigt Euch irgendetwas, Shaithis?«

»Nur mein Fuß! Ich bin auf einem Flecken Eis ausgerutscht«, log Shaithis. »Es ist ein weiter Weg nach unten. Ich war bereit, mich zu verwandeln, falls ich abstürzen sollte ...«

Der Ferenc nickte ihm über den Abgrund herüber zu. »Aye, wir werden schwächer. Früher fand ich das größte Vergnügen darin, einen Luftkörper anzunehmen und mich aus solchen Höhen ins Tal zu schwingen. Heute würde mich das zu sehr erschöpfen. Also müssen wir auf unsere Schritte achten.«

Nun konnte Shaithis sich seinem Vorfahren zuwenden, doch musste er äußerst behutsam vorgehen, um die ausgesandten Gedanken auch geheim zu halten. Zu diesem Zweck suchte er sich zuerst einen festen Stand auf dem schmalen Sims, dann antwortete er: *Shaitan, beinahe habt Ihr alles zunichte gemacht! Aber nun sagt: Wie sehr weichen wir ab vom Weg? Und wie beheben wir dies? Außerdem weiht Ihr mich besser ein in das, was zu erwarten steht. Ich verspüre kein Verlangen danach, wie Volse Pinescu mit durchbohrtem Herzen zu enden und leer gesaugt zu werden.*

Dummkopf!, zischte der andere. *Ich dachte, wir hätten das geklärt? Wollte ich deinen Tod, so wärst du bereits tot. Selbst jetzt könnte ich eine Kreatur ausschicken, um dich, euch alle drei, von der Felsenklippe zu fegen! Vielleicht kannst du fliegen, vielleicht auch nicht. Du bist ermattet. Meine Kreaturen würden dich aufspüren und das Ganze beenden. Aber ich brauche dich, Shaithis, deshalb wirst du leben. Wir brauchen einer den anderen! – Und überhaupt, was deine Gefährten betrifft: Ich will ihnen keinen Schaden zufügen. Ich will sie an einem Stück! Siehst du denn nicht, was für ein feines Paar Kriegerkreaturen Arkis und der Ferenc abgeben werden?*

Shaitans Worte klangen so unheilvoll, dass er nur die Wahrheit sagen konnte. Er würde eine solche Großtuerei nicht wagen, könnte er sein Wort nicht tatsächlich halten. In Wirklichkeit handelte es sich ja auch um ein Ultimatum, eine Drohung: Entscheide dich, und zwar jetzt. Schließe dich mir ganz und gar an, oder du trägst die Konsequenzen.

Shaithis erwiderte darauf: *Also gut. Wir arbeiten zusammen. Sagt mir, was zu tun ist.*

Und ohne Zeitverlust erläuterte Shaitan: *Der Sohn des Aussätzigen klettert zu weit nach Osten, er entfernt sich diagonal von dir. Auf seinem direkten Weg liegt ein alter Lava-Kanal, der unbewacht ist und geradewegs zu meinen Gemächern im Innern des Vulkans führt. Sollte Arkis den Eingang dieser Höhle finden, so gefährdet er meine Position. Wahrscheinlich müsste ich meine Pläne dann sehr schnell, und zwar grundlegend ändern.*

Ein unbewachter Eingang? Wie unvorsichtig von Euch!

Meine Hilfsquellen sprudeln nicht unbegrenzt. Doch Schluss mit dem Reden. Du musst die anderen – insbesondere Arkis – zu dir heranziehen.

Na gut, sprach Shaithis. Laut sagte er zu seinen Gefährten: »Arkis, Fess, wir sind zu weit auseinander gezogen – und ich spüre von Osten her ein Unheil kommen.«

Arkis ging auf der Stelle in einer Lava-Nische in Deckung und blickte sich von da aus nach allen Seiten um. »Ein Unheil? Gibt es Schwierigkeiten?«, brauste er auf. »Ganz in der Nähe, wie Ihr sagt? *Huh!* Ich spüre nichts.« Doch seine Stimme klang nervös und angespannt, und seine Gedanken überschlugen sich.

Der Ferenc stand höchstens vierzig Meter entfernt und rückte bereits näher auf. »Irgendetwas hat mich schon die ganze Zeit gestört«, knurrte er. »Ich hatte meinen Verdacht, und Ihr, Shaithis, habt ihn nun ausgesprochen: Wir marschieren wahrhaftig zu weit voneinander entfernt, aye, so sind wir zu einfach einzeln angreifbar.«

»Aber ich sehe und spüre nichts!«, protestierte Arkis noch einmal – wie ein Mann, der im Finstern pfeift.

Ungeduldig rief Shaithis ihm zu: »Wollt Ihr allen Ernstes behaupten, Eure Wamphyri-Wahrnehmung sei stärker als unser beider zusammen? Dann müsst Ihr es unbedingt herausfinden. Macht, was Ihr wollt. Seid Herr Eures Schicksals. Jedoch, Ihr wart gewarnt.«

Das reichte; Arkis wandte sich beim Klettern nun weiter nach links und hielt damit einen Kurs ein, der ihn zu den anderen führte.

Keinen Moment zu früh: Von dort, wo Shaithis stand, konnte er den dunklen Schemen einer Höhle, nur wenige Meter zu Arkis' Rechten und über ihm, bereits deutlich sehen. Zweifelsohne wäre der Sohn des Aussätzigen geradezu hineingestolpert.

In Shaithis' Verstand legte sich der Aufruhr der dunklen Wesenheit. *Gut! Dies Problem war nicht unüberwindlich, doch der leichte Weg ist für gewöhnlich der beste.*

Und? Was nun?, drängte Shaithis ihn.

Über dir findest du ein weites Felsgesims, antwortete Shaitan. *Sobald du darauf triffst, wendest du dich nach links, also dem Westen zu. Alsbald wirst du auf ein weiteres Lavafeld stoßen; ignorier es und geh einfach weiter. Der nächste Höhleneingang wird aussehen wie ein bloßer Riss, verursacht durch die Abkühlung des Felsens, doch dies ist dein Weg in den Vulkan. Nur solltest du dich* hinter *den anderen halten! Habe ich mich klar und deutlich ausgedrückt?*

Shaithis fröstelte; teils wohl wegen der betäubenden Kälte, die sich längst selbst in seine Wamphyri-Knochen hineinfraß, hauptsächlich jedoch ob des Angedeuteten. Nun ist es so, dass man Gedanken wie auch Worte oft unterschiedlich deuten kann; doch in diesem Fall hatte er zweifelsohne einen sehr hinterhältigen Ton in der mentalen Stimme des anderen vernommen. Außerdem wurde ihm endgültig bewusst, dass es unmöglich war, die Tiefe von Shaitans Gedanken auszuloten. Es war befremdlich, Wamphyri zu sein und doch so etwas wie Scheu und Furcht zu empfinden, wenn man an das Böse in den Ränken eines andren dachte.

Shaitan, antwortete er schließlich vorsichtig. *Ich lege mein Vertrauen in Euch. Es scheint, als hätte ich damit nun meine ganze Zukunft in Eure Hände gegeben.*

Indes die meinige genauso in die deinen gegeben ist, sprach der andere. *Nun fahr darin fort, deine Gedanken zu wahren, und widme dich ganz deinem Gekletter.*

Und schon war er wieder verschwunden.

Shaithis fragte sich jählings, ob dieses dunkle Bündnis eine kluge Entscheidung gewesen war. Wiewohl es weniger mit Klugheit zu tun hatte als vielmehr mit Instinkt – es war eine Sache der Notwendigkeit. Doch jeder Vorteil fand sich auf Shaitans Seite. Dies war sein Territorium, er kannte es gut, und er hatte immer etwas in der Hinterhand. Shaithis konnte nur hoffen, dass die Pläne des Alten für den Ferenc und Arkis Leprasohn sich nicht auch auf ihn erstreckten. Doch vermeinte er zu spüren, dass dem nicht so war. Wenigstens vorerst nicht.

Sein Wamphyri-Instinkt – der ihn selten im Stich gelassen hatte. Aber gibt es irgendwann nicht immer ein erstes Mal? Und ein letztes ...

Er wischte diese düsteren Gedanken beiseite und hielt nach freundlicheren Vorzeichen Ausschau. Natürlich gab es da immer noch seinen Traum: jenen ersten von Lady Karens Felsenhorst, in dem er nach der wunderbaren Eroberung Starsides und der Vernichtung des westlichen Gartens wieder an die Macht gelangte. Das Gefühl wollte nicht weichen, dass dieser Traum, wie es allen Träumen zu Eigen ist, auch eine Vorahnung enthielt. Doch sollte man die Zukunft niemals in zu engen Grenzen deuten, wie eine alte Wamphyri-Weisheit empfahl, denn das hieße, das Schicksal zu versuchen ... Wie dem auch sei: Dieser Traum hatte in Verderben und Untergang geendet – und dabei immerhin den Fingerzeig gegeben, dass wahrhaftig eine Zukunft existieren mochte, auf die es den Blick zu richten galt.

»Ein Felsengrat!«, grunzte Fess Ferenc in diesem Moment und zog sich bereits vor Shaithis hinauf. Kaum dass Shaithis' über den Rand blickte, streckte der Riese ihm schon seine große Pranke entgegen; Shaithis starrte sie für die Dauer mehrere Atemzüge an, dann ergriff er sie. Und der Ferenc zog ihn mühelos auf die ebene Fläche hinauf.

»Beim letzten Mal habt Ihr die Chance genutzt und mich in die Tiefe geschleudert«, erinnerte Shaithis ihn.

»Beim letzten Mal wart Ihr drauf und dran, nach dem Handschuh zu greifen!«, gab der Riese zurück.

Dann krabbelte Arkis über das Hindernis zu ihnen herauf. »Ihr beide und eure Vorahnungen!«, grollte er. »Ich spüre nach wie vor nichts Gefährdendes. Außerdem glaube ich, dass ich beinahe auf eine Art Höhle gestoßen wäre. Gut möglich, dass es sogar ein Tunnel war.«

Aber Shaithis sagte: »Oh? Eine *leere* Höhle, meint Ihr? Oder doch vielmehr eine, in der eins von Fess' Rüsseldingern haust?«

»Wäre das denn nicht zu wittern gewesen?«, fauchte Arkis und fletschte die Zähne.

Auch Fess Ferenc schnitt eine einschüchternde Grimasse. »Für Volse nicht«, sagte er leise. »Und auch nicht für mich. Bis es zu spät war.« Zu Shaithis gewandt, fuhr er fort: »Was nun?«

Shaithis' karmesinrote Augen waren zu schmalen Schlitzen verengt; er tat, als prüfe er mit der flachen, kräuseligen Schnauze die Luft. »Das Gelände zur Rechten will mir noch immer gefährlich erscheinen«, urteilte er. »Also schlage ich vor, wir folgen dieser Felsenleiste zur Linken eine Weile und entfernen uns so von der verdächtigen Region. Wir werden sehen, wohin sie führt. Nach dem Klettern können wir dabei wenigstens wieder zu Atem kommen.«

Der Ferenc neigte den grotesken Kopf. »Passt mir. Aber wie sollen wir je in die Welt hinab zurückkehren, eh?«

Während sie bereits aufbrachen, um dem Sims zu folgen, fragte Arkis: »In die Welt hinunter? Wie soll das zu verstehen sein?«

Der Ferenc grinste. »Seht uns doch an! Drei Lords der Wamphyri stolpern, nahezu aller Macht beraubt, wie furchtsame Kinder zusammengedrängt umher, die ein neues Gebiet zu erkunden trachten. Und wie Kinder ängstigen wir uns vor allem, was sich auf uns werfen könnte!«

»Wie verängstigte Kinde, eh?«, plusterte Arkis sich auf. »Da sprecht Ihr aber nur für Euch!«

Der Ferenc seufzte und sagte schlicht: »Schon vergessen? Ich habe gesehen, wie dieses Ding die große Eiterbeule aufgespießt hat.«

In diesem Augenblick wurde es dunkler, und die drei hielten inne und sahen einander besorgt und fragend an. Eine vereinzelte, kümmerliche Wolkenbank schob sich herbei und umhüllte die höheren Bereiche des Berges. Die ersten kleinen Schneeflocken begannen herabzuwirbeln und bedeckten den Felsvorsprung.

Arkis ließ seinen Blick über den Himmel schweifen. »Eine einzige Wolke?«, sprach er seine Skepsis laut aus. »Die sich zudem ausgerechnet hierher verirrt? Das ist doch ein Vampir-Nebel, meint ihr nicht auch?«

»Ganz eindeutig«, sagte der Ferenc. »Wer immer hier oben haust, hat unser Kommen gespürt und versucht es uns nun schwerer zu machen. Er tarnt seinen Bau und den Weg dorthin.«

»Was nichts anderes heißt, als dass wir auf der richtigen Fährte sind«, fügte Shaithis hinzu. Damit setzte er seinen Weg über das Felsenband hinweg fort; hinter ihm schlossen sich die anderen an.

»Huh!«, brummte Arkis. »Gut, wenigstens haben eure Vorahnungen euch nicht getrogen. Vielleicht zu gut. Mir scheint, dieser Jemand, der hier wohnt, hat alle Vorteile auf seiner Seite. Er sieht und weiß alles, während wir buchstäblich im Dunkeln tappen.« Er schlug nach einer kleinen weißen Fledermaus, die ihn umschwirrte.

Die Augen des Ferenc weiteten sich, und ein Ruck durchlief seinen Körper, während er hervorstieß: »Seine Albinos! *Seine* Fledermäuse! Wir hätten es wissen müssen! Auf diese Art verfolgt er unseren Kurs. Die Winzlinge sitzen uns im Genick wie Flöhe einem jungen Wolf!«

Shaithis nickte wissend. »Ich habe es mir beinahe gedacht. Sie sind genauso seine Lakaien wie auf Starside die *Desmodus* und ihre kleinen schwarzen Cousins die unseren waren. Sie spionieren aus, wo wir sind und was wir tun, und melden das ... wem auch immer.«

Arkis schnappte nach Luft, packte ihn am Arm und brachte ihn zum Halt. »Das alles habt Ihr geahnt und kein Wort gesagt?«

»Ein Verdacht ist nur ein Verdacht – bis er bewiesen ist«, antwortete Shaithis und riss sich ärgerlich von der Hand des Ferenc los. »So oder so stellt es jedenfalls einen wichtigen Fingerzeig dar und gewährt uns einen Blick auf *ihn* betreffende Sachverhalte.«

»Eh? Ihn betreffende Sachverhalte? Wovon redet Ihr bloß? Was für ein Fingerzeig soll das denn sein?«

»Darauf, dass der Herr dieses Berges uns fürchtet! Fledermäuse, die ihm unsere Bewegungen melden; Schnee, der uns behindern soll; eine widerwärtige Kreatur mit einem knöchernen, hakenbewehrten, spießähnlichen Etwas im Gesicht, die sein Versteck hütet. Erinnert das alles nicht an Arbeitsbienen, wie sie auf Sunside ihren Stock und ihren Honig bewachen? Oh, ja, er fürchtet uns – was den Umkehrschluss erlaubt, dass er verwundbar ist. Für sich dachte er: *Guter Gedanke – vielleicht trifft ja genau das zu. Aber trotzdem werde ich meine Chancen mit ihm nutzen. Denn zumindest sind wir uns, was den Verstand angeht, ebenbürtig.*

Noch im selben Moment erklang in Shaithis' Gedanken eine Stimme: *Und von gleichem Blut, mein Sohn. Vergiss nicht unser Blut!*

Darauf schnappte der Ferenc: »Was?« Sein gewaltiger Schädel ruckte herum, die Augen unter den buschigen schwarzen Brauen loderten in Shaithis' Richtung. »Was war das? Habt Ihr eben etwas gesagt – oder gedacht?«

Shaithis verbarg die Panik, die in ihm aufflammte, hinter blanker Arglosigkeit. »Eh? Was gesagt, was gedacht? Was geht vor in Eurem Kopf, Fess?« Während der Ferenc und Arkis sich zunehmend nervöser umblickten, sandte er seinem Ahn einen dreifach abgeschirmten Gedanken: *Zum zweiten Mal habt Ihr mich in Gefahr gebracht, Shaitan! Meint Ihr, dies ist ein Spiel? Wenn sie auch nur das Geringste merken, bin ich ein toter Mann!«*

Der Ferenc verzog das Gesicht. »In meinem Kopf? Nein, mit dem ist alles in Ordnung, der funktioniert recht gut, sieht man davon ab, dass er des Schnees und Eises überdrüssig ist und alles nun rasch beendet sehen will.« Er richtete sich zu seiner ganzen Größe auf. »Also, was sagt Ihr: Gehen wir weiter, oder machen wir Schluss? *Ist* er verwundbar, dieser Herr des Vulkans, oder doch eher wir? Es ist ganz schön nervtötend, dieses Gekletter im Schnee, und nie zu wissen, was einen erwartet.«

Shaitan kroch wispernd in Shaithis Verstand zurück: *Geh weiter mit ihnen; bring sie zu mir! Tu's schnell. Denn er ist kein Dummkopf, dieser Gigant. Er spürt viel, und wir haben ihn beide unterschätzt. Du wirst ihn im Auge behalten müssen – aber vorsichtig.*

Also wandte Shaithis sich im Plauderton an die anderen. »Mir ist aufgefallen, dass die Albinos von Westen kommen und dorthin auch wieder verschwinden. Also sage ich, wir gehen auf diesem Felsgesims weiter und sehen, wohin es führt.«

»Nein!«, polterte der Ferenc heftig. »Etwas stimmt nicht, da bin ich mir sicher!«

Shaithis sah ihn an, dann Arkis. »Wollt Ihr also wieder hinabsteigen? Haben wir alle Zeit und Mühen nur verschwendet? Schafft es schon ein armseliger Vampir-Nebel, uns zu entmutigen?

– Und denkt keiner von Euch daran, dass unser geheimniskrämerischer Feind diesen Nebel wahrscheinlich nur herbeigerufen hat, weil er längst vor *uns* zittert?«

Arkis stotterte: »Ich stehe auf der Seite des Ferenc.«

Shaithis zuckte mit den Schultern. »Also gehe ich allein.«

»Eh?« Der Ferenc starrte ihn eindringlich an. »Dann seid versichert, dass Ihr in den Tod geht.«

»Warum? Ist dies der Ort, an dem Volse gestorben ist?«

»Nein, der liegt auf der anderen Seite des Berges, doch ...«

»Also nutze ich meine Chance.«

»Allein?!«, staunte Arkis.

Shaithis bedachte ihn mit einem verwegenen Grinsen. »Was ist wohl schlimmer – jetzt gleich zu sterben oder später? Besser, es geschieht hier im Kampf, denke ich, als umschlungen vom Eis, während ein Etwas sich seinen Weg zu meinem Herzen bohrt.« Und dann, jählings, als befinde er sich mit seiner Geduld am Ende, zischte er den beiden zu: »Wir sind zu dritt, erinnert euch, drei *große* – hah! – Wamphyri-Lords gegen – was? Ein unbekanntes Wesen, das sich offenkundig so sehr vor uns ängstigt wie wir uns vor – ihr euch – vor ihm!« Damit wandte er sich von ihnen ab.

»Shaithis!«, brüllte der Ferenc hinter ihm her – in einem Tonfall, der halb zornig, halb bewundernd klang.

»Genug!«, schnappte Shaithis über die Schulter zurück. »Ich bin fertig mit euch. Wenn ich durchkomme, ist alles mein. Und sollte ich scheitern – nun, wenigstens bin ich dann gestorben, wie ich gelebt habe, als Wamphyri!«

Er folgte dem Felsensims, und ohne auch nur einmal zurückzublicken, spürte er, wie die Blicke der beiden ihm folgten. Dann hatte Fess sich endgültig entschieden: »Wir kommen mit Euch!« Shaithis aber hielt den Blick starr geradeaus gerichtet. Schließlich vernahm er auch Arkis' Stimme: »Shaithis, wartet auf uns!«

Er tat nichts dergleichen, sondern schritt nur umso schneller aus, so dass sie sich beeilen mussten, um zu ihm aufzuschließen. Dicht gefolgt von den beiden, erreichte er einen ersten klaffenden Höhlenspalt, ganz wie Shaitan es angekündigt hatte. Hier nun, da es von ihm erwartet wurde, hielt Shaithis inne. Schwer atmend spähten die anderen zu dem dunklen Loch, auf das sein Blick sich konzentrierte.

»Ein Weg ins Innere, was meint Ihr?«, vergewisserte sich Arkis, allerdings nicht zu eifrig.

Shaithis starrte nur noch lauernder in die düstere Höhle, dann gab er vor, wie gebannt zurückzuweichen. »Ganz offensichtlich«, murmelte er, weiterhin achtsam. »Gar zu offensichtlich ...« Und, an den Ferenc gewandt: »Was meint Ihr, Fess? Auch wenn die Kälte dieser Gegend Eure gebündelte Wahrnehmung schon einmal narrte ... Ist dies ein sicherer Weg oder nicht? Ich, für meinen Teil, meine *nein*. Mir will es vorkommen, als rege sich tief drinnen in dieser Höhle etwas. Ich spüre eine gewaltige Körpermasse, allerdings nur eine beschränkte Intelligenz. Etwas, das im Verborgenen wartet und aus ihm heraus auch zuschlägt.« Womit er, natürlich, zur Gänze Ferencs Beschreibung von Volses widerwärtigem Mörder wiedergegeben hatte. Und wie Shaithis gehofft hatte, züngelte auch genau das Abbild dieser Kreatur im Verstand des Riesen empor.

Fess stieß den kolossalen Schädel in den Höhlenschlund hinein, lotete mit intensivem Starren und witternd gekräuselter Schnauze die Tiefen aus. Und grollte nach einer kleinen Weile: »Aye, ich spür's auch. Und in der Tat, dies könnte ein Weg ins Innere sein, denn der Herr dieses Berges hat immerhin eine Blutbestie hier postiert.«

Shaithis grollte. »Vielleicht *die* Blutbestie?«

»Eh?«, erwiderte Arkis fragend.

»Vielleicht gibt es überhaupt nur diese eine Kreatur«, verdeutlichte Shaithis es ihm. »Denn wären da mehrere, hätte Fess wohl zusammen mit Volse den Tod gefunden.«

»Aber welche Bedeutung soll denn das hier und jetzt haben?« Fess schüttelte ärgerlich den Kopf. »Selbst für sich allein genommen, ist dieses Ding ein Monstrum. Wollt Ihr vorschlagen, dass wir es angreifen sollen? Das ist Irrsinn! Einer von uns würde gewiss sterben – eher zwei, vielleicht wir alle; zumindest aber könnten wir schlimm verwundet werden, ehe das Ding unterliegt. Ich habe gesehen, wie es innerhalb von drei Sekunden dreimal zugestoßen hat; ich habe gesehen, wie Volse durchbohrt wurde und zappelte wie ein Fisch am Speer eines Travellers. Und er – er wusste nicht einmal, wie ihm geschah!«

Aber Shaithis schüttelte den Kopf. »Nein, ich schlage nicht vor, hier und jetzt den Kampf zu suchen; ganz im Gegenteil. Was ich sage, ist dies: Wenn es nur eine solche Kreatur gibt und sie lauert hier – dann gehen wir auf einem anderen Weg hinein.«

»Ach!«, herrschte Arkis ihn an. »Und diese Höhlenwege bieten sich uns alle naselang an, stimmt's?«

»So will es mir scheinen«, meinte Shaithis achselzuckend und zählte ihm auf: »Der Tunnel, in dem Volse zu Tode kam. Die Höhle, die Ihr dort unten am Lavahang vermutet habt. Dieser dunkle Eingang hier vor uns. Nun hört mir zu: Der Herr des Berges schickte einen Nebel, um uns in die Irre zu führen – oder etwa nicht? Allerdings nicht, um uns von dieser Höhle fern zu halten ... nicht jedenfalls, wenn es die ist, in der er sein Untier postiert hat. Also ... Vielleicht ist ein weiterer Eingang gleich in der Nähe?« Er unterstrich seine Worte mit einem heftigen Nicken. »Ich sage, wir folgen weiterhin diesem Pfad, zumindest noch eine kurze Strecke. Falls er nur ins Nichts führt, haben wir zumindest diesen Teil des Berges erkundet.«

»Ganz annehmbar«, meinte der Ferenc. »Kein Einwand von meiner Seite. Solange Ihr nicht von mir fordert, da hineinzugehen.«

»Also brechen wir auf«, grollte Arkis. »Wir verschwenden zu viel Zeit mit all diesem Gerede und Mutmaßen.« Er setzte sich in Bewegung und übernahm die Führung; der Ferenc schloss sich an. Nun bildete Shaithis die Nachhut.

Am Firmament über ihnen hatte sich die klägliche Wolkenbank erschöpft; das Lohen der Aurora krümmte und zerrte sich weithin, und die Sterne verliehen der eisigen Wölbung des Horizonts einen blauen Schimmer; Shaithis spürte die vampirischen Sinne der beiden weit vorausgeschleudert und wie sie dort konzentriert witterten und forschten und suchten. Also stand es ihm frei, mit Shaitan in Kontakt zu treten. *So!,* wandte er ihm einen wohl getarnten Gedanken zu. *»Und wie passt Euch nun diese Marschordnung in den Plan? Und beantwortet mir auch, was das für eine Idee war mit dieser* *armseligen Wolke von einem* Schneesturm? *Ich glaubte, Ihr wärt ganz erpicht auf diese beiden und Ihr würdet Euch alle Mühe geben, sie in Angst und Schrecken zu versetzen?*

Zuerst lass dir gesagt sein: Die gegenwärtige Formation kommt uns beiden *sehr zupass. Zweitens: Der Schnee diente allein der Verwirrung, insbesondere dieses Giganten. Nun hör mir zu, und ich werde dir deinen weiteren Weg beschreiben. Sehr bald schon werdet ihr an eine Stelle gelangen, wo der Fels in tiefe Spalten zerrissen ist. Einer dieser Risse ist angefüllt mit längst erkalteter Lava, welche ihm nun einen Boden bildet. Folgt diesem ins Innere des Berges, und er wird euch geradewegs an meinen Aufenthaltsort im hohlen Kern führen. Was deine Gefährten betrifft ... ach, weh! – denen bleibt da unten nur noch wenig Zeit. Zumindest, um auf eigenen Füßen irgendwohin zu gehen.*

In Shaitans' Gedankenstimme fand sich nicht die geringste Spur von Humor, nur eiskalte Entschlossenheit. Shaithis erwiderte nichts darauf. Ohnedies hatte Arkis an der Spitze der Gruppe unvermittelt angehalten. Fess stand an seiner Seite, gleich darauf auch Shaithis.

Vor ihnen klafften sowohl im Felsvorsprung wie auch in den lotrecht abfallenden Schründen ringsum tiefe Spalten von jeweils mindestens einem Schritt Breite. Arkis schaute die anderen an. »Kehren wir um ...?«

»Wir gehen weiter«, bestimmte Shaithis.

Möglicherweise kam seine Antwort ein wenig zu schnell, oder er hatte zu sicher geklungen – denn der Ferenc bedachte ihn mit einem langen, langen Blick. Schließlich sagte der Gigant: »Aber dieser Weg ist ab jetzt eindeutig eine mehr als trügerische Angelegenheit – selbst wenn wir eine Höhle finden, wird sie wahrscheinlich größtenteils in Trümmern liegen.«

»Wir werden es nicht erfahren, solange wir nicht nachsehen«, entgegnete Shaithis. »Ich kann fühlen, dass wir ganz in der Nähe sind.«

Der Ferenc verengte seine Augen. »Und mir will es so vorkommen, als sei ich nicht der Einzige, dessen Wahrnehmung ein wenig durcheinander ist! Aber – also gut, setzen wir unseren Weg fort. Arkis, Ihr geht voran.«

Der Sohn des Aussätzigen murmelte düster vor sich hin; dann

versuchte er mit einem großen Schritt den ersten Riss zu überwinden, schwankte ein wenig, als sein ausgestreckter Fuß auf der gegenüberliegenden Seite aufsetzte – zog den anderen hastig nach und fand sein Gleichgewicht wieder. So verfuhren sie nacheinander.

»Ho!«, brüllte Arkis mit einem Mal zu den Gefährten zurück, nachdem ein halbes Dutzend solcher Klüfte hinter ihnen lag. »Dieser nächste Abgrund hier hat sogar einen Boden aus erstarrter Lava.«

»Ein alter Lava-Kanal«, stellte Fess fest und stellte sich neben ihn.

Shaithis kam als Letzter an und besah sich die hoch aufgetürmte Klippenwand zur Rechten. Ungeheure Kräfte hatten sie nach außen gedrückt, und wo sich in alter Zeit die feurigen Gesteinsströme einen Ausgang erzwungen hatten, war sie zersprungen. »Lava aus dem geheimen Herzen des Vulkans«, murmelte Shaithis. »Vielleicht haben wir endlich den Weg ins Innere gefunden.«

Der Ferenc trat unter die überhängende Klippe, hinein in den Schatten der Kluft. »Ich werde es mir ansehen.«

Arkis ging hinter ihm, und Shaithis wiederum als Letzter; alle drei prüften sie schnüffelnd die Luft und sondierten die Schwärze mit ihren vampirischen Sinnen. Bis Arkis sich schließlich zögernd äußerte: »Ich spüre ... gar nichts!«

»Mir geht es ebenso«, sagte Shaithis, erleichtert, dass ausgerechnet der wenig talentierte Schrecktod seine Meinung abgegeben hatte (wohingegen *er,* für seinen Teil, diesen Ort äußerst bedrohlich und wenig einladend fand).

Dem Ferenc schien es ähnlich zu gehen; er sprach es auch ehrlich aus. »Ich mag dieses Loch nicht. Es riecht mir zu sehr wie die Höhle, in der Volse seinem Schicksal entgegengetreten ist.«

»Ihr lasst Volses Tod allzu sehr an Eurem Verstand nagen«, beschied Shaithis ihm. »Doch wie dem auch sei – und wie schon einmal gesagt: gewarnt sein, heißt gewappnet sein. Des Weiteren: Diesmal sind wir zu dritt. Arkis und ich, wir tragen unsere Kampfhandschuhe bei uns, die schon gefährlich genug sind, und Ihr selbst seid mit diesen noch gefährlicheren Sichelklauen gesegnet.

Und überhaupt, wir waren uns doch bereits einig, dass die Bestie sich in jener ersten Höhle verkrochen hat. Ich für meinen Teil ...« – er unterbrach sich, um ein weiteres Mal in der Höhlenluft zu schnüffeln – »ich halte es zumindest für wahrscheinlich, dass der Meister dieses Berges hier eine Art Täuschung gewirkt hat; er hat seinen Schatten auf diesen Ort geworfen und den Geruch des Todes hinterlassen. Doch ein Geruch ist nur ein Geruch, und *ich* wittere auch ein gutes Gelingen! Ich bin dafür, hineinzugehen.« Er blickte von Fess zu Arkis.

Arkis wiegte den Kopf. »Wenn dieser so genannte *Herr des Berges* da drin gewisse Labsale gehortet hat, bin ich dabei, Shaithis. Mir steht das Notleiden bis obenhin, so sehr, dass mir die Fangzähne schmerzen! Dickes, rotes Blut für meinen Bauch, das könnte mir jetzt schon gefallen, und ein Weib für meine Liegestatt! Haltet Ihr es für möglich, dass es ein Harem ist, den er so eifersüchtig hütet?«

Shaithis zuckte die Achseln. »Ich habe mich nie für Geschichten interessiert«, sagte er. »Doch Gerüchte hörte ich wohl, dass nicht wenige Lords ihre Konkubinen in die Verbannung mitschleppten. Man kann nicht sagen, was dort drin zu finden ist, solange wir nicht nachsehen.«

»Ein paar Leckerbissen«, polterte der Ferenc, und die Zunge huschte ihm über die Lippen, »könnte ich jetzt schon vertragen. Also, vorwärts! Arkis, Ihr geht voran!«

»Das klingt mir doch nach dem geborenen Kommandeur«, sagte Shaithis mit eisigem Spott. »Und, Fess? Seid Ihr es plötzlich, unser aller Kommandeur – einfach so?«

»Bah!«, erwiderte der Ferenc. »Wenn niemand sich entschließt, stehen wir für alle Zeiten hier. Also, lasst mich die Führung übernehmen ...!«

Was genau in Shaithis' Sinn war.

Die Dunkelheit im Innern des Berges war für die Vampir-Lords wie Tageslicht; mehr noch, sie zogen sie dem Glanz des Nordlichts und der Sterne vor. Der Ferenc stapfte zielstrebig voran, wo der Weg frei war, und schob sich eher langsam und vorsichtig dahin, sobald Steintrümmer die Sicht versperrten, der Höhlengang sich in jähen Windungen schlängelte oder wenn die unebene Decke tief und schrundig durchhing. Auch dem Boden widmete er seine volle Aufmerksamkeit; hier und da hatten dereinst Gasblasen die Lava zur Eruption gebracht. Scharf gezackte Höcker mit kreisrunden, kraterähnlichen Öffnungen im ansonsten sanft gewellten Untergrund zeugten bis heute davon. Zudem gab es andere, natürliche Felsspalten oder Scharten, von denen Risse ausstrahlten. Doch der Ferenc folgte unterschütterlich dem uralten Hauptkanal der Lava.

Arkis hielt sich etwa einen Schritt hinter ihm und hatte seinerseits Shaithis dicht auf den Fersen. Während sie weiter in die Tiefe vordrangen, wich das bedrückende Gefühl, belauert zu werden, ein wenig. Das machte es (zumindest für Schrecktod und den Ferenc) einfacher, die *Theorie* doch noch zu akzeptieren, der Bewohner des Vulkans habe vorsätzlich gewisse Ausdünstungen von Angst im Eingang der Höhle gewirkt, um mögliche Eindringlinge abzuschrecken.

Shaithis blieb auf der Hut, hielt seine Gedanken kontrolliert und aufs Sorgfältigste getarnt, obwohl ihm nur zu sehr danach war, gerade jetzt mit Shaitan in Kontakt zu treten. Doch er wagte es nicht! Nicht wo Fess und Arkis so nahe waren und mit ihren unermesslich scharfen Wamphyri-Sinnen nach dem geringsten Hinweis mentaler Aktivität witterten. Unablässig bewegten sie sich weiter voran; tiefer hinein, hinab ins Innere des Felsens.

Plötzlich befahl der Ferenc mit einem Zischen Halt: »Wir haben den Weg mindestens zur Hälfte hinter uns. Zeit für einen Wechsel!«

»Was redet Ihr denn da, zur Hölle!«, grunzte Arkis. Sein barscher Ausruf klang wie das Getöse einer Lawine und trieb hallende Echos wie Trümmer umher.

»Dummkopf!«, wisperte Fess, kaum dass der schlimmste Lärm sich gelegt hatte und er sich wieder verständlich machen konnte. »Was nützt es, Fledermaus-Sinne zu haben, imstande zu sein, das vor uns Liegende wie ein Wolf zu wittern und den Verstand im Gleichklang mit dem der Gefährten zu halten, darüber hinaus nach jedwedem fremden mentalen Impuls zu lauern – wenn *Ihr* bei jeder Gelegenheit den größtmöglichen Aufruhr verursacht?! Wollt Ihr den Feind unbedingt vor uns warnen?«

Beschämt hielt Arkis die Stimme gesenkt: »Hölle, wenn er da ist, dann weiß er jetzt, dass wir kommen!«

Sie hasteten weiter; und kaum, dass Arkis es sich versah, ging nun er voran. Es behagte ihm nicht. Und dann hauchte er unvermittelt: »Irgendetwas ist hier nicht geheuer ...«

Sie spürten es zur gleichen Zeit: Plötzlich griffen ihre Sinne ins Leere, sie befanden sich in einer Höhlenregion, die frei war von *jeder* fühlbaren Ausstrahlung, gleich ob gut oder böse, an einem Ort, so reglos wie die Wasserfläche eines uralten, unterirdischen *toten* Gewässers. Ihnen war klar, was das zu bedeuten hatte: Dieser Bereich war steril *gemacht* worden, denn selbst die Dunkelheit und kaltes Gestein verströmten Informationen zuhauf. Jemand wollte sie glauben machen, dass hier nichts sei, absolut nichts ... gerade weil hier etwas *war.*

Shaithis' Fleisch prickelte, und er wusste, dass es den anderen genauso ging. Arkis stand, die Füße fest in den Boden gestemmt, an der Spitze der Gruppe und gurgelte unartikuliert; aber es war zu spät für jedes Gegurgel. Shaithis fühlte, wie der schwere Brokat eines mentalen Vorhangs zerrissen und aufgetan wurde – fühlte den Brodem von Angst und Grauen wie etwas Leibhaftiges hinter sich ins Leben explodieren, und schon brauste und huschte etwas um ihn herum ...

Ein nebelhafter Fleck, etwas Graues, Bleiches, schnellte an Shaithis vorbei, was dem Ende von Arkis Leprasohn, genannt Schrecktod, gleichkam. In der Tat war sein Tod voller Schrecken!

Woher das Ding über sie kam, war schwer zu sagen – aus einer Nische in der Felswand, einem Seitentunnel, einem Versteck im Schutz der Lavaauswüchse? Doch es kam mit ungeheurer Geschwindigkeit und in absolut mörderischer Absicht. Es sah genauso aus, wie der Ferenc es beschrieben hatte. Ein Schemen aus Weiß und Grau, gesprenkelt wie Marmor, schien es sich abzuspulen, zu wirbeln, zu huschen und ins Leben hineinzubrechen, als sei ein im Boden halb begrabener Felsblock erwacht und schon dabei, sich eine neue Gestalt zu geben. Seine Beine waren ein Huschen; Klauen kratzten und scharrten, und schon sprang es Arkis an. Ein fischgleicher Schädel, der sich zu einer mit Dornen oder Haken versehenen spitzen Knochenlanze verjüngte, zuckte nach vorn; Augen, so groß wie Untertassen, hefteten sich ohne jedes Gefühl auf das Opfer.

Arkis' Handschuh bot seiner Rechten Schutz, er war trotz allem bereit; doch als er den Arm hob, prallte das Ding dagegen, schneller als das Auge zu folgen vermochte. Die Lanze riss eine klaffende Wunde an seinem gedrungenen Hals – und wurde zurückgerissen. Beinahe gleichzeitig schlossen sich nadelspitze Zahnreihen um den Waffenarm. Der Arm war verloren, durchtrennt und verschwand samt Hand und Kampfhandschuh in einem einzigen gierigen Schlingen. Der Schädel, die Lanze, raste zurück, und wiederum fetzten Dornen und Haken durch Arkis' Hals – aus der zerfetzten Luftröhre pfiff und gurgelte es entsetzlich. Dann wurde die Lanze zum zweiten Mal nach unten gerammt, Arkis direkt in den Leib. Das knöcherne Ding fuhr ihm bis ins Herz. Der Sohn des Aussätzigen zappelte und schlug um sich und wurde doch nur noch von diesem Spieß auf den Beinen gehalten. Seine Hauer färbten sich unter einem Blutstrahl rot, und alles Schnappen und Fletschen nützte nichts mehr.

Fess wirbelte herum (Shaithis meinte schon, er werde abermals fliehen), doch die Augen des Riesen waren groß und scharlachrot und in ihnen flackerte weit mehr als nur Angst. *In ihnen lag auch tobsüchtiger Zorn!* Der Gigant packte Shaithis mit einer Krallenhand und riss die andere gleich einem Bündel schwarz glühender Sicheln zurück. »Verräterischer Bastard!«, fletschte er. »Das Ei deines Vaters war verrottet, und diese Eiterjauche trägst du noch heute in dir!«

»Was?« Fiebernd zwang Shaithis das metamorphe Fleisch seiner Hand, zu wuchern, zu wachsen, sich zum Kriegshandschuh hin auszudehnen. »Bist du verrückt?«

»Nur als ich dir vertraute! Da muss ich es gewesen sein!« Der Ferenc machte sich bereit für den tödlichen Stoß gegen Shaithis; ihm diese Sichelklaue durch die Rippen zu jagen und das lebende Herz zu ergreifen und noch im Herausreißen zu zerquetschen. Doch etwas hielt ihn zurück. Etwas, was er *hinter* Shaithis erblickte.

Shaitan war von der Farbe und Beschaffenheit schwarzer Lava.

Nur seine Bewegungen offenbarten ihn vor den Felswänden, und dies nur, wenn er *wollte,* dass man ihn sah. Fess sah ihn, und sein Unterkiefer sackte herab. Er schnappte nach Luft und vergaß den tödlichen Hieb gegen Shaithis. Der dankte es ihm, indem er ihm den zur Faust geballten Handschuh von der Seite her an den Schädel schmetterte. Dann ...

... wischte das aus uralter Zeit stammende Finstere Ding Shaithis beiseite, fort aus dem plötzlich gelockerten Griff des Ferenc, und umwand den betäubten Riesen mit einem Gewirr peitschender Tentakel. Die Arme gegen die Seiten geschlungen, war Fess hilflos, doch Shaitan gewährte ihm nicht den Bruchteil eines Aufschubs. Begleitet vom Geräusch reißenden Leders klaffte sein dehnbares Maul weit auseinander und stülpte sich über Gesicht und Kopf des Ferenc – *und schnappte zu!*

Shaithis wankte blindlings fort, stieß gegen steinerne Trümmer und strauchelte. Und, plötzlich kraftlos, stürzte er und schlug schwer auf dem Lavaboden auf. Da, auf der einen Seite, wütete Shaitans albtraumhafter Schlinger und saugte zischend und blubbernd die letzten Körpersäfte aus Arkis heraus, dort, auf der anderen, zermalmte und verschlang Shaitan, der Erste Vampir, den Schädel des *unbesiegbaren* Fess Ferenc, während der kolossale Leib noch in unzähligen Tentakelwindungen ruckte und zuckte. Und Shaithis dachte: *Wenn es eine Hölle gibt, dann stehe ich an ihrem Tor!*

Shaitans Augen irrlichterten rot aus der Finsternis, die sein malmender, kauender, metamorpher Schädel war. Und seine Antwort – direkt in Shaithis' schwindelndem Verstand, lautete: *Aye, eine Art Hölle, gewissermaßen, worin wir jedoch die Herren sind. Denn es ist* unsere *Hölle, Sohn meiner Söhne, und eines Tages tragen wir sie mit uns nach Starside ... und weit darüber hinaus. In alle anderen Welten!*

P. N. Elrod
DER ROTE TOD

Nosferatu Band 1

Roman, 380 Seiten, Paperback, ISBN 3935822-36-7

Amerika, 1773: Nach seiner Rückkehr aus dem Londoner College ist der junge Adlige Jonathan Barrett verändert. Er scheint gereift und erwachsen geworden. Von Nora Jones, seiner schönen und seltsamen englischen Freundin, erzählt er niemandem. Und schon gar nicht, auf welch besondere Art und Weise sie ihn in die Kunst der Liebe einführte ...
Erst als Jonathan in den Wirren des amerikanischen Unabhängigkeitskrieges getötet wird und sich in der Nacht aus seinem Grab erhebt, begreift er, weshalb die schöne Nora den Geschmack seines Blutes so überaus schätzte ...
P. N. Elrod gilt neben Anne Rice und Chelsea Quinn Yarbro als erfolgreichste Autorin des historischen Vampir-Genres. In *Der rote Tod,* dem ersten Abenteuer aus der vierbändigen Saga um den Gentleman-Vampir Jonathan Barrett, stellt sie den Lesern die Frage: Jagen die Toten die Lebenden – oder ist es umgekehrt?

Amazon.com: *Toll geschrieben und sexy ... Verdammt gute Vampir-Fantasy.*

OMEN

Das Horror-Journal

192 Seiten, Paperback, ISBN 3935822-69-3

OMEN bringt neue und klassische Stories, aktuelle Interviews, News, Illustrationen und Buchbesprechungen rund ums Thema Horror und Dark Fantasy. Das Magazin erscheint zwei- bis dreimal pro Jahr. Schwerpunkt der ersten Ausgabe sind *Vampire.*

Inhalt: Interviews mit Michael Marshall Smith und Jeffrey Thomas, Porträts über Kim Newman und Richard Laymon, Kim Newman berichtet über *Anno Dracula,* S. T. Joshi über H. P. Lovecrafts Einfluss auf Fritz Leiber.
Stories (Deutsche Erstveröffentlichungen) von Kim Newman, Andreas Gruber, Ralph Adams Cram, Holger Kutschmann, Jeffrey Thomas, Michael Marshall Smith, William Hope Hodgson und Hans Dieter Römer.